국어 교과서 작품 읽기
고등 소설

국어 교과서 작품 읽기: 고등 소설 • 하

전면 개정판 1쇄 발행 • 2017년 12월 27일
전면 개정판 6쇄 발행 • 2019년 3월 18일

엮은이 • 서덕희 임요한
펴낸이 • 강일우
책임편집 • 김영선
조판 • 박아경
펴낸곳 • (주)창비
등록 • 1986년 8월 5일 제85호
주소 • 10881 경기도 파주시 회동길 184
전화 • 031-955-3333
팩시밀리 • 영업 031-955-3399 편집 031-955-3400
홈페이지 • www.changbi.com
전자우편 • ya@changbi.com

ⓒ (주)창비 2017
ISBN 978-89-364-5870-6 44810
ISBN 978-89-364-5971-0 (전4권)

국어 교과서 작품 읽기

고등
소설 하

서덕희·임요한 엮음

창비

지금 여러분의 책꽂이에는 교과서나 참고서 말고 어떤 책이 꽂혀 있나요? 서점에 갔다가 직접 구입한 책도 있고 누군가에게서 선물받은 책도 있을 것입니다. 시험공부나 어떤 목적을 위해 의무감으로 읽기 시작한 책도 간혹 우리에게 뜻밖의 즐거움을 선사하지요. 그러니 좋아서 펼친 책, 읽고 싶어서 읽는 책은 더욱 특별합니다. 작가의 개성이나 새로운 작품에 대한 관심으로 시집이나 소설책, 에세이를 펼쳐 들면 문학과 나의 오롯한 만남이 시작됩니다. 그 만남 속에서 우리는 작가들이 시대에 던진 물음과 비판, 삶에 대한 애정과 고뇌, 자아에 대한 성찰과 깨달음 등 폭넓은 세계를 마주합니다. 그리고 '지금 여기' 내 삶의 모습을 발견하고 보람과 위로, 통찰을 얻습니다. 이렇듯 문학이 펼쳐 보이는 풍경은 너르고 다채롭습니다.

　'국어 교과서 작품 읽기' 시리즈는 2010년 처음 선보인 이래 수많은 학생, 학부모, 선생님들에게서 큰 사랑을 받아 왔습니다. 그리고 2013년 개정판을 거쳐 이번에 '2015 개정 교육 과정'에 따른 전면 개정판을 새로 내놓게 되었습니다. 이번 개정 교육 과정에서는 이전에 Ⅰ, Ⅱ로 나뉘어 있던 고등 국어 교과서가 한 권으로 압축되면서 작품 이해와 감상의 밀도가 더욱 높아졌습니다. 문학 작품의 내용을 현실에 비추어 스스로 해석하고 자신의 삶에 반영하는 주체적인 수용 능력이 더욱 강조된다고 볼 수 있습니다. 이처럼 청소년이 문학과 자발적이고 자유롭게 만나는 경험이 중요해진 때에 이 시리즈는 좋은 동행이자 벗이 되어 줄 것입니다. '국어 교과서 작품 읽기' 시리즈는 2018학년도부터 사용되는 새로 바뀐 고등학교 검정 교과서『국어』11종을 분석하여 주요 작품을 엄선했습니다. 시, 소설, 수필로 나누어 각 장르의 특성에 따라 목차를 구성했습니다. 나아가 창의 융합형 활동을 강조하는 개정 교육 과정에 발맞추어 현대 작품과 고전 작품을 함께 배치하여 시대와 역사적 갈래를 넘나들며 유연하게 감상할 수 있도록 하였습니다. 책의 크기와 편집에 있어서도 가독성을 높이고자 노력하였습니다.

　문학 작품은 작가의 손을 떠나는 순간, 시간과 공간을 달리하는 독자들의 삶 속으로 들어가 스스로 생명력을 얻게 됩니다. 시의 화자, 소설의 주인공, 수필 속의 진솔한 인물은 오늘 우리에게 간절한 말을 건네고 있는지도 모릅니다. 그 말을 귀 기울여 듣고 이해하고 자기 삶으로 가져와 빛나게 만드는 것은 독자의 몫입니다. 책을 펼쳐 드는 순간, 우리는 잠들어 있던 작품의 메시지와 아직 알려지지 않은 감동을 두드려 깨우는 제2의 창작자가 되는 셈입니다. 여러분 모두가 문학 작품에서 자기만의 질문을 발견하고, 작품의 새로운 가능성을 열어젖히는 창작자가 되기를 바라는 마음입니다.

퍼즐 맞추기 해 보셨나요? 첫 조각을 들고 갸우뚱하다가도 몇몇 단서를 잘 활용하면 전체 그림을 차근차근 완성해 갈 수 있습니다. 소설 읽기는 작가 혹은 서술자가 펼쳐 놓은 퍼즐 조각을 맞추는 일과 같습니다. 하지만 소설 속 세상은 우리들의 삶과 닮아 있기에 완전한 종결이나 완성은 불가능합니다. 외려 쉽게 재단하던 타인의 삶을 다시 돌아보게 하지요. 소설 속 퍼즐 조각을 들고 고개를 갸웃거리는 과정을 거치며 우리는 인간을 이해하는 능력을 기르고 세상에 대한 안목을 넓혀 갑니다.

전면 개정판 '국어 교과서 작품 읽기: 고등 소설 상·하'에서는 새로운 교육 과정에 따라 제작된 고등 국어 교과서의 소설 가운데 16편을 골라 엮었습니다. 11종의 교과서에 중복해서 실린 작품, 문학사적인 평가와 예술적인 완성도가 높은 작품을 엄선했습니다. 창의 융합형 사고를 위해 교과서에 희곡이나 시나리오로 개작되어 실린 경우에는 소설 원문을 소개하여 다채로운 비교 독서가 가능하도록 했습니다. 상권에서는 김애란의 『두근두근 내 인생』, 공선옥의 「한데서 울다」 등 최신 작품을 대폭 강화하고, 하권에서는 고전 작품 「허생전」, 「춘향전」을 수록함으로써 현대에서 고전으로 거슬러 올라가는 소설 읽기의 흐름을 완성했습니다. 최신 작품부터 고전까지 역순으로 배치하였기에 상권에서는 신선한 동시대 문학의 향기를, 하권에서는 우리가 직접 살아 보지 못한 시대의 내음을 느낄 수 있습니다.

구성에 있어서는 각 작품 앞에 '들어가며'를 실어 교양 수준의 배경 지식을 제공하며, 소설을 편안하게 감상할 수 있도록 배려하였습니다. 소설의 본문에서는 독자 스스로 문맥을 파악하고 이해할 수 있도록 최소한의 어휘 풀이를 달았습니다. 부득이하게 일부를 발췌해 실은 중·장편소설은 생략된 줄거리를 소개함으로써 전반적인 이해를 도왔습니다. 본문 뒤에 나오는 '활동'에서는 인물, 사건, 배경 등 기초적인 사실을 확인하고 작품이 자신에게 어떻게 다가오는지 생각해 보도록 다양한 문제를 제시하였습니다. 또한 '엮어 읽기'를 둠으로써 작품을 여러 각도에서 해석하고 주제 의식이나 사회적 맥락을 짚어 볼 수 있도록 하였습니다.

교실에서 학생들이 정답 찾기에만 골몰하는 모습을 보면 교사로서 마음이 무척 안타깝습니다. 스스로 질문을 던지고 대답을 찾아가는 과정을 생략한 채 자습서의 해석만이 유일한 정답이며 다른 방식은 고민해 볼 필요가 없다고 생각하는 태도. 이는 경쟁 위주의 평가 방식과 척박한 교육 현실 때문이기도 하지만, 어쩌면 타인과 세상에 무관심한 삶의 자세와 맞닿아 있는지도 모릅니다. 그래서 이 책은 문학 작품을 진정으로 이해하고 '진짜 공부' 역량을 기르는 데 목적을 두었습니다. 상권과 하권에 실린 16편 중 어떤 작품부터 읽어도 상관없으니 마음 가는 대로 찬찬히 다가가 보면 좋겠습니다. 타인의 삶에 귀 기울이고 문학을 통한 간접 경험을 자기 것으로 내면화하려면, '순서대로, 정답대로'가 아니어도 좋다는 마음의 여유가 필요할 테니까요. 자, 그럼 이제 진짜 공부를 시작해 볼까요?

2017년 12월
박종오 오세호 서덕희 임요한

일러두기

1. '2015 개정 교육 과정'에 따른 고등학교 검정 교과서 『국어』11종에 수록된 소설 중에서 가려 뽑은 총 16편을 상, 하로 나누어 실었습니다.

2. 작품이 수록된 단행본을 원본으로 삼아, 교과서에 실릴 때 수정되거나 삭제된 대목을 원문대로 살려 놓았습니다.

3. 표기는 원문에 충실히 따르는 것을 원칙으로 하되 맞춤법과 띄어쓰기는 최대한 현행 표기법을 따랐습니다.

4. 본문 아래쪽에 낱말 풀이를 달았습니다.

5. 활동의 예시 답안은 창비 홈페이지(www.changbi.com)의 '창비어린이—어린이/청소년 독서 활동—심화자료실'에 있습니다.

고등 소설 • 하

차례

고등 소설 • 상

○○○○○○○○○○○○○○○○○

아홉 켤레의 구두로 남은 사내

××××××××××××××

윤흥길

尹興吉(1942~) 소설가. 전북 정읍에서 태어나 원광대 국문과를 졸업했다. 1968년 『한국일보』 신춘문예에 단편 「회색 면류관의 계절」이 당선되어 등단한 뒤 유년기에 겪은 전쟁의 상처와 분단의 고통, 가난한 서민들의 현실을 섬세한 필치로 그려 왔다. 1970년대 산업화 과정에서 소외된 우리 이웃들의 힘겨운 삶을 따뜻하게 형상화한 「아홉 켤레의 구두로 남은 사내」, 한국 전쟁으로 빚어진 한 가정의 비극을 통해 이데올로기의 대립과 화해를 그린 「장마」 외에 「황혼의 집」 「무제」 「무지개는 언제 뜨는가」 「꿈꾸는 나의 자성」 등의 작품이 있다.

누구나 지키고 싶은 소중한 것이 있습니다. 어렵고 힘든 상황에서도 이것만큼은 지키고 싶다 하는 마지막 자존심이랄까요. 여러분에게 이처럼 소중한 것은 무엇인가요?

　여기, 자신의 구두를 아주 정성 들여 닦는 한 사람이 있습니다. 사내는 형편이 어려워 남의 집에 세 들어 살면서도 빛깔과 디자인이 다른 갖가지 구두를 가지고 있고, 반짝반짝 닦아 깨끗이 관리합니다. 변변한 일자리를 구하지 못해 공사판에 나갈 때조차 윤이 나는 구두를 신고 가지요. 윤흥길의 소설 「아홉 켤레의 구두로 남은 사내」에 등장하는 권 씨 이야기입니다. 권 씨는 가족과 함께 '나'(오 선생)의 집 문간방에 세 들어 살고 있습니다. 그런데 그에게 경찰이 자꾸만 찾아오는 걸 보니 무슨 사연이 있나 봅니다.

　「장마」, 「황혼의 집」 등을 통해 역사와 인간에 대한 깊은 통찰을 보여 온 윤흥길 작가는 1971년에 있었던 '광주 대단지 사건'을 배경으로 이 소설을 썼습니다. 1960년대 말 서울시 판자촌이 철거되면서 주민들은 경기도 광주군(현재의 성남시)으로 떠밀리듯 옮겨 가야 했습니다. 그런데 서울시가 안정적인 주거를 보장해 주겠다는 약속을 지키지 않자, 분노한 주민들이 들고일어나 공권력에 대항하여 시위를 벌입니다. 소설에서 권 씨가 '나'의 집에 오기 전 겪은 일이 바로 이 사건이지요. 시위의 주동자로 몰려 옥살이를 하고 도시 빈민으로 전락한 뒤 경찰의 감시까지 받게 된 권 씨에게 마지막 남은 자존심이 어쩌면 빛나는 구두였나 봅니다. 윤흥길은 이를 통해 개인의 문제가 사회 문제와 동떨어져 있지 않음을 상징적으로 드러냅니다.

　그런데 왜 권 씨는 '아홉 켤레의 구두로 남은 사내'가 되었을까요? 급속한 도시화, 산업화 과정에서 소외되었던 우리 이웃들의 삶 속으로 함께 들어가 보겠습니다.

앞부분의 줄거리

초등학교 교사인 '나'(오 선생)는 단대리에서 세 들어 살다가 가난한 이웃들이 '선생 집'에 지나친 관심을 보이는 데다 아들의 비뚤어진 행동이 염려되어 성남의 고급 주택가에 집을 마련해 이사한다. '나'는 다소 무리해서 집을 사느라 생긴 재정적인 문제를 해결할 생각으로 문간방에 세를 놓는다. 이 방에 권 씨 가족이 이사 오는데 그들은 약속한 날짜보다 앞서 이사를 와서는 약속한 전세금마저 다 내놓지 않는다. 게다가 권 씨 부부는 두 명의 자식 말고도 하나를 더 임신한 상태다. 이런 상황에서도 권 씨는 자신이 가진 여러 켤레의 구두만큼은 소중하고 깨끗하게 닦아 놓는다. 그러던 어느 날 이 순경이 '나'를 찾아와 권 씨가 전과자이니 그의 동태를 살펴 달라는 부탁을 한다.

이른 아침이었다. 문간방 툇마루에 앉아서 권 씨가 구두를 닦고 있었다. 누구나 그렇듯이 그가 솔로 먼지나 떠는 정도의 일을 하고 있었다면 나는 그냥 지나쳤을지도 모른다. 바탕과 빛깔이 다르고 디자인이 다른 갖가지 구두를 대여섯 켤레나 툇마루에 늘어놓은 채 그는 떨고 바르고 닦는 데 여념이 없었다.

"그거 팔 겁니까?"

아침 인사 겸 농담 삼아 나는 그에게 말을 걸었다.

"팔 거냐구요?"

갑자기 일손을 멈추더니 그는 내 발을 내려다보았다. 아니, 내가 신고 있는 구두를 유심히 쏘아보는 것이었다. 이윽고 내 바짓가랑이와 저고리 앞섶을 타고 꼬물꼬물 기어 올라오는 그의 시선이 마침내 내 시선과 맞부딪치면서 차갑게 빛났다. 그는 얼굴이 시뻘겋게 달아오르는가 싶더니 어느새 입가에 냉소를 머금고 있었다.

"어떻게 보고 하시는 말씀인지는 모르지만……."

"제가 이거 실례했나 봅니다. 달리 무슨 뜻이 있어서가 아니고…… 다만 구두가 하두 여러 켤레라서…… 전 그저 많다는 의미루다……."

입을 꾹 다물고는 권 씨가 더 이상 나를 상대하지 않으려는 의사를 분명히 했으므로 내겐 아무 할 말이 없어져 버렸다. 그는 손질을 마친 구두를 자기 오른편에 얌전히 모시고는 왼편에서 다른 구두를 집어 무릎 새에 끼더니만 헌 칫솔로 마치 양치질하듯 신중하게 고무창과 가죽 틈에 묻은 흙고물을 제거하기 시작함으로써 내게서 사과할 기회를 아주 앗아 가 버렸다. 나는 주번 교사를 맡아 다른 날보다 일찍 출근하려던 것도 까맣게 잊은 채로 권 씨 앞에서 오래 밍기적거렸다. 그러나 권 씨를 향한 그 찜찜한 마음 덕분에 비로소 권 씨를 자세히 관찰할 기회를 얻었다. 여러 날 함께 살면서도 피차 밖으로 나돌며 빡빡하게 지내다 보니 이사 오던 그날 이후로 변변히 대면조차 할 기회가 없었던 것이다.

보아하니 권 씨의 구두 닦기 실력은 보통에서 훨씬 벗어나 있

었다. 사용하는 도구들도 전문 직업인 못잖이 구색을 맞춰 일습*
을 갖추고 있었다. 그리고 무릎 위엔 앞치마 대용으로 헌 내의를
펼쳐 단벌 외출복의 오손*에 대비하고 있었다. 흙과 먼지를 죄 떨
어낸 다음 그는 손가락에 감긴 헝겊에 약을 묻혀 퉤퉤 침을 뱉어
가며 칠했다. 비잉 둘러 가며 구두 전체에 약을 한 벌 올리고 나
서 가볍게 솔질을 가하여 웬만큼 윤이 나자 이번엔 우단 조각으
로 싹싹 문질러 결정적으로 광을 내었다. 내 보기엔 그런 정도만
으로도 훌륭한 것 같은데 권 씨는 거기에 만족하지 않고 계속해
서 같은 동작을 반복했다. 그만한 일에도 무척 힘이 드는지 권 씨
는 땀을 흘렸다. 숨을 헉헉거렸다. 침을 퉤퉤 뱉었다. 실상 그것
은 침이 아니었다. 구두를 구두 아닌 무엇으로, 구두 이상의 다른
어떤 것으로, 다시 말해서 인간이 발에다 꿰차는 물건이 아니라,
얼굴 같은 데를 장식하는 것으로 바꿔 놓으려는 엉뚱한 의지의
소산이면서 동시에 신들린 마음에서 솟는 끈끈한 분비물이었다.
권 씨의 손이 방추(紡錘)*처럼 기민하게 좌우로 쉴 새 없이 움직
이고 있었다. 마침내 도금을 올린 금속제인 양 구두가 번쩍번쩍
빛이 나게 되자 권 씨의 시선이 내 발을 거쳐 얼굴로 올라왔다.
그는 활짝 웃고 있었다. 그의 눈이 자기 구두코만큼이나 요란하
게 빛을 뿜었다. 사실 그의 이목구비 가운데 가장 높이 사 줄 만
한 데가 바로 그 눈이었다. 그는 조로한* 편이었다. 피부는 거칠고

* 일습 옷, 그릇, 기구 따위의 한 벌.
* 오손(汚損) 더럽고 손상함.
* 방추 물레에서 실을 감는 가락.
* 조로하다 나이에 비하여 빨리 늙다.

수염은 듬성듬성하고 주름이 많았다. 이마가 나오고 광대뼈가 솟은 편이며 짙은 눈썹에 유난히 미간이 좁은 데다가 기형적으로 덜렁한 코가 신통찮은 권투 선수의 그것처럼 중동이 휘었고, 입은 내가 근무하는 학교의 '썰면' 선생과 맞먹을 만했다.(입술이 하 두툼해 썰면 한 접시는 되겠대서 학생들이 붙인 별명이었다.) 오직 눈 하나로 그는 구제받고 있었다. 보기 좋게 큰 눈이 사악하다거나 난폭한 구석은 전혀 찾아볼 수 없게 맑고 섬세했다.

이 순경이 또 찾아왔다. 지나는 길에 잠깐 들렀다지만 반드시 그런 것 같지만도 않은 것이, 대뜸 책망 비슷한 투로 나왔다.

"그러면 못써요, 못써."

"뭐 보고드릴 게 있어야 전화라도 걸든지 하죠."

"보고가 아니고 협조겠죠. 그건 그렇고, 협조할 만한 게 없었다구요?"

"전혀!"

"이거 보세요, 오 선생. 권 씨가 닷새 전에 직장을 그만뒀는데두요?"

"직장을 그만두다니, 그럼 또 실직했다는 얘깁니까?"

"출판살 때려치웠어요. 전번하곤 사정이 좀 달라요. 책을 만드는 데 저자들 요구대로 고분고분 따르는 게 아니라 틀린 걸 지적하고 저잘 자꾸만 가르치려 드니깐 사장이 불러다가 만좌중*에 주의를 주었대요. 네가 저자냐, 네가 뭔데 감히 고명하신 저자님 앞에서 대거리질이냐고 말이죠. 그랬더니 그담 날부터 출근

---

* 만좌중 사람들이 모든 좌석에 가득 앉은 가운데.

을 않더라나요.”

“오늘 아침만 해도 정상적으로 출근하는 것 같았는데…… 어제도 그랬고…….”

“그러니까 주의 깊게 잘 좀 살펴봐 달라는 거 아닙니까.”

“이 순경이 그렇게 앉아서 구만린데 내가 구태여 협조할 필요가 있을까요?”

그러자 학사 출신 이 순경이 빙긋 웃었다.

“권 씨가 드디어 실직했다는 그 점이 중요합니다. 이제부터 슬슬 오 선생이 맡아야 할 역할이 무엇인지 분명해질 성부릅니다. 권 씨가 다시 다른 직장을 붙잡을 때까진 저나 오 선생이나 맘을 놔선 안 됩니다.”

내가 꼭 권 씨를 감시하고 보호해야 할 이유가 없음을 주장하기에 나는 벌써 지쳐 있었다. 죄가 있다면 셋방을 잘못 내준 죄밖에 없는 줄 누구보다도 이 순경이 잘 알고 있기 때문이었다. 이런 저런 이야기 끝에 화제가 다시 권 씨에 미쳤다.

“사건 당시 권 씨는 주모자급이었습니까?”

“제가 경찰관이 되기 전 일이니까 자세한 건 몰라요. 하지만 권 씨가 주모자라기보다 주동자였던 것만은 분명합니다. 거의 완벽할 만큼 증거를 남겼으니까요. 경찰 백차를 뒤엎고 불을 지르고 투석을 하고 시내버스를 탈취해 가지고 시가를 질주하는 사람들 사진 속에서 권 씨는 항상 선두를 서고 있었습니다.”

“도무지 믿을 수가 없군요. 이불 보따리 하나 제대로 못 메는 사람이 그런 엄청난 일에 선봉을 서다니!”

“하지만 일단 실직만 했다 하면 굶기를 밥 먹듯 한다는 사실만은 믿어도 좋습니다."

"굶지 않을 능력이 있으면서도 굶는 사람은 아마 굶어도 배고프지 않을 겁니다."

"오 선생님, 너무 그렇게 뻣뻣한 척 마십쇼. 접때두 내 얘기했잖아요, 틀림없이 오 선생도 권 씰 사랑하게 될 거라구요."

누가 누구를 사랑한다는 일이 얼마나 어렵고 피곤한 것인가를 전혀 모르는 사람처럼 이 순경은 자신만만하게 웃으면서 갔다. 사랑 중에서도 특히 근린애(近隣愛)를 주머니 속에 든 동전이라도 꺼내듯이 그렇게 손쉬운 것인 줄 아는 모양이었다. 나 역시 한동안은 혼자 있을 때 공중으로부터 울리는 무거운 음성을 들은 적이 있었다. 네 이웃을 사랑하라, 단대리 사람을 사랑하라, 20평 부락 주민을 사랑하라…….

내가 단대리를 떠나기로 결심한 것은 그 사건이 있은 직후였다. 맞다, 그것은 분명히 내게 있어서 하나의 충격적인 사건이었다.

퇴근해서 집으로 돌아가는 길이었다. 집 근처에 이르러 나는 한 떼의 아이들이 천변에서 놀고 있는 걸 보았다. 와자하게 떠드는 조무래기들 틈에 동준이 녀석도 끼여 있었다. 녀석이 어느새 저렇게 커서 이웃에 친구까지 사귀었나 싶어 나는 먼발치에서 대견스럽게 지켜보았다. 내 아이만 유난히 얼굴이 희었다. 다른 애들이 지나치게 까만 탓인지도 모른다. 특히 그중에서도 고물 장수의 아들은 방금 굴뚝 속에서 기어 나온 꼴이었다. 동준이가 고물 장수의 아들에게 뭐라고 소리쳤다. 그러자 깜장이 그 아이가 땅바닥에 양팔을 짚고 개구리처럼 폴짝폴짝 뛰기 시작했다. 동준이가 그 애 앞에다 뭘 던졌다. 그러고 보니 동준이 녀석은 쿠

킨지 뭔지 하는 과자 상자를 가슴에 끌어안고 있었다. 고물 장수 아들이 땅에 떨어진 과자를 입으로 물어 올리더니 흙도 안 떨고는 그대로 아삭아삭 씹어 먹었다. 먹는 일이 끝나자 고물 장수 아들은 하얗게 이빨을 드러내며 웃고는 다시 스타팅 블록에 들어선 것 같은 자세를 취했다. 동준이가 뭐라고 또 소리쳤다. 깜장이가 이번엔 한쪽 팔로 땅을 짚고 그 팔과 가슴 사이로 다른 팔을 넣어 꺾어 올려서 코를 틀어쥔 다음 열나게 뺑뺑이를 돌기 시작했다. 그 애는 대여섯 바퀴도 못 돌아 픽 고꾸라졌다. 일어나서 다시 돌다가는 또 고꾸라졌다. 몇 차례고 반복해서 기어코 지시받은 횟수를 다 채우는 모양이었다. 몇 바퀴나 돌았는지 아이는 다 돌고 나서도 어지러워서 바로 서지를 못했다. 동준이가 과자에다 침을 퉤 뱉어서 땅바닥에 던졌다. 동준이는 삥 둘러서서 구경하는 다른 애들한테도 똑같은 방식으로 놀이에 가담할 것을 종용하는 눈치였으나 갈수록 가혹해지는 녀석의 요구 조건에 기가 질려 엄두를 못 내고 군침만 삼키는 듯했다. 동준이가 과자를 쥔 오른팔을 높이 올려 개울 쪽을 겨냥하고 힘껏 팔매질을 했다. 그러자 조금의 주저도 없이 고물 장수 아들이 석축을 타고 제방 아래로 뽀르르 달려 내려갔다. 나는 그 개울에 관해서 일찍부터 잘 알고 있었다. 그것은 공장에서 흘러나오는 폐수와 집집마다 버리는 오물을 한데 모아 탄천(炭川)으로 실어 나르는 거대한 하수도였다.

　내가 뒷전에 서서 구경하기 전에는 그와 같은 놀이가 얼마나 길었는지 모른다. 그러나 내가 목격한 것은 그것이 전부였다. 나는 동준이 녀석으로부터 과자 상자를 빼앗아 개울 속에 집어 던졌다. 그러고는 녀석의 따귀를 마구 갈겼다. 마음 같아서는 고물 장수 아들을 흠씬 두들겨 주고 싶었는데 손이 자꾸만 내 자식 놈 쪽으로 빗나갔다. 동준이 녀석을 한참 때리다가 퍼뜩 생각이 미쳐 뒤를 돌아다보니 고물 장수 아들은 칙칙한 개울물을 따라 천방지축 과자 상자를 쫓아가는 중이었다.

무슨 수를 써서든 이놈의 단대리를 빠져나가자고 아내에게 소리치던 그날 밤엔 영 잠이 오질 않았다. 줄담배질로 밤늦도록 이리 뒤척 저리 뒤척 하면서 내가 생각한 것은 찰스 램과 찰스 디킨스였다. 나하고는 전혀 인연이 안 닿는 땅에서 동떨어진 시대를 살았던 두 사람이 갈마들이로˙ 나를 깨어 있도록 강제하는 것이었다.

똑같은 이름을 가진 점 말고도 그들 두 사람은 공통점이 많은 것으로 알려져 있다. 우선 불우한 유년 시절을 보낸 점이 그렇고, 문학 작품을 통해서 빈민가의 사람들에 대한 동정과 연민을 쏟은 점이 그런 모양이었다. 하지만 그들의 성(姓)이 각각이듯이 작품을 떠난 실생활에서의 그들은 성격이 딴판이었다 한다. 램이 정신 분열증으로 자기 친모를 살해한 누이를 돌보면서 평생을 독신으로 지내는 동안 글과 인간이 일치된 삶을 산 반면에, 어린 나이에 구두약 공장에서 노동하면서 독학으로 성장한 디킨스는 훗날 문명을 떨치고 유족한 생활을 하게 되자 동전을 구걸하는 빈민가의 어린이들을 지팡이로 쫓아 버리곤 했다는 것이다. 램이 옳다면 디킨스가 그른 것이고, 디킨스가 옳다면 램이 그르게

• 갈마들다 서로 번갈아들다.

된다. 가급적이면 나는 램의 편에 서고 싶었다. 그러나 디킨스의 궁둥이를 걷어찰 만큼 나는 떳떳한 기분일 수가 없었다.

나도 그랬다. 내 친구들도 그랬다. 부자는 경멸해도 괜찮은 것이지만 빈자는 절대로 미워해서는 안 되는 대상이었다. 당연히 그래야만 옳은 것으로 알았다. 저 친구는 휴머니스트라고 남들이 나를 불러 주는 건 결코 우정에 금이 가는 대접이 아니었다. 우리는 우리 정부가 베푸는 제반 시혜가 사회의 밑바닥에까지 고루 미치지 못함을 안타까워했다. 우리는 거리에서 다방에서 또는 신문지상에서 이미 갈 데까지 다 가 버린 막다른 인생을 만날 적마다 수단 방법을 안 가리고 긁어모으느라고 지금쯤 빨갛게 돈독이 올라 있을 재벌들의 눈을 후벼 파는 말들로써 저들의 딱한 사정을 상쇄해 버리려 했다. 저들의 어려움을 마음으로 외면하지 않는 그것이 바로 배운 우리들의 의무이자 과제였다.

그러나 그것은 어디까지나 이론에 불과한 것이었다. 자기 자신을 상대로 사기를 치고 있는 것임을 나는 솔직히 자백하지 않을 수 없다. 우리의 분노란 대개 신문이나 방송에서 발단된 것이며 다방이나 술집 탁자 위에서 들먹이다 끝내는 정도였다. 나도 그랬다. 내 친구들도 그랬다. 껌팔이 아이들을 물리치는 한 방법으로 주머니 속에 비상용 껌 한두 개를 휴대하고 다니기도 하고, 학생복 차림으로 볼펜이나 신문을 파는 아이들을 한목에 싸잡아 가짜 고학생이라고 간단히 단정해 버리기도 했다. 우리는 소주를 마시면서 양주를 마실 날을 꿈꾸고, 수십 통의 껌값을 팁으로 던지기도 하고, 버스를 타면서 택시 합승을, 합승을 하면서는 자가용을 굴릴 날을 기약했다. 램의 가슴을 배반하는 디킨스의 머리는 매우 완강한 것이었다. 우리의 눈과 귀와, 우리의 입과 손발 사이에 가로놓인 엄청난 괴리는 우리로서는 사실 어쩔 수 없는 것이어서 도리어 나는 그날 밤새껏 램의 궁둥이를 걷어차면서 잠을 온전히 설치고 말았다.

이 순경이 재차 다녀간 날 밤에 우리 집 문간방에서는 이상하게도 세 살짜리 아이의 칭얼거림이 그치지 않았다. 전에는 없던 일로 영기가 자주 잠을 깨는 눈치였고 이부자리에 지도를 그렸다고 야단을 맞는 모양이었다. 영기의 울음소리가 웬만큼 높아질 때까지는 가만 내버려 두다가 안방에까지 훤히 들릴 정도가 되면 권 씨의 위협적인 목소리가 제꺼덕 천장을 타고 내 귀에까지 건너왔다. 그러면 그럴수록 영기 녀석은 울음 속에 세 살답지 않은 보복 의지 같은 걸 담아 비수처럼 휘둘러 대는 것이었다. 급기야는 아내를 비롯한 우리 가족 전부가 잠을 깰 지경이 되었다. 저렇게 처마 끝을 들고 서는 애를 달랠 생각도 않는다고 아내가 졸음 겨운 소리로 투덜거렸다. 아닌 게 아니라 권 씨 부인은 한마디 말이 없었다. 권 씨네가 이사 온 이후로 나는 지금까지 권 씨 부인이 하다못해 아야 소리 한마디 하는 걸 듣지 못했다.

"나가 버릴까 부다, 차라리 아빠가 멀리 나가 버리고 말까 봐!"

부르짖음에 가까운 권 씨의 비통한 소리가 들렸다. 그러자 어린것의 귀에도 그 말만은 놀라운 효험을 보인 모양이었다. 자지러지던 울음이 갑자기 뚝 그쳤다. 그래도 여전히 빨랫줄마냥 뻗으려는 울음의 꼬리를 아이는 도막도막 잘라 숨 돌릴 겨를 없이 삼키느라고 잦추˚ 사례가 들렸다.

아침이 되어 보니 권 씨는 또 구두를 닦고 있었다. 구두 닦기에 권 씨는 여느 날보다도 유난히 더 열심이었다.

"간밤엔 죄송했습니다."

권 씨가 슬리퍼를 신은 내 발을 상대로 정중히 사과를 했다. 이상한 일이었다. 권 씨의 새삼스러운 사과가 내 귀엔 어쩐지, 간밤의 내 솜씨가 과연 어떻더냐고 묻는 성싶게만 들려 두고두고 떨떠름했다.

학교에서 실시하는 가정 방문 주간이 이틀째로 접어드는 날이었다. 학생 하나를 향도°로 세워 '별나라' 부락에 거주하는 학부형들을 차례로 찾아다니는 중이었다. 나는 때마침 어느 학교 신축 공사장 근처를 지나가고 있었다. 콘크리트 골조를 비잉 둘러 얼키설키 엮어 지른 비계°가 머리 위로 높다랗게 보였고, 시멘트 벽돌을 등에 진 사내들이 흔들거리는 널다리를 줄지어 오르내리고 있었다. 모두들 걷어붙이고 벗어젖힌 몸들이 무척이나 탐스럽고 강인해 보였는데, 그중에서 유독 한 사내가 내 눈길을 끌었다. 그는 흡사히 널벅지들 틈에 낀 간장 종지로 왜소해 가지고는 후들거리는 다리를 간신히 옮기는 것이었으며, 그토록 험한 일을 하면서 놀랍게도 완연한 사무원 복장이었다. 비계 바투 밑까지 접근해서 사내의 얼굴을 재삼 확인한 다음 나는 이렇게 외쳤다.

"권 선생, 거기 있는 게 권 선생 아니우?"

그 순간 벽돌장 하나가 똑바로 내 머리를 겨냥하고 무서운 속도로 낙하해 왔다. 잽싸게 몸을 피했기 때문에 다치지는 않았다.

• 잦추 잦거나 잰 상태로.
• 향도(嚮導) 길을 인도하는 사람.
• 비계(飛階) 높은 곳에서 공사를 할 수 있도록 임시로 설치한 가설물.

서둘러 널다리를 내려온 권 씨가 내 앞에 섰다. 정말 권 씨였다. 그의 얼굴에 석고처럼 굳게 새겨진 경악을 보고 나는 그가 나를 죽일 작정으로 그러지 않았음을 알았다. 그는 전신이 땀과 먼지 범벅이었다. 가까이서 보니 베이지색 와이셔츠 위에 받쳐 입은 춘추용 해군 기지 잠바는 작업에서 얻은 오손과 주름으로 말씀이 아니었다. 그러나 구두만은 여전해서 칠피 가죽에 공들여 올린 초콜릿빛 광택이 권 씨의 가장 권 씨다움을 외롭게 지켜 주고 있었다.

"내가 여기 있는 줄 어떻게 알았죠?"

마치 내가 자기 행방을 일부러 수소문해서 찾아오기라도 했다는 듯이 그는 물었다.

"학생들 가정 방문을 다니다 지나는 길에 우연히……."

그는 가득 의심을 담은 눈으로 나와 내 반 학생을 번갈아 노려보았다. 증거까지 손에 쥐여 주는데도 그의 의심이 쉬이 풀릴 기색이 아니었으므로 나는 서둘러 신축 공사장을 뒤로해 버렸다.

밤이 꽤 늦어 권 씨는 귀가했다. 그는 문간방을 거치지 않은 채 내가 들어 있는 안방으로 직행해 와서 두 홉들이 소주병 하나를 푹 꽂는 기세로 방바닥에 내려놓았다. 이미 어지간히 취해 있었다.

"이래 봬도 나 안동 권씨요!"

피곤에 짓눌렸던 몸뚱이가 이번엔 술에 흠씬 젖어 갱신 못 할 지경인데도 목소리만은 제법 또렷했다.

"물론 잘 아시리라 믿지만 안동 권씨 허면 어딜 가도 그렇게 괄신 안 받지요. 오 선생은 본이 해주던가요?"

내 구두가 자기 구두보다 항상 추저분하고 또 단벌임을 매번 확인하듯이 이참에는 성씨로써 일종의 길고 짧음을 대볼 작정인 듯했다. 나는 그저 웃어 보였다. 웃으면서도 사람 좋게 보이려는 내 노력이 취중을 뚫고 그의 흔들리는 뇌수 깊이에까지 제대로 전달되기를 바랐다.

"권 선생, 많이 취하신 모양인데 얘긴 우리 나중에 하고 들어가서 쉬시죠."

팔짱을 낀 채 문지방 너머 마루에 잔뜩 부어터진 얼굴로 서 있는 아내를 흘끔흘끔 곁눈질하면서 나는 권 씨를 편히 쉬게 하려는 생각이 순전히 자발적이며 선의에 찬 것임을 행동으로 강조해 보였다. 권 씨가 내 선의를 홱 뿌리쳤다. 그는 반쯤 강제로 일으켜졌던 엉덩이를 도로 털썩 주저앉히더니 병뚜껑을 이빨로 물어 단숨에 깠다.

"전과자허군 벗하기 싫다 이겁니까? 허지만 어림두 없어요. 오늘은 내 기필코 헐 말 다 허고 물러가리다."

"전꽈자라구요?"

눈이 벌어진 입만큼이나 되어 가지고 거의 이성을 잃을 정도로 냉큼 뛰어들어 왔으므로 아내의 음성은 자연히 깜짝 반기는 투와 구별할 수 없게 되었다. 그러나 결코 반기는 투가 아님이 다음 말로써 곧 분명해졌다.

"원 세상에, 세상에나! 방금 전꽈자라구 하셨죠? 지끔 두 분이서 누구 얘길 하시는 거예요? 세상에, 세상에나……."

"아주머닌 모르고 계셨습니까? 오 선생이 얘기하지 않던가요? 바루 제 얘깁니다. 왜요, 제 눈빛이 어쩐지 이상해 보입니까? 아

주머니 문짜대로 전짜자허고 사람 — 그렇지, 사람이지 — 사람
허고 이렇게 가차이 앉은 게 신기합니까?"

뛰어들 때와 똑같은 기세로 아내는 냉큼 몇 발짝 물러섰다. 빤
히 올려다보는 권 씨 앞에서 아내는 새파랗게 질려 가지고 단박
고분고분해졌다. 권 씨가 앉으라면 앉고 들으라면 듣는 자세를
취했다.

"모기 앞정갱이 하나 뿌지를 힘도 없는 놈입니다. 뭐 조금도 겁
내실 거 없습니다. 편안한 맘으로 내외분이서 제 얘기 들어 주십
시오. 잠깐이면 됩니다."

그때까지도 나는 적당히 권 씨를 구슬려 문간방으로 돌려보낼
기회만을 노리고 있었다. 그러나 그의 입에서 모기 앞정강이 부
러뜨릴 힘도 없다는 고백이 나오고부터는 생각이 달라지지 않을
수 없었다. 그가 하는 말을 듣다 보면 모기 앞정강이 하나 어쩌지
못하는 주제에 감히 사회의 안녕과 질서를 뚝뚝 부러뜨린 그 불
가사의가 다소 풀릴 것도 같았다.

"아마 프로이트가 한 말일 겁니다."

그는 병째 기울여 소주를 꿀꺽꿀꺽 들이켰다.

"성자와 악인은 종이 한 장 차이랍니다. 악인이 욕망을 행동으
로 표현하는 대신에 성자는 그것을 꿈으로 대신하는 것에 불과
하답니다."

그가 또 소주병을 기울이려 했으므로 나는 병을 빼앗은 다음
아내를 시켜 간단한 술상을 보아 오게 했다.

"내 입장을 그럴듯하게 꾸미기 위해서 성현을 깎아내릴 생각
은 없습니다. 그렇지만 프로이트한테 커다란 위로를 받고 있는

건 사실입니다. 내가 전과자가 될 줄 미리 알구서 일찍이 그런 위로의 말을 준비해 둔 성싶거든요."

술상이 들어왔다. 저녁에 먹다 남긴 돼지찌개 재탕에다 끼니때마다 보는 밑반찬 두어 가지가 전부였다. 우리는 일 차로 주거니 받거니 했다. 그는 말했다.

"물독에 빠진 생쥐처럼 잔뜩 비를 맞던 저 화요일이 있기 전까지 나 역시 오 선생 이상으로 선량한 시민이었지요. 물론 내 안사람도 아주머니만큼이나 착하고 선량했을 겁니다. 불만이 있고 억울한 일이 있어도 기껏 꿈속에서나 해결할 뿐이지 행동으로 나타낼 줄은 몰랐으니까요."

아내더러 술을 더 사 오도록 했다. 술이 들어갈수록 그는 더욱 창백해졌으며, 너름새가 좋아졌다. 술이 그를 지껄이도록 시키고 있음이 분명했다. 그는 말했다.

"모든 게 무리였지요. 우선 나 같은 인간이 태어난 그 자체가 무리였고, 장질부사˙나 복막염 같은 걸로 죽을 기회 다 놓치고는 아등바등 살아서 처자식까지 거느린 게 무리였고, 광주 단지에다 집을 마련한 게 무리였고, 이래저래 무리 아닌 일이 하나도 없었습니다."

지상 낙원이 들어선다는 소문이 특히 없이 사는 사람들 사이에 굉장한 설득력을 지닌 채 퍼지고 있었다. 꼭 그걸 믿어서가 아니었다. 외려 그는 처음부터 낙원이란 게 별게 아님을 믿는 편이었다. 다만 차제˙에 내 집을 마련할 수 있다는 유혹의 손에 덜미를

˙ 장질부사 장티푸스. 티푸스균이 창자에 들어가 일으키는 급성 전염병.

잡혀 서울에서 통근 거리 안에 든다는 그 이점을 너무 과대평가했던 과오는 인정하지 않는 바 아니다. 결국 그는 당시 형편으로는 거금에 해당하는 20만 원을 변통해서 복덕방 영감쟁이를 통하여 철거민의 입주 권리를 손에 넣었다.

"난생처음 이십 평짜리 땅덩어리가 내 소유로 떨어진 겁니다. 내 차지가 된 그 이십 평이 너무도 대견해서 아침저녁으로 한 뼘 한 뼘 애무하다시피 재고 밟고 하느라고 나는 사실은 나 이상으로 불행한 어느 철거민의 소유였어야 할 그것이 협잡[•]으로 나한테 굴러떨어진 줄을 전혀 잊고 지낼 정도였습니다. 당시의 나한테는 이 세상 전체가 끽해야 이십 평에서 그렇게 많이 벗어나게 커 보이지는 않았습니다."

가까스로 대지는 마련되었으나 그 위에 기둥을 세우고 비바람을 가릴 여유는 아직 없어 땅을 묵히다가 또 간신히 낡은 텐트 하나를 구해서 버티기를 몇 달이나 했다. 선거철이었다. 지상 낙원 건설의 청사진에 갖가지 공약들이 한 획 한 획 첨가되었다. 곳곳에서 기공식들이 화려하게 벌어지고 건설 붐이 일었다. 당장 막벌이 날품팔이들의 천국이 눈앞의 현실로 바싹 당겨졌다. 갈수록 선거 열풍이 거세짐과 더불어 지가가 열나게 뛰고 사람값이 종종걸음을 치고 하는 그 사이를 부동산 투기업자들이 훨훨 날아다녔다. 그는 생각하기를, 이와 같은 움직임 모두가 자기하고는 하등 상관이 없는 것이려니 했다. 그런 생각이 얼마나 잘못

• 차제(此際) 때마침 주어진 기회.
• 협잡 옳지 않은 방법으로 남을 속임.

되었나를 그는 선거가 끝났을 때 이십 촉짜리 전등 밑에서 벼락이 머리에 닿듯이 아찔하게 확인했다.

"국회 의원 선거가 끝난 바로 그다음 날이었습니다. 이틀만 지났어도 두말 않겠어요. 어제 끝났으면 오늘 그런 겁니다."

한 장의 통지서가 배부되어 왔다. 6월 10일까지 전매 소유한 땅에다 집을 짓지 않으면 불하*를 취소하겠다는 내용이었다. 보름 후면 6월 10일이었다. 보름 안에 집을 지으라는 얘기였다. 자기가 날품팔이가 아니래서, 자기 생계의 근원이 여전히 서울이래서 대단지의 부산스런 움직임과는 무관한 것처럼 처신해 온 그는 뒤늦게 사타귀에서 방울 소리가 나도록 뛰어다니지 않으면 안 되었다. 우선 며칠씩 출판사를 무단결근하면서 닥치는 대로 돈을 변통하기에 급급했다. 돈이 되는 대로 시멘트와 블록과 각목을 사서 마누라와 함께 한 단 한 단 쌓아 올리기 시작했다. '저나 내나' 건축엔 눈곱만큼의 지식도 없었지만 그저 본능이 시키는 대로, 이렇게 하면 최소한 넘어지지는 않겠거니 하는 어림 하나로 소위 집을 짓는 엄청난 일을 겁 없이 감행했다. 지상 낙원이란 구호에 합당할 그럴듯한 가옥을 당국에서 요구하지 않는 것이 무엇보다 다행이었고 고마운 일이었다. 건자재가 떨어지면 작업을 중단하고 뛰어나가 비럭질하다시피 돈을 꾸어다 재료를 대기를 몇 차례나 거듭하는 사이에 어느덧 사면 벽이 세워지고 지붕이 씌워졌다. 채 보름도 걸리지 않았다. 외양이나 실질이야 아무렇든 자기가 원하고 당국에서 요구한 ㄱ 집이 드디어 완성

* 불하(拂下) 국가 또는 공공 단체의 재산을 개인에게 팔아넘기는 일.

된 것이다.

"서둘러서 집을 짓도록 명령한 당국에다 외려 감사해야 할 판이었어요. 우리는 한 달 남짓 고대광실에라도 든 기분으로 둥둥 떠서 지냈습니다. 그 한 달 내내 마누라는 은경이 년을 끌어안고 쫄쫄 쥐어짜기만 했지요."

겨우 한숨 돌리려는 참인데 또 통지서가 왔다. 전매 입주자는 분양 전 토지 20평을 평당 8천 원 내지 1만 6천 원으로 계산하여 7월 말까지 일시불로 납부하는 조건으로 불하받으라는 것이었다. 만일 기한 내 납부치 않으면 해약은 물론 법에 의해 6개월 이하의 징역이나 30만 원 이하의 벌금을 과하도록 하겠다는 단서가 붙어 있었다.

"이번 역시 보름 기한이었어요. 보름 되게 좋아합디다. 걸핏하면 보름 안으로 해내라는 거예요."

엎친 데 덮쳐 경기도에서는 토지 취득세 부과 통지서를 발부했다. 관할과 소속이 각기 다른 서울시와 경기도가 이렇게 쌍나발을 부는 바람에 주민들은 거의 초주검 꼴이 되었다. 광주 대단지 토지 불하 가격 시정 대책 위원회라는 유례없이 긴 이름의 임의 단체가 조직되었다. 대책 위원회는 곧 투쟁 위원회로 개칭되었다. 속에 식자깨나 든 것으로 알려져 그는 같은 배를 탄 전매 입주자들에 의해서 대책 위원과 투쟁 위원을 고루 역임하게 되었다.

"그게 만약 감투 축에 든다면, 나한텐 정말 분에 넘치는 감투였어요."

겸손의 말이 아니었다. 그런 일을 감당할 만한 능력도 없을뿐

더러 자기는 여전히 광주 단지 사람이 아니며 어디까지나 서울 사람이라는 생각 때문에 맡고 싶지도 않았고, 그래서 뻔질나게 열리는 회의에 한 번도 참석지 않았다. 해결의 실마리라곤 전혀 보이지 않는 가운데 팽팽한 긴장 속에서 7월 말 시한을 넘기고 8월 10일을 맞았다. 투쟁 위원회에서 최후 결단의 날로 정한 바로 그날이었다.

공기가 흉흉했다. 그 흉흉한 공기가 저기압을 불러왔음 직했다. 비가 내렸다. 이른 아침부터 거리에 전단이 살포되고 벽보가 나붙었다. 시간이 되면 가슴에 달기로 한 노란 리본이 나누어졌다. 그는 방 안에서 꼼짝도 않으면서 밖에서 벌어지는 움직임에 잔뜩 신경을 곤두세우고 있었다. 꼭 무슨 일이 일어나고야 말 것을 예감케 하는 분위기였다. 그게 두려웠다. 무슨 일이 일어난다는 건 그에게 있어 일어나지 않느니만 같지 못했다. 비는 간헐적으로 내렸다. 11시가 지났다. 11시에 나와서 위원회 대표들과 면담하기로 약속한 사람이 나타나지 않자 사람들은 기다리는 일을 포기해 버렸다. 모두들 거리로 뛰쳐나오라고 외치는 소리가 골목을 누볐다. 맨주먹으로 있지 말고 무엇이든 되는대로 손에 잡으라고 그 소리는 덧붙이고 다녔다. 누군지 빈지문이 떨어져 나가게 두들기는 사람이 있었다.

"권 선생! 권 선생 집에 기슈?"

가슴이 덜컥 내려앉는 소리였다. 그는 마누라를 시켜 벌써 출근했다고 거짓말을 하게 했다. 누군지 모를 사내를 따돌리고 나서 그제야 생각해 보니 화요일이 아닌가. 일요일도 아닌데 여지껏 출근하지 않고 빈둥거린 그 이유는 또 뭔가. 별안간 그는 깜짝 놀랐다. 그것은 의타심이었다. 자기도 깊이 관련된 일에 정작 자기는 뛰어들 의사가 없으면서도 남들의 힘으로 그 일이 성취되는 순간이 오기를 기다리는 기회주의의 자세였다. 그것은 여지없이 하나의 자각이면서 동시에 부끄러움의 확인이었다. 그는 후닥닥 일어나 밖으로 나갔다. 그는 길을 가득 메운 채 손에 몽둥이와 각종 연장 따위를 들고 출장소 쪽으로 구호를 외치며 달려가는 사람들을 보았다. 그들과 마주쳤을 때 그는 낮도둑처럼 얼른 샛길로 몸을 피했다. 부끄럽게 자신을 깨달은 뒤끝이니까 한번쯤 발길이 그들 쪽으로 향할 법도 하건만 그의 눈은 완강하게 서울로 가는 버스만 찾고 있었다. 그러나 헛수고였다. 외부로 통하는 교통수단은 이미 두절되어 있었다. 차를 찾는 잠깐 사이에도 전신이 비에 흠뻑 젖었다. 바람을 받으며 엇비슥이 때리는 끈덕진 비로 거리에 나온 사람들은 저마다 후줄근히들 젖어 있었다. 그는 차 잡기를 포기하고 인적이 뜸한 골목만 골라 걷기 시작했다. 생전 처음 걷는 생소한 길을 서울로 통하는 길이거니 하면서 무작정 걷다가 자기와 비슷한 처지의 동무를 만나게 되었다. 몽둥이와 돌멩이를 든 군중을 피해서 요리조리 골목을 누비며 오는 택시였다. 그는 재빨리 골목길 한복판을 결사적으로 막아섰다. 요금은 암만이라도 좋았다. 택시 안엔 일행으로 보이는 신사분 셋이 선승해 있었다. 그들을 태운 택시가 어쩔 수 없이 통과하지 않으면 안 되는 광주 단지의 관문에 다다랐을 때 검문에 걸렸다. 원시 무기로 무장한 일단의 청년들이 살기등등해 가지고 무조건 차에서 내릴 것을 명령했다.

"아하, 투쟁 위원님이 타구 계셨군요. 단신으로 서울까지 쳐들어가서 투쟁하시긴 아무래도 무릅니다. 어서 내리십쇼."

웬 청년이 다가오더니 허리를 굽실하고 빙싯빙싯 웃으며 친절히 말했다. 청년은 용케도 그를 알아보는 모양이나 이쪽에서는 상대방이 누군지 전혀 기억에 없었다. 잠시 그가 어물쩍거리자 곁에 있던 다른 청년이 잡담 제하고 몽둥이를 휘둘러 단박에 차창을 박살 내 버렸다.

"개새끼들아, 늬들 목숨만 목숨이냐?"

"다른 사람들은 몇 끼씩 굶고 악을 쓰는 판인데 택시나 타고 앉았다니, 늘어진 개 팔자로군."

"굶어도 같이 굶고 먹어도 같이 먹어! 죽어도 같이 죽고 살아도 같이 살잔 말야!"

각목이나 자전거 체인 따위를 코앞에 들이대면서 청년들이 가뜩이나 쉰 목청을 한껏 드높이고 있었다. 물론 그러기 전에 차에 탔던 승객들은 차창이 부서져 나가는 순간 밖으로 뛰어나와 이미 절반쯤은 죽어 있었다.

"권 선생님, 저쪽으로 가실까요."

처음 알은체하던 예의 그 청년이 그에게 귀엣말을 했다. 그가 가장 두렵게 느끼는 건 몽둥이가 아니었다. 친절이었다. 청년은 웃음으로 그를 묶어 도로변 잡초 더미까지 손쉽게 연행해 갔다. 그러고는 거기에서 일장의 설교를 늘어놓기 시작했다. "물론 잘 아시겠지만……."이라고 말끝마다 전제하면서 청년은 주로, 지금 이 시간에도 먹고 마시고 춤추고 침대에서 뒹굴고 있을 서울의 유한계급과 대단지 안의 처참한 생활상을 침이 마르도록 대비시킴으로써 아직도 잠자고 있는 그의 사회적 지각(知覺)을 새

나라의 어린이처럼 벌떡 일어나게 하려는 수작인 줄은 짐작이 되는데, 한마디도 귀에 들어오지 않았다. 대체 사람이 얼마나 잔인하면 이런 판국에서도 저토록 친절할 수 있을까만을 그는 생각하고 있었다. 자신의 설교가 웬만큼 먹혀들었다고 판단했던지 청년은 그를 이끌고 가파른 산등성이를 질러 단지 중심부로 들어갔다.

"바루 저기 저 부근이었어요."

그는 우리 방 들창 쪽을 손으로 가리켰다. 그러나 유감스럽게도 안방 아랫목에 앉아서는 그가 가리키는 저기가 어디쯤인지 가늠키 어려웠다. 우리 내외의 얼굴이 실감한 사람답잖게 맨숭맨숭한 걸 알아차린 그는 갑자기 벌떡 일어서는가 싶더니 어느새 마루로 뛰어나가고 있었다. 덩달아 내가 뛰어나간 것은 순전히 그를 붙잡기 위해서였다. 언제 들어왔는지 마루 끝 현관 부근에 권 씨의 일가족이 오보록이 몰려 차례로 뛰어나오는 우리를 빤히 올려다보고 있었다. 아비를 보자마자 새끼들 입에서 대번에 울음이 터져 나왔다. 잔뜩 부른 배를 금방이라도 마루에 내려놓을 듯한 자세를 취한 채 권 씨 부인은 홍당무가 된 자기 남편을 그저 멀뚱히 쳐다볼 따름이었다.

"울 것 없다. 느이 애비 아직 안 죽었다."

가장으로서의 체통 같은 걸 다분히 의식하는 목소리로 그가 낮게 말했다. 그는 내친걸음에 아들딸들 울음의 틈서리를 뚫고 마당에까지 진출했다. 말은 똑바로 하면서도 걸음은 비틀거리는 것이 아마 평형을 잃지 않으려는 그의 의지가 혀 아래까지는 미치지 못하는 모양이었다.

"저기 저쪽이었지요."

방 안에서보다 훨씬 자신이 붙은 소리로 그가 재차 설명했다. 언덕 아래 한참 거리에 달꽉 쏟아부은 듯한 불빛의 무리가 그의 가리키는 손끝에서 놀고 있었다. 어른들끼리 시방 서로 싸우느라고 그러는 것이 아닌 줄을 벌써 알아차렸을 텐데도 아이들은 봇물 터지듯 나오는 울음을 조금도 누그러뜨리려 하지 않았다.

"저것 좀 보라고 청년이 갑자기 소리칩니다. 그렇잖아도 난 이미 보고 있었는데요. 빗속에서 사람들이 경찰하고 한참 대결하는 중이었죠. 최루탄에 투석으로 맞서고 있었어요. 청년은 그것이 마치 자기 조홧속으로 그려진 그림이나 되는 것같이 기고만장입디다만, 솔직히 얘기해서 난 비에 젖은 사람들이 똑같이 비에 젖은 사람들을 상대로 싸우는 그 장면에 그렇게 감동하지 않았어요. 그것보다는 다른 걱정이 앞섰으니까요. 이 친구가 여기까지 끌고 와서 끝내 날 어쩔 작정인가 하고 말입니다. 그런데 잠시 지켜보고 있는 사이에 장면이 휘까닥 바꿔져 버립니다. 삼륜차 한 대가 어쩌다 길을 잘못 들어 가지고는 그만 소용돌이 속에 파묻힌 거예요. 데몰 피해서 빠져나갈 방도를 찾느라고 요리조리 함부로 대가리를 디밀다가 그만 뒤집혀서 벌렁 나자빠져 버렸어요. 누렇게 익은 참외가 와그르르 쏟아지더니 길바닥으로 구릅니다. 경찰을 상대하던 군중들이 돌멩이질을 딱 멈추더니 참외 쪽으로 벌 떼처럼 달라붙습니다. 한 차분이나 되는 참외가 눈 깜짝할 새 동이 나 버립니다. 진흙탕에 떨어진 것까지 주워서는 어적어적 깨물어 먹는 거예요. 먹는 그 자체는 결코 아름다운 장면이 못 되었어요. 다만 그런 속에서도 그걸 다투어 주워 먹도록 밑에서 떠받치는 그 무엇이 그저 무시무시하게 절실할 뿐이었죠. 이건 정말 나체화구나 하는 느낌이 처음으로 가슴에 팍 부딪쳐 옵디다. 나체를 확인한 이상 그 사람들하곤 종류가 다르다고 주장해 나온 근거가 별안간 흐려지는 기분이 듭디다. 내가 맑은 정신으로 나를 의식할 수 있었던 것은 거기까지가 전부였습니다."

그가 더 이상 이야기를 계속할 눈치가 아니었으므로 나는 비로소 그에게 말을 걸 기회를 얻었다.

"그 뒤 권 선생이 어떻게 되셨는지 물어봐도 괜찮겠습니까?"

"벌써 물어 놓고는 뭘 양해를 구하십니까. 사흘 후에 형사가 출판사로 찾아와서 수갑을 채우더군요. 경찰에서 증거로 제시하는 사진들을 보고 놀랐습니다. 사진 속에서 난 버스 꼭대기에도 올라가 있고 석유 깡통을 들고 있고 각목을 휘둘러 대고 있기도 했습니다. 어느 것이나 내 얼굴이 분명하긴 한데 나로서는 전혀 기억에 없는 일들이었으니까요."

이제 그 이야기에 관해서는 들을 만큼 다 들은 셈이었다. 느닷없이 소주병을 꿰차고 들어와서 여태껏 잠자코 입을 봉하고 있던 그 이야기를 새삼스럽게 길게 늘어놓은 이유도 능히 짐작할 수 있었다. 하지만 내겐 아직도 궁금한 구석이 공연한 부담감과 함께 남아 있었다. 차제에 그걸 풀 수만 있다면 피차를 위해서 오히려 잘된 일일 것이었다.

"내가 이 순경을 만나는 줄 진작부터 알고 계셨습니까?"

권 씨가 소리 없이 웃었다.

"정확히 말해서 이 순경이 오 선생을 만나는 거겠죠. 어느 한

부분이 장해를 받으면 다른 한 부분이 비상하게 예민해지는 법입니다. 내 경우 그것은 제 육감입니다."

"설마 이 순경한테 고자질했다고 생각하진 않으시겠죠? 이 순경은 그걸 협조라는 말로 표현했습니다만……."

그는 또 소리 없이 웃었다.

"방금 얘기했잖습니까, 경우에 따라서 사람은 자기가 전혀 원치 않던 일을 자기도 모르는 사이에 할 수도 있다고 말입니다. 오 선생도 아마 거기서 예외는 아닐 겁니다. 지금까진 하지 않았지만 앞으로도 협조하지 않는다고 장담하실 필요는 없습니다."

그날 밤 잠자리에 들면서 아내가 내 귀에 속삭였다.

"권 씨 그 사람 꼴로 볼 게 아니네요. 어리숙한 줄 알았더니 여간내기 아니네요."

"앉으라면 앉고 서라면 서고, 당신 꼼짝없이 당하더구만."

"아이 분해라!"

불을 끈 다음에 아내가 다시 소곤거려 왔다.

"당신두 보셨죠? 오늘사 말고 영기 엄마 배가 유난히 더 불러 보였어요. 혹시 쌍둥이나 아닌가 싶어서 남의 일 같잖아요. 여덟 달밖에 안 된 배가 그렇게 만삭이니 원……."

"당신더러 대신 낳으라고 떠맡기진 않을 거야. 걱정 마."

나는 그날 밤 디킨스와 램의 궁둥이를 번갈아 걷어차는 꿈을 꾸었다. 내가 권 씨의 궁둥이를 걷어차고 권 씨가 내 궁둥이를 걷어차는 꿈을 꾸었다.

아내가 권 씨네에 대해서 갑자기 관심을 보이기 시작했다. 좀 더 정확히 얘기해서 권 씨 부인의 그 금방 쏟아질 것만 같은 아랫배에 관한 관심이었다. 말투로 볼 때 남자들이 집을 비우는 낮 동안이면 더러 접촉도 가지는 모양이었다. 예정일도 모르더라면서 아내는 낄낄낄 웃었다. 임신부가 자기 분만 예정일도 몰라서야 말이 되느냐고 핀잔했더니, 까짓것 알아도 그만 몰라도 그만, 어차피 때가 되면 배 아프며 낳기는 마찬가지라면서 태평으로 있더라는 것이었다.

권 씨는 여전히 일자리를 구하지 못한 채였다. 일정한 직장이 없으면서도 아침만 되면 출근 복장을 차리고 뻔질나게 밖으로 나가곤 했다. 몸에 붙인 기술도, 그렇다고 타고난 뚝심도 없으면서 계속해서 공사판 같은 데 나가 막일을 하는 눈치였다. "동주 운아, 노올자아!" 하고 둘이 합창하듯이 길게 외치면서 일단 안방까지 들어오는 데 성공한 권 씨의 아이들은 끼니때가 되어도 막무가내로 버티면서 문간방으로 돌아가지 않는 적이 자주 있게 되었다. 문간방의 사정이 심상치 않다는 징조였다. 그렇다고 권 씨나 권 씨 부인이 우리에게 터놓고 도움을 청한 적은 한 번도 없었다. 다만 우리로 하여금 그런 꼴을 목격하고도 도울 마음을 먹지 않으면 도무지 인간이 아니게시리 상황을 최악의 선까지 잠자코 몰고 갈 뿐이었다. 애당초 이 순경이 기대했던 그대로 산타클로스 비슷한 꼴이 되어 쌀이나 연탄 따위를 슬그머니 문간방 부엌에다 넣어 주고 온 날 저녁이면 아내는 분하고 억울해서 밥도 제대로 못 먹었다. 임부나 철부지 애들을 생각한다면 그까짓 알량한 선심쯤 아무렇지도 않다는 주장이었다. 하지만 제게 딸린 처자식조차 변변히 건사 못하는 한 얼간이 사내한테까지 자기 선심의 일부나마 미칠 일을 생각하면 괘씸해서 잠이 안 올

지경이라고 생병을 앓았다. 권 씨가 여간내기 아니라고 속삭이던 게 엊그제인 걸 벌써 잊고 아내는 셋방 잘못 내줬다고 두고두고 자탄하는 것이었다.

남편이 여전히 벌이가 시원찮은 상태에서 권 씨 부인은 어언 해산의 날을 맞게 되었다. 진통이 시작된 지 꽤 오래되는 모양이었다. 아내의 귀띔으로는 점심 무렵이 지나서부터 그런다고 했다. 학교에서 돌아와 저녁을 먹다가 나는 문간방에서 울리는 괴상한 소리를 들었다. 처음에는 되게 몸살을 하듯이 끙끙 앓는 소리로 시작되었다. 그러다가 느닷없이 몸의 어딘가에 깊숙이 칼이라도 받는 양 한차례 처절하게 부르짖고는 이내 도로 잠잠해지곤 하면서 이러기를 몇 번이고 되풀이하는 것이었다. 나로서는 그것이 방을 세 내준 이후로 처음 듣는 권 씨 부인의 목소리였다.

"당신이 한번 권 씰 설득해 보세요. 제가 서너 번 얘길 했는데두 무슨 남자가 실실 웃기만 하믄서 그저 염려 없다구만 그러네요."

병원 얘기였다.

"권 씨가 거절하는 게 아니고 돈이 거절하는 거겠지."

아내는 진즉부터 해산 준비가 전혀 되어 있지 않음을 더러는 흉보고 또 더러는 우려해 왔었다.

"남산만이나 한 배를 갖구서 요즘 세상에 그래 앨 집에서, 그것도 산모 혼자 힘으로 낳겠다니, 아무래두 꼭 무슨 일이 터질 것만 같아요. 달이 다 차도록 기저귓감 하나 장만 않는 여편네나 조산원 하나 부를 돈도 마련이 없는 사내나 어쩜 그리 짝짜꿍인지!"

서둘러 식사를 끝내고 나서 나는 권 씨를 마당으로 불러냈다.

듣던 대로 권 씨는 대뜸 아무 염려 말라면서 실실 웃었다. 마치 곤경에 빠진 나를 극진히 위로해 주는 투였다.

"둘째 때도 마누라 혼자서 거뜬히 해치웠거든요."

"우리가 염려하는 건 권 선생네가 아니라 바로 우리를 위해서요. 물론 그럴 리야 없겠지만 만에 일이라도 일이 잘못될 경우 난 권 선생을 원망하겠소."

작자가 정도 이상으로 느물거린다 싶어 나는 엔간히 모진 소리를 남기고는 방으로 들어와 버렸다. 정히나 어려우면 분만비를 빌려줄 수도 있음을 넌지시 비쳤는데도 작자가 끝내 거절한 것은, 까짓것 변두리 병원에서 얼마 들지도 않을 비용을 빌려 쓴 다음 나중에 갚는 그 알량한 수고를 겁낸 나머지 두 목숨을 건 모험 쪽을 택한 계산속일 거라고 나는 단정해 버렸다.

그러나 한결같은 상태로 자정을 넘기고 나더니 사정이 달라졌다. 경산(經産)*치고는 살진통이 너무 길고 악착스러운 데 겁이 났던지 권 씨는 통금이 해제되기도 전에 부인을 업고 비탈길을 내려가느라고 한바탕 북새를 떨었다. 북이 북채 위에 업힌 모양으로 권 씨 내외가 우리 집 문간방을 빠져나가는 걸 보는 것만으로도 한근심 더는 기분이었다. 미역 근이나 사 놓고 기다리다가 소식이 오면 병원에 가 보라고 아내에게 이르고는 출근했다.

오후 수업이 시작된 바로 뒤에 뜻밖에도 권 씨가 나를 찾아왔다. 때마침 나는 수업이 없어 교무실에서 잡담이나 하고 있는 중이어서 수위로부터 연락을 받자 곧장 학교 정문으로 나갈 수가

---

*경산 아이를 낳은 경험이 있음.

있었다.

"바쁘실 텐데 이거 죄송합니다."

권 씨는 애써 웃는 낯이었고 왠지 사람이 전에 없이 퍽 수줍어 보였다. 나는 그 수줍음이 세 번째 아이의 아버지가 된 데서 오는 것일 거라고 좋은 쪽으로만 해석함으로써 연락을 받는 그 순간에 느낀 불길한 예감을 떨쳐 버리려 했다.

"잘됐습니까?"

"뒤늦게나마 오 선생 말씀대로 했기 망정이지 끝까지 집에서 버텼다간 큰일 날 뻔했습니다. 녀석인지 년인진 모르지만 못난 애비 혼 좀 나라고 여엉 애를 멕이는군요."

권 씨는 수줍게 웃으며 길바닥 위에다 발부리로 뜻 모를 글씬지 그림인지를 자꾸만 그렸다. 먼지가 풀풀 이는 언덕길을 터벌터벌 올라왔을 터인데도 그의 구두는 놀랄 만큼 반짝거렸다. 나를 기다리는 동안 틀림없이 바짓가랑이 뒤쪽에다 양쪽 발을 번갈아 가며 문지르고 있었을 것이었다.

"십만 원 가까이 빌릴 수 없을까요!"

밑도 끝도 없이 그는 이제까지의 수줍음이 싹 가시고 대신 도발적인 감정 같은 걸로 그득 채워진 얼굴을 들어 내 면전에 대고 부르짖었다. 담배 한 대만 꾸자는 식으로 십만 원 소리가 허망히도 나왔다. 내가 잠시 어리둥절해 있는 사이에 그는 매우 사나운 기세로 말을 보태는 것이었다.

"수술을 해야 된답니다. 엑스레이도 찍어 봤는데 아무 이상이 없답니다. 모든 게 다 정상이래요. 모체 골반두 넉넉허구요. 조기 파수도 아니구 전치태반도 아니구요. 쌍둥이는 더더욱 아니구요. 이렇게 정상적인데도 이십사 시간이 넘두룩 배가 위에 달라붙는 경우는 태아가 돌다가 탯줄을 목에 감았을 때뿐이랍니다. 제기랄, 탯줄을 목에 감았다는군요. 빨리 손을 쓰지 않으면 산모나 태아나 모두 위험하대요."

어색하게 들린 것은 그가 '제기랄'이라고 씹어뱉은 그 대목뿐이었다. 평상시의 권 씨답지 않은 그 말만 빼고는 그럴 수 없이 진지한 이야기였다. 아니다. 그가 처음으로 점잖지 못한 그 말을 사용했기 때문에 내 귀엔 더욱더 진지하게 들렸을지도 모른다. 나는 한동안 망설이지 않을 수 없었다. 그의 진지함 앞에서 '아아, 그거참 안됐군요.'라든가 '그래서 어떡허죠.' 하는 상투적인 말로 섣불리 이쪽의 감정을 전달하기엔 사실 말이지 '십만 원 가까이'는 내게 너무나 큰 부담이었다. 집을 살 때 학교에다 진 빚을 아직 절반도 못 가린 처지였다. 정상 분만비 1, 2만 원 정도라면 또 모르지만 단순히 권 씨를 도울 작정으로 나로서는 거금에 해당하는 10만 원 가까이를 또 빚진다는 건 무리도 이만저만이 아니었다. 뿐만 아니라 집안에서 경제권을 장악하고 있는 아내의 양해도 없이 멋대로 그런 큰일을 저질러도 괜찮을 만큼 나는 자유롭지도 못했다.

"빌려만 주신다면 무슨 짓을, 정말 무슨 짓을 해서라도 반드시 갚겠습니다."

반드시 갚는 조건임을 강조하면서 그는 마치 성경책 위에다 오른손을 얹고 말하듯이 엄숙한 표정을 했다. 하마터면 나는 잊을 뻔했다. 그가 적시에 일깨워 주었기 망정이지 안 그랬더라면 빌려주는 어려움에만 골똘한 나머지 빌려줬다 나중에 돌려받는 어려움이 더 클 거라는 사실은 생각도 못 할 뻔했다. 그렇다. 끼니조차 감당 못 하는 주제에 막벌이 아니면 어쩌다 간간이 얻어걸리는 출판사 싸구려 번역 일 가지고 어느 해가에 빚을 갚을 것인가. 책임이 따르는 동정은 피하는 게 상책이었다. 그리고 기왕 피할 바엔 저쪽에서 감히 두말을 못 하도록 야멸치게 굴 필요가 있었다.

"병원 이름이 뭐죠?"

"원산부인괍니다."

"지금 내 형편에 현금은 어렵군요. 원장한테 바로 전화 걸어서 내가 보증을 서마고 약속할 테니까 권 선생도 다시 한번 매달려 보세요. 의사도 사람인데 설마 사람을 생으로 죽게야 하겠습니까. 달리 변통할 구멍이 없으시다면 그렇게 해 보세요."

내 대답이 지나치게 더디 나올 때 이미 눈치를 챈 모양이었다. 도전적이던 기색이 슬그머니 죽으면서 그의 착하디착한 눈에 다시 수줍음이 돌아왔다. 그는 고개를 좌우로 흔들어 보였다.

"원장이 어리석은 사람이길 바라고 거기다 희망을 걸기엔 너무 늦었습니다. 그 사람은 나한테서 수술 비용을 받아 내기가 수월치 않다는 걸 입원시키는 그 순간에 벌써 알아차렸어요."

얼굴에 흐르는 진땀을 훔치는 대신 그는 오른발을 들어 왼쪽 바짓가랑이 뒤에다 두어 번 문질렀다. 발을 바꾸어 같은 동작을 반복했다.

"바쁘실 덴데 실례 많았습니다."

'썰면'처럼 두툼한 입술이 선잠에서 깬 어린애같이 움씰거리더니 겨우 인사말이 나왔다. 무슨 말이 더 있을 듯싶었는데 그는 이내 돌아서서 휘적휘적 걷기 시작했다. 나는 내심 그의 입에서 끈끈한 가래가 묻은 소리가, 이를테면, 오 선생 너무하다든가 잘 먹고 잘살라든가 하는 말이 날아와 내 이마에 탁 눌어붙는 순간에 대비하고 있었는지도 모른다. 그래서 그가 갑자기 돌아서면서 나를 똑바로 올려다봤을 때 그처럼 흠칫 놀랐을 것이다.

"오 선생, 이래 봬도 나 대학 나온 사람이오."

그것뿐이었다. 내 호주머니에 촌지를 밀어 넣던 어느 학부형같이 그는 수줍게 그 말만 건네고는 언덕을 내려갔다. 별로 휘청거릴 것도 없는 작달막한 체구를 연방 휘청거리면서 내딛는 한 걸음 한 걸음마다 땅을 저주하고 하늘을 저주하는 동작으로 내 눈에 그는 비쳤다. 산 고팽이를 돌아 그의 모습이 벌거벗은 황토의 언덕 저쪽으로 사라지는 찰나, 나는 뛰어가서 그를 부르고 싶은 충동을 느꼈다. 돌팔매질을 하다 말고 뒤집혀진 삼륜차로 달려들어 아귀아귀 참외를 깨물어 먹는 군중을 목격했을 당시의 권씨처럼, 이건 완전히 나체구나 하는 느낌이 팍 들었다. 그리고 내가 그에게 암만*의 빚을 지고 있음을 퍼뜩 깨달았다. 전셋돈도 일종의 빚이라면 빚이었다. 왜 더 좀 일찍이 그 생각을 못 했는지 모른다.

원산부인과에서는 만단의 수술 준비를 갖추고 보증금이 도착되기만을 기다리고 있었다. 학교에서 우격다짐으로 후려낸 가불에다 가까운 동료들 주머니를 닥치는 대로 떨어 간신히 마련한 일금 10만 원을 건네자 금테의 마비츠 안경을 쓴 원장이 바로 마

• 암만 밝혀 말할 필요가 없는 값이나 수량을 대신하여 이르는 말.

취사를 부르도록 간호원에게 지시했다. 원장은 내가 권 씨하고 아무 척분˙도 없으며 다만 그의 셋방 주인일 따름인 걸 알고는 혀를 찼다.

"아버지가 되는 방법도 정말 여러 질이군요. 보증금을 마련해 오랬더니 오전 중에 나가서는 여태껏 얼굴 한 번 안 비치지 뭡니까."

"맞습니다. 의사가 애를 꺼내는 방법도 여러 질이듯이 아버지 노릇 하는 것도 아마 여러 질일 겁니다."

나는 내 말이 제발 의사의 귀에 농담으로 들리지 않기를 바랐으나 유감스럽게도 금테 안경의 상대방은 한차례의 너털웃음으로 그걸 간단히 눙쳐 버렸다. 나는 이미 죽은 게 아닌가 싶게 사색이 완연한 권 씨 부인이 들것에 실려 수술실로 들어가는 걸 거들었다.

생명을 꺼내고 그 생명을 수용했던 다른 생명까지 암낭해서˙ 건지는 요란한 수술치곤 너무도 쉽게 끝났다. 보호자 대기석에 앉아서 우리 집 동준이 놈을 얻을 때처럼 줄담배질로 네 댄가 다섯 대째 불을 붙이고 나니까 울음소리가 들렸다.

"고추예요, 고추!"

수술을 돕던 원장 부인이 나오면서 처음 울음을 듣는 순간에 내가 점쳤던 결과를 큰 소리로 확인해 주었다. 진짜 보호자를 상대하듯이 원장 부인이 내게 축하를 보내왔으므로 나 역시 진짜

˙ 척분 성이 다르면서 일가가 되는 관계.
˙ 암낭하다 '압령하다'의 음운이 변하여 된 말. 맡아 데리고 오다.

보호자 입장에서 수고를 치하하지 않을 수 없었다. 잠시 후에 나는 강보에 싸여 밖으로 나오는 권기용 씨의 차남을 대면할 수 있었다. 제 어미 배를 가르고 나온 놈답지 않게 얼굴이 두툼한 것이 속없이 잘도 생겼다. 제왕절개라는 말이 풍기는 선입감에 딱 어울리게시리 목청이 크고 우렁찼다. 병원 건물을 온통 들었다 놓는 억세디억센 놈의 울음소리를 듣는 동안 나는 동준이 놈을 낳던 날의 감격 속으로 고스란히 빠져들어 갔다.

우리 집에 강도가 든 것은 공교롭게도 그날 밤이었다. 난생처음 당해 보는 강도였다. 자꾸만 누군가 내 어깨를 흔들어 대고 있었다. 귀찮다고 뿌리쳐도 잠자코 계속 흔들었다. 나를 깨우려는 손의 감촉이 내 식구의 그것이 아님을 퍼뜩 깨닫고 눈을 떴을 때 나는 빨간 꼬마전구 불빛 속에서 복면의 사내를 보았다. 그리고 똑바로 내 멱을 겨누고 있는 식칼의 서슬도 보았다. 술 냄새가 확 풍겼다. 조명 빛깔을 감안해서 붉은빛을 띤 검정 계통의 보자기일 복면 위로 드러난 코의 일부와 눈자위가 나우* 취해 있음을 나는 재빨리 간파했다.

"일어나, 얼른 일어나라니까."

나 외엔 더 깨우고 싶지 않은지 강도의 목소리는 무척 낮고 조심스러웠다. 나는 일어나고 싶었지만 도무지 일어날 수가 없었다. 멱을 겨눈 식칼이 덜덜 위아래로 춤을 추었다. 만약 강도가 내 목통이라도 찌르게 된다면 그것은 고의에서가 아니라 지나친 떨림으로 인한 우발적인 상해일 것이었다. 무척 모자라는 강도

---

* 나우 조금 많이.

였다. 나는 복면 위의 눈을 보는 순간에 상대가 그 방면의 전문가가 못 됨을 금방 알아차렸던 것이다. 딴에 진탕 마신 술로 한껏 용기를 돋웠을 텐데도 보기 좋을 만큼 큰 눈이 착하게만 타고난 제 천성을 어쩌지 못한 채 나를 퍽 두려워하고 있었다. 술로 간을 키우지 않고는 남의 집 담을 못 넘을 정도라면 강력 범행을 도모하는 사람으로서는 처음부터 미역국이었다.

"일어날 테니까 칼을 약간만 뒤로 물려 주시오."

강도는 내가 시키는 대로 했다.

"내놔, 얼른 내노라니까."

내가 다 일어나 앉기를 기다려 강도가 속삭였다.

"하라는 대로 하죠. 허지만 당신도 내가 하라는 대로 해야만 일이 수월할 거요."

잔뜩 의심을 품고 쏘아보는 강도를 향해 나는 덧붙여 말했다.

"집 안에 현금은 변변찮소. 화장대 위에 돼지 저금통하고 장롱 서랍 속에 아마 마누라가 쓰다 남은 돈이 약간 있을 거요. 그 밖에 돈이 될 만한 건 당신이 알아서 챙겨 가시오."

강도가 더욱 의심을 두고 경거히 움직이려 하지 않았으므로 나는 시험 삼아 조금 신경질을 부려 보았다.

"마누라가 깨서 한바탕 소동을 벌여야만 시원하겠소? 난처해지기 전에 나를 믿고 일러 주는 대로 하는 게 당신한테 이로울 거요."

한차례 길게 심호흡을 뽑은 다음 강도는 마침내 결심했다는 듯이 이부자리를 돌아 화장대 쪽으로 향했다. 얌전히 구두까지 벗고 양말 바람으로 들어온 강도의 발을 나는 그때 비로소 볼 수 있었다. 내가 그렇게 염려를 했는데도 강도는 와들와들 떨리는 다리를 옮기다가 그만 부주의하게 동준이의 발을 밟은 모양이었다. 동준이가 갑자기 칭얼거리자 그는 질겁을 하고 엎드리더니 녀석의 어깨를 토닥거리는 것이었다. 녀석이 도로 잠들기를 기다려 그는 복면 위로 칙칙하게 땀이 밴 얼굴을 들고 일어나서 내 위치를 힐끗 확인한 다음 본격적인 작업에 들어갔다. 터지려는 웃음을 꾹 참은 채 강도의 애교스런 행각을 시종 주목하고 있던 나는 살그머니 상체를 움직여 동준이를 잠재울 때 이부자리 위에 떨어뜨린 식칼을 집어 들었다.

"연장을 이렇게 함부로 굴리는 걸 보니 당신 경력이 얼마나 되는지 알 만합니다."

내가 내미는 칼을 보고 그는 기절할 만큼 놀랐다. 나는 사람 좋게 웃어 보이면서 칼을 받아 가라는 눈짓을 보였다. 그는 겁에 질려 잠시 망설이다가 내 재촉을 받고 후닥닥 달려들어 칼자루를 낚아채 가지고는 다시 내 멱을 겨누었다. 그가 고의로 사람을 찌를 만한 위인이 못 되는 줄 일찍이 간파했기 때문에 나는 칼을 되돌려 준 걸 조금도 후회하지 않았다. 아니나 다를까, 그는 식칼을 옆구리 쪽 허리띠에 차더니만 몹시 자존심이 상한 표정이 되었다.

"도둑맞을 물건 하나 제대로 없는 주제에 이죽거리긴!"

"그래서 경험 많은 친구들은 우리 집을 거들떠도 안 보고 그냥 지나치죠."

"누군 뭐 들어오고 싶어서 들어왔나? 피치 못할 사정 땜에 어쩔 수 없이……."

나는 강도를 안심시켜 편안한 맘으로 돌아가게 만들 절호의 기회라고 판단했다.

"그 피치 못할 사정이란 게 대개 그렇습디다. 가령 식구 중에 누군가가 몹시 아프다든가 빚에 몰려서……."

그 순간 강도의 눈이 의심의 빛으로 가득 찼다. 분개한 나머지 이가 딱딱 마주칠 정도로 떨면서 그는 대청마루를 향해 나갔다. 내 옆을 지나쳐 갈 때 그의 몸에서는 역겨울 만큼 술 냄새가 확 풍겼다. 그가 허둥지둥 끌어안고 나가는 건 틀림없이 갈기갈기 찢어진 한 줌의 자존심일 것이었다. 애당초 의도했던 바와는 달리 내 방법이 결국 그를 편안케 하긴커녕 외려 더욱더 낭패케 만들었음을 깨닫고 나는 그의 등을 향해 말했다.

"어렵다고 꼭 외로우란 법은 없어요. 혹 누가 압니까, 당신도 모르는 사이에 당신을 아끼는 어떤 이웃이 당신의 어려움을 덜어 주었을지?"

"개수작 마! 그따위 이웃은 없다는 걸 난 똑똑히 봤어! 난 이제 아무도 안 믿어!"

그는 현관에 벗어 놓은 구두를 신고 있었다. 그 구두를 보기 위해 전등을 켜고 싶은 충동이 불현듯 일었으나 나는 꾹 눌러 참았다. 현관문을 열고 마당으로 내려선 다음 부주의하게도 그는 식칼을 들고 왔던 자기 본분을 망각하고 엉겁결에 문간방으로 들어가려 했다. 그의 실수를 지적하는 일은 훗날을 위해 나로서는 부득이한 조치였다.

"대문은 저쪽입니다."

문간방 부엌 앞에서 한동안 망연해 있다가 이윽고 그는 대문

쪽을 향해 느릿느릿 걷기 시작했다. 비틀비틀 걷기 시작했다. 대문에 다다르자 그는 상체를 뒤틀어 이쪽을 보았다.

"이래 봬도 나 대학까지 나온 사람이오."

누가 뭐라고 그랬나. 느닷없이 그는 자기 학력을 밝히더니만 대문을 열고는 보안등 하나 없는 칠흑의 어둠 저편으로 자진해서 삼켜져 버렸다.

나는 대문을 잠그지 않았다. 그냥 지쳐˚ 놓기만 하고 들어오면서 문간방에 들러 권 씨가 아직도 귀가하지 않았음과 깜깜한 방 안에 에미 애비 없이 오뉘만이 새우잠을 자고 있음을 아울러 확인하고 나왔다. 아내가 잠옷 바람으로 팔짱을 끼고 현관 앞에 서 있었다.

"무슨 일이라도 있었어요?"

"아무것도 아냐."

잃은 물건이 하나도 없다. 돼지 저금통도 화장대 위에 고대로 있다. 아무것도 아닐 수밖에. 다시 잠이 들기 전에 나는 아내에게 수술 보증금을 대납해 준 사실을 비로소 이야기했다. 한참 말이 없다가 아내는 벽 쪽으로 슬그머니 돌아누웠다.

"뗄 염려는 없어, 전셋돈이 있으니까."

"무슨 일이 있었군요?"

아내가 다시 이쪽으로 돌아누웠다. 우리 집에 들어왔던 한 어리숙한 강도에 관해서 나는 끝내 한마디도 내비치지 않았다.

이튿날 아침까지 권 씨는 귀가해 있지 않았다. 출근하는 길에

˚ 지치다 문을 잠그지 않고 닫아만 두다.

병원에 들러 보았다. 수술 보증금을 구하러 병원 문밖을 나선 이후로 권 씨가 거기에 재차 발걸음한 흔적은 어디에서도 찾아볼 수 없었다.

그다음 날, 그 다음다음 날도 권 씨는 귀가하지 않았다. 그가 행방불명된 것이 이제 분명해졌다. 그리고 본의는 그게 아니었다 해도 결과적으로 내 방법이 매우 졸렬했음도 이제 확연히 밝혀진 셈이었다. 복면 위로 드러난 두 눈을 보고 나는 그가 다름 아닌 권 씨임을 대뜸 알아차릴 수 있었다. 밝은 아침에 술이 깬 권 씨가 전처럼 나를 떳떳이 대할 수 있게 하자면 복면의 사내를 끝까지 강도로 대우하는 그 길뿐이라고 판단했었다. 그래서 아무 일도 없었던 듯이 병원에 찾아가서 죽지 않은 아내와 새로 얻은 세 번째 아이를 만날 수 있게 되기를 기대했던 것이다. 현관에서 그의 구두를 확인해 보지 않은 것이 뒤늦게 후회되었다. 문간방으로 들어가려는 그를 차갑게 일깨워 준 것이 영 마음에 걸렸다. 어떤 근거인지는 몰라도 구두의 손질의 정도에 따라 그의 운명을 예측할 수도 있지 않았을까 하는 생각이 드는 것이었다. 구두코가 유리알처럼 반짝반짝 닦여져 있는 한 자존심은 그 이상으로 광발이 올려져 있었을 것이며, 그러면 나는 안심해도 좋았던 것이다. 그때 그가 만약 마지막이란 걸 염두에 두고 있었다면 새끼들이 자는 방으로 들어가려는 길을 가로막는 그것이 그에게는 대체 무엇으로 느껴졌을 것인가.

아내가 병원을 다니러 가는 편에 아이들을 죄다 딸려 보낸 다음 나는 문간방을 샅샅이 뒤졌다. 방을 내준 후로 밝은 낮에 내부를 둘러보긴 처음인 셈이었다. 이사 올 때 본 그대로 세간이라곤 깔고 덮는 데 쓰이는 것과 쌀을 익혀서 담는 몇 점 도구들이 전부였다. 별다른 이상은 눈에 띄지 않았다. 구태여 꼭 단서가 될 만한 흔적을 찾자면 그것은 구두일 것이었다. 가장 값나가는 세간의 자격으로 장롱 따위가 자리 잡고 있을 꼭 그런 자리에 아홉 켤레나 되는 구두들이 사열받는 병정들 모양으로 가지런히 놓여 있었다. 정갈하게 닦인 것이 여섯 켤레, 그리고 먼지를 덮어쓴 게 세 켤레였다. 모두 해서 열 켤레 가운데 마음에 드는 일곱 켤레를 골라 한꺼번에 손질을 해서 매일매일 갈아 신을 한 주일의 소용에 당해 온 모양이었다. 잘 닦아진 일곱 중에서 비어 있는 하나를 생각하던 중 나는 한 켤레의 그 구두가 그렇게 쉽사리는 돌아오지 않으리란 걸 알딸딸하게 깨달았다.

권 씨의 행방불명을 알리지 않으면 안 될 때였다. 내 쪽에서 먼저 전화를 걸기는 그것이 처음이자 마지막이었다. 나는 되도록 침착해지려 노력하면서 내게, 이웃을 사랑하게 될 거라고 누차 장담한 바 있는 이 순경을 전화로 불렀다.

1 이 책에 수록된 「아홉 켤레의 구두로 남은 사내」 부분의 주요 사건을 순서대로 정리해 봅시다.

권 씨가 임신한 아내와 아이 둘을 데리고 '나'의 집 문간방으로 들어옴.

⬇

권 씨는 늘 자신의 (　　　　　)를 반짝반짝하게 닦고, '나'는 그것을 의아하게 바라봄.

⬇

권 씨는 일정한 직장이 없으면서도 아침이 되면 출근 복장으로 집을 나감.

⬇

권 씨가 '나'의 학교에 찾아와 (　　　　　　　　　　).

⬇

'나'의 집에 (　　　　　　　　　), 그 이튿날부터 권 씨는 자취를 감춤.

2 권 씨의 가족을 대하는 태도로 미루어 '나'와 아내는 어떤 사람들인지 이야기해 봅시다.

3 '나'는 집에 든 강도가 권 씨임을 눈치채고 호의적으로 대합니다. '나'가 강도의 존재를 어떻게 알 수 있었는지 설명해 봅시다.

....

....

....

4 작품에서 구두가 띠는 의미를 생각하며 빈칸을 채워 봅시다.

구두	의미
( ) 켤레의 구두	비록 가난하고 직업도 변변치 않지만, 자신은 하층민이 아니라 지식인이라는 권 씨의 자존심을 의미한다.
아홉 켤레의 구두	( )

5 다음은 권 씨가 옥살이를 하게 된 사연을 듣고 나서 '나'가 꾼 꿈의 내용입니다. 왜 이런 꿈을 꾸었는지 '나'의 심리를 파악해 봅시다.

> 나는 그날 밤 디킨스와 램의 궁둥이를 번갈아 걷어차는 꿈을 꾸었다. 내가 권 씨의 궁둥이를 걷어차고 권 씨가 내 궁둥이를 걷어차는 꿈을 꾸었다.

....

....

....

윤흥길 「직선과 곡선」 「날개 또는 수갑」 「창백한 중년」

권 씨가 사라지는 것으로 끝나는 「아홉 켤레의 구두로 남은 사내」를 읽고, 그가 어떻게 살았을지 궁금하지 않았나요? 윤흥길의 소설집 『아홉 켤레의 구두로 남은 사내』에는 그 뒷이야기를 다룬 「직선과 곡선」, 「날개 또는 수갑」, 「창백한 중년」도 함께 실려 있습니다. 이처럼 배경이나 등장인물이 같은 여러 편의 소설을 하나의 이야기로 묶은 것을 '연작소설'이라고 합니다.

「아홉 켤레의 구두로 남은 사내」에서 1인칭 서술자 '나'는 오 선생이지만, 「직선과 곡선」에서 '나'는 권 씨입니다. 권 씨가 직접 자기 이야기를 들려주기 때문에 그의 변모가 더욱 생생하게 와닿습니다. 권 씨는 자신의 강도 행각이 탄로 난 것을 알고 절망하지만, 오 선생의 집으로 돌아와 그동안 애지중지 아끼던 구두를 모두 불태우면서 삶의 의지를 새롭게 다집니다. 구두를 불태우는 일이 마치 이제껏 간직했던 자존심을 버리고 현실을 받아들이는 의식처럼 느껴지지요. 그 뒤 권 씨는 우연한 사고를 겪으며 섬유 기업인 동림산업에 취직합니다. 권 씨가 자동차에 치였는데, 그 차의 주인인 오 사장이 보상금과 취직 중 하나를 선택하라고 한 것이지요. 동림산업은 권 씨가 보상금을 노리고 교통사고를 위장한 것으로, 그럼에도 오 사장이 따뜻이 품어 준 것으로 신문에 허위 보도를 냅니다. 그러나 권 씨는 이에 항의하지 않고 차분한 마음으로 첫 출근을 합니다.

이어지는 연작 「날개 또는 수갑」, 「창백한 중년」에서 권 씨는 산업 재해를 입고 해고된 여성 동료를 위해 싸우는 등 노동자로서 새로운 자의식을 형성해 갑니다. "이래 봬도 나 대학 나온 사람이오."라고 외치던 그의 기막힌 인생 유전은 독자에게 쓸쓸함을 남기면서도 묘한 동질감을 불러일으킵니다. 출간된 지 이십 년이 넘어서도 꾸준히 사랑받는 이 연작소설을 함께 읽어 보기를 권합니다.

○○○○○○○○○○○○○○○○○○

카메라와 워커

××××××××××××××××

박완서

朴婉緒(1931~2011) 소설가. 경기도 개풍에서 태어나 숙명여고를 졸업하고 서울대 국문과에 입학했으나 한국 전쟁으로 학업을 중단했다. 1970년 마흔 살의 나이로『여성동아』장편소설 공모에『나목(裸木)』이 당선되어 작품 활동을 시작했다. 소설집으로『부끄러움을 가르칩니다』『배반의 여름』『엄마의 말뚝』『해산바가지』『너무도 쓸쓸한 당신』등과 장편소설『휘청거리는 오후』『그해 겨울은 따뜻했네』『그대 아직도 꿈꾸고 있는가』『미망(未忘)』『그 많던 싱아는 누가 다 먹었을까』『그 산이 정말 거기 있었을까』『아주 오래된 농담』등이 있다.

경기도 개풍에서 태어난 박완서는 딸을 좋은 학교에 보내려던 어머니 덕분에 서울에서 학창 시절을 지내고 대학에 입학합니다. 하지만 신입생이던 1950년, 6·25 전쟁이 발발하는 큰 불운을 겪어야 했지요. 전쟁 중에 오빠를 여의고 어린 조카들까지 맡아야 했던 그녀는 생계를 위해 미군 부대 초상화부에서 일하기도 합니다. 그 뒤 결혼을 해 다섯 남매를 낳아 기르며 주부로 지내던 박완서는 1970년, 미군 부대에서 만난 천재 화가 박수근에 대한 기억을 담은 『나목(裸木)』을 내놓으며 마흔 살 늦깎이 소설가로 데뷔합니다. 그녀는 2011년 작고하기까지 개인사와 민족의 역사를 종횡으로 아우르며 생동감 넘치는 이야기들을 왕성하게 펼쳤습니다.

심한 충격을 겪은 뒤 나타나는 정신적인 외상을 '트라우마'(trauma)라고 합니다. 겉으로 드러난 상처는 눈으로 확인할 수 있지만, 트라우마는 상처가 있는지 없는지 혹은 잘 치유되었는지 보이지 않아 더 위험합니다. 전쟁이나 사고에서 살아남은 사람은 이 트라우마로 인해 오랜 기간 고통을 겪기도 합니다. 우리나라에도 6·25 전쟁이 남긴 트라우마가 지금까지 영향을 미치고 있습니다. 어쩌면 우리 사회에서 양극으로 치달은 세대 차이는 전쟁을 직접 겪은 세대와 겪지 않은 세대 사이의 차이로서 전쟁 트라우마와 관련이 깊을 수도 있겠다 싶습니다.

「카메라와 워커」는 삶이 뿌리째 뽑히는 경험을 한 사람에게 내재된 전쟁 트라우마가 다음 세대의 삶까지 옥죌 수 있음을 보여 줍니다. 소설의 화자인 고모는 끔찍했던 전쟁이 남기고 간 어린 조카를 잘 키우면 전쟁의 상흔 또한 치유되리라 믿습니다. 마치 불모의 땅에도 뿌리내릴 수 있는 적합한 품종을 개발하듯 조카를 현실 적응력이 높은 인물로 키우려 하지요. 고모의 이런 의도는 어떤 결과를 가져올까요? 만약 여러분이 현재를 저당잡힌 채 언젠가 다가올 행복한 미래를 기다려야 한다면, 그 기다림이 정말 원하는 결과를 가져다줄 수 있을까요?

나에게는 조카가 하나 있다. 가끔 나는 내가 내 아이들보다 조카를 더 사랑하고 있는 게 아닌가 하고 생각할 때마다 조카가 생후 사 개월, 내가 스무 살 때 겪은 6·25 사변을 생각 안 할 수 없다. 그때 며칠 건너로 오빠와 올케가 차례로 참혹한 죽음을 당하자 어머니와 나는 어린 조카를 키울 일이 도무지 막막하기만 했다. 우유는 고사하고 밥물이라도 끓일 몇 줌의 흰쌀을 구할 주변머리도 경황도 없었다. 어머니는 푸성귀하고 보리하고 끓인 멀건 국물을 아기 입에 퍼 넣었다. 설탕도 못 넣은 이런 국물을 아기는 도리질하며 내뱉고 밤새도록 목이 쉬게 울었다. 어머니는 쯧쯧 불쌍한 거 할미 젖이라도 빨아 보렴 하며 자기의 앞가슴을 헤쳤다. 담벼락 같은 가슴에 곧 떨어져 버릴 병든 조그만 열매처럼 매달린 젖꼭지를 아기는 역시 도리질로 거부했다. 아기는 젖꼭지를 물어도 보기 전에 조그만 손으로 가슴을 더듬어만 보고도 알았던 것이다. 결코 젖줄을 간직한 가슴이 아니란 것을.

　"늙은이 젖도 자주 빨면 젖이 나온다던데."

　어머니는 아기가 젖을 물기만 하면 자기 젖에서 당장 젖이 펑펑 쏟아질 텐데, 아기가 안 빨아서 아기 배가 곯는 양 안타까워하다가 드디어는 아기의 엉덩이를 두들기기 시작했다. 토실한 엉덩이에 어머니의 손가락 자국이 선명히 솟아오르고 아기는 목이 쉬어서 차마 들을 수 없는 이상한 소리를 내면서, 울음을 토했다 숨이 깔딱 막혔다 했다.

그때 나는 별안간 내 가슴에 퍼진 실핏줄들이 찌릿찌릿하면서 뿌듯해지는 걸 느꼈다. 아니, 실핏줄이 아니라 바로 젖줄이다. 나는 그렇게 확신했다.

나는 올케가 해산하고 나서 아기에게 젖을 주려고 처음으로 사람들 앞에서 헤친 가슴의 잔뜩 분 탐스럽고 단단한 젖보다 훨씬 더 아름답고도 풍만한 젖가슴을 갖고 있었다. 이 젖이 돌기 시작하고 있다고 나는 확신했다.

젖이 돌 때는 가슴이 찌릿찌릿하면서 뿌듯해진다는 건 올케한테 들은 소린데 그것까지 똑같지 않나.

나는 어머니로부터 아기를 거칠게 빼앗아 안았다. 그리고 서슴지 않고 앞가슴을 헤쳤다. 아기의 손이 내 살찐 젖무덤을 더듬더니 이내 울음을 뚝 그치고 다급하게 "흐응, 흐응." 하며 허겁지겁 온 얼굴로 내 가슴을 파고들었다.

그러나 내 젖꼭지가 채 아기의 마른 입술에 닿기도 전에 어머니의 거친 손에 나는 아기를 빼앗기고 말았다. 어머니의 얼굴은 딸의 간음 현장이라도 목격한 것처럼 분노와 수치로 핏기마저 가셔 있었다.

"세상에, 망측해라. 처녀 애가, 없는 일이다. 암 없는 일이고말고."

아기는 코언저리가 새파랗게 질려 사색이 돌 만큼 자지러지게 울기 시작했지만 목이 잠겨 늙은이 가래 끓는 소리같이 기분 나쁜 소리가 끊겼다 이어졌다 했다.

나는 아기의 이런 울음소리를 듣자 느닷없이 가슴에서 젖줄이 넘쳐, 정말로 펑펑 넘쳐 옷섶을 흥건히 적시고 있는 것처럼 느끼며 이런 풍요한 젖줄과 목마른 아기를 굳이 떼어 놓는 어머니에게 격렬한 적의마저 품었다.

그런 일은 오빠와 올케의 죽음이 정리되기도 전, 그러니까 상중의 일이었으니 상중의 일치곤 그리 대단한 일은 아닐지도 모른다. 난리 중에 벼락 맞듯 두 참사를 한꺼번에 당한 집안 사정이 오죽했으며, 그런 일을 당하기까지의 사연인들 오죽했을까만, 나는 유독 조카의 목마름, 배고픔의 광경만을 딴 일과 뚝 떼어서 밑도 끝도 없이 선명하게 기억한다.

설사 난리 중이 아닌 평화 시라도 졸지에 엄마를 잃은 아기는 당분간은 배고프고 내팽개쳐지는 게 스스로가 타고난 박복이 아니겠는가. 그런데도 그때의 그 일이 차마 못 할 짓의 기억으로 아직도 생생하니 아프다.

그것은 아마 젖줄이 솟은 것 같은 신기한 기억 때문일 것이다. 그때 내가 젖을 물릴 수 있었다손 치더라도 젖이 나왔을 리 없다는 걸 그 후 나도 알긴 알게 되었다. 그렇지만 그때 가슴이 찌릿찌릿하니 뿌듯하게 옷섶을 적시며 넘치던 게 전연 아무것도 아니었다고는 도저히 생각할 수 없다. 조카에 대한 고모 이상의 것, 이를테면 모성이 아니었던가 싶다.

그 후 아기는 푸성귀하고 보리하고 끓인 푸르죽죽한 국물도 잘 받아먹게 되었다. 때로는 그것보다는 좀 나은 아기의 먹을 것을 장만할 수 있을 때도 있었다. 그러나 나는 자주자주 어쩔 줄을 몰라 했다. 딱딱한 놋숟갈을 착살맞도록* 쪽쪽 핥는 아기의 부드러운 입술에 젖을 물리고 싶다는 생각과 처녀가 젖을 빨린다는 건 아주 망측한 일이란 생각 사이에 억눌려서 어쩔 줄을 몰랐던 것이다.

그 후 수복*이 되고, 나는 미군 부대 하우스 걸* 같은 걸 하면서 아기에게 우유를 먹일 수 있었고 놋숟갈 대신 고무젖꼭지를 물릴 수 있었다. 피난을 다니면서도 아기에겐 미제 우유를 먹일 수 있었다. 나는 자유를 위해 피난을 가는 게 아니라 돈만 있으면 우유를 살 수 있는 세상을 따라 남으로 움직였다.

조카는 잔병치레 하나 안 하고 잘 컸다. 천덕꾸러기란 다 그렇게 크게 마련이라고 어머니는 말했지만 나는 그 말이 듣기 싫었다. 어머니라고 당신 앞에 남겨진 이 집 대를 이을 단 하나의 핏줄인 손자가 소중하지 않을 리야 없겠지만 난 지 백날 만에 애비 에미를 잡아먹은 —어머니는 이런 끔찍스러운 말을 썼다—손자를 가끔가끔 불길스러운 듯 구박을 했다. 아아, 어머니는 왜 이 조그만 아기의 팔자 따위가 그 6·25 사변같이 엄청나게 큰 불길스러운 일을 일으킬 수 있다고 생각한 것일까.

조카는 말을 배우면서 아줌마 소리를 제일 먼저 했지만 아기들 말이 으레 그렇듯이 발음이 정확지 않아 "아윰마", 조금 응석을 부리면 "암마"로 들렸다. 어머니는 그걸 몹시 싫어해서 "아줌마"

• 착살맞다 하는 짓이나 말 따위가 얄밉게 잘고 좀스럽다.
• 수복 잃었던 땅이나 권리 따위를 되찾음. 여기서는 6·25 전쟁 때 국제 연합군이 북한군에게서 서울을 되찾은 것을 가리킴.
• 하우스 걸 6·25 전쟁 때, 미군 부대에서 잔심부름이나 허드렛일을 하는 소녀를 이르던 말.

대신 "고모"라는 말을 가르치기 시작했다. 잘못해서 아윰마 소리가 나오면 엉덩이를 맞아야 했다. 어머니는 "이 경을 칠 녀석, 또다시 그런 소릴 할런 안 할런." 하며 엉덩이를 모질게 찰싹찰싹 때렸다.

그리고 나한테는 조카를 너무 귀여워하는 게 아니라고 했다. 모르는 사람이 보면 꼭 모자지간같이 보인다는 거였다. 실제로 누구도 그러고 아무개도 그러는데, "따님하고 외손주하고 사시는구만, 사위는 군인 나갔수? 납치당했수?" 하더라는 거였다. 그만큼 그 시절엔 집에 장정 남자 식구가 없는 건 조금도 이상스럽지 않았다.

그러다가 혼인길 막히는 거 아닌지 모르겠다고 어머니는 근심했다. 조카는 최초의 말 "암마" 소리를 엉덩이를 맞아 가며 부정당하고부터는 말 없는 아이로 자랐다. 그리고 나는 혼인길이 트이어 시집을 갔다. 마치 자식을 떼어 놓고 개가해 가는 과부처럼 청승맞은 기분으로 죄의식조차 느끼며 시집을 갔다. 부부만의 단출한 살림이고 보니 친정 출입이 잦았다.

방마다 세를 들인 커다란 낡은 집 안방의 옴두꺼비 같은 구식 세간들 사이에서 할머니하고 단둘이 살아야 하는 어린 조카가 문득 불쌍한 생각이 나면 곧장 달려가곤 했다. 새로 난 장난감도 사 가고 주전부리할 것도 사 가지고 가서 한바탕 유쾌하게 수선을 떨다 왔다. 이런 나를 어머니는 시집을 가도 하나도 철이 안 난 주책비기지리고 나무라며 못마땅해하고, 사위에겐 미안쩍어하기도 했지만, 나는 그게 아니었다. 나는 친정집의 곰팡내 나는 음습한 분위기로 해서 조카의 동심에까지 곰팡이가 슬까 봐 내가 햇빛이고자 바람이고자 그렇게 하는 거였다. 실제로 나를 맞는 조카의 얼굴은 음지가 양지로 변하는 것처럼 환하게 변했다.

나도 첫아기를 낳게 되었다. 꼭 둘째 아기를 낳은 기분이었다. 둘째 아기를 낳는 엄마라면 누구나 하는 근심, 아우에게 사랑을 빼앗긴 맏이의 상처받은 동심을 어떻게 위무할 것인가 하는 근심과 똑같은 근심을 나는 내 조카 때문에 했으니 말이다.

내 첫애는 딸이었고, 나는 내 딸이 엄마 아빠 소리보다 오빠 소리를 먼저 할 만큼 따로 사는 친정 조카를 우리 식구처럼, 식구라도 상식구처럼 키우는 데 지나칠 만큼 신경을 썼다. 남편이 딸애를 주려고 과자를 사와도 "이건 오빠 거." 하며 우선 몇 개 집어 두었고, 신발을 한 켤레 사려도 "이건 오빠 거, 이건 혜란이 거." 매사를 이런 식으로 했다.

마침내 조카가 국민학교에 들어가게 됐다. 나는 꼭 첫애를 국민학교에 보내게 된 젊은 엄마처럼 흥분해서 어쩔 줄을 몰랐다. 매일 딸을 데리고 따라가서 "혜란아 오빠 찾아내 봐, 조오기, 조오기 있지. 우리 혜란이 오빠가 제일 잘하네. 노래도 제일 잘하고 유희도 제일 잘하고, 그치 혜란아." 하며 수선을 떨었다.

그러나 고모는 고모지 아무려면 엄마만 할 수야 있겠는가. 나는 지금도 조카의 첫 소풍날을 잊을 수 없다. 그때도 국민학교 일 학년 첫 소풍은 창경원*이었다.

어머니는 아침부터 줄창 조카를 따라다니기로 하고 나는 점심

---

* 창경원 일제 강점기에, 창경궁 안에 동·식물원을 만들면서 불렀던 이름. 1983년에 다시 '창경궁'으로 고침.

을 싸 가지고 나중에 가서 창경원 속에서 만나기로 했다. 만나는 장소는 연못가로 하여 행여 어긋나는 일이 있을까 봐 나는 용의주도하게 남편이 결혼 전에 차던 손목시계까지 어머니 손목에 채워 드렸다. 그러고도 나는 어머니가 못 미더워 골백번도 더 "열한 시 정각에, 연못가." 소리를 했더랬다. 그런 내가 한 시간이나 더 늦게 가고 말았다. 도시락도 요리책을 봐 가며 좀 멋을 부려 봤지만, 내 모양을 내는 데 분수없이 시간을 잡아먹었다. 미장원에 가서 머리도 새로 했고, 화장도 정성 들여 했고, 옷도 거울 앞에서 몇 번을 갈아입어 봤는지 모른다. 그때만 해도 내 용모에 어느 만큼은 자신이 있을 때라 나는 군계일학처럼 딴 엄마들 사이에서 뛰어나길 바랐었다. 그래서 조카까지가 그런 우월감으로 엄마 대신 고모라는 서운함을 메울 수 있기를 바랐었다. 그러다가 그만 한 시간이나 지각을 하고 만 것이다.

어머니는 미련하게도 그 한 시간 동안을 줄창 연못가에서 나만 기다리느라 정작 아이들이 해산하는 것도 모르고 있었다. 부랴부랴 어머니를 몰아세워 아이들이 집합해서 단체 놀이를 벌이던 곳으로 갔으나 아이들은 이미 뿔뿔이 헤어져 가족들과 점심을 먹고 있었다. 거의 한 시간이나 넘어 창경원 안을 미친 듯이 헤맨 끝에 조카를 만났다. 조카는 그때까지 국민학교 일 학년생으로서의 체면상 가까스로 참았던 울음을 내 치마폭에 얼굴을 묻자마자 서럽게 터뜨렸다. 철들고 나서 그렇게 몹시 운 것은 처음이어서 나는 당황했다. "고모가 나쁘다, 나쁜 년이다." 나는 정말 내가 나를 때리는 시늉까지 해 가며 달래다 못해 같이 울어 버리고 말았다.

점심시간은 엉망일 수밖에 없었다. 워낙 몹시 운 끝이라 울음을 그치고 나서도 흑흑 느끼느라 김밥 하나를 제대로 못 넘겼다. 내 조그만 허영이 불쌍한 조카의 일 학년 첫 소풍의 추억을 이렇게 슬프게 얼룩 지워 놓고 만 것이다.

내가 그 애의 엄마라면 뭣 하러 그런 허영을 부렸겠는가. 내가 내 아이들보다 조카를 더 사랑한다는 느낌에는 그런 허영과도 공통된 과장과 허위가 있음 직도 하다.

조카는 자랄수록 죽은 오빠를 닮아 갔다. 아들이 애비 닮은 것은 당연한데도 어머니와 나는 그게 못마땅하고 꺼림칙했다. 외모가 닮은 건 어쩔 수 없다손 치더라도 말이 없는 것까지 닮은 걸 보면 속까지 닮았을까 봐 그게 제일 걱정이었다.

오빠는 늘 침울한 편이었고 너무 말이 없었다. 그래도 가끔 친구들과 어울릴 때면 도맡아 떠들어 댔던 것으로 미루어, 본래의 성품이 그랬던 게 아니라 집안 식구와 공통의 화제가 없었더랬는 게 아닌가 싶다. 집안 여자들이 흥미 있어 하는 살림 걱정, 살림 재미, 친척의 소문, 계절의 변화 등에 오빠는 도무지 무관했다. 오빠는 일제 말기에 전문학교까지 나온 주제에 해방되고도 직장이라곤 가져 본 적이 없다. 나는 이런 오빠를 막연히 빨갱이라고 생각했었다. 오빠 방의 책이 맨 그런 책이었고, 친구들과 떠드는 소리를 엿들어 봐도 누가 들으면 큰일 날 불온한 소리였기 때문이다.

나는 어머니에게 오빠가 빨갱이일 거라고 일러바쳐 어머니를 전전긍긍하게 했다. 어머니는 서둘러서 오빠를 장가들였다. 외아들이니 빨리 손을 봐야겠기도 했지만, 처자식이 생기면 자연히 책임이란 것을 의식하게 될 테고 그러면 위험한 짓도 삼가게 되려니와 직업도 갖게 될지도 모른다는 게 어머니의 속셈이었다.

오빠는 순순히 장가를 들어 주었고, 이내 첫아기를 본 게 또 아들이어서 제법 푸짐하게 백날 잔치까지 하고 나서 며칠 만에 6·25가 터졌다. 나는 속으로 이제야말로 오빠가 활개 칠 세상이 왔나 보다고 생각했다. 처음엔 내 추측이 들어맞는 것 같았다. 불안한 만큼 생기가 나서 뻔질나게 외출을 했다. 그러다가 다시 침울해지더니 바깥출입을 끊고 들어앉았다가 친한 친구한테 반강제로 끌려 나간 후 죽어서 돌아왔다. 그 후 올케까지 친정으로 쌀을 얻으러 가다 폭사를 해, 내 조카는 그만 고아가 되고 만 것이다.

그래서 우리 모녀는 지금까지도 오빠가 빨갱이였는지, 흰둥이였는지, 아예 그런 사상 문제엔 집안일에 관심이 없었던 것처럼 관심도 없었는지, 그것조차 분명히 알고 있지를 못한다. 다만 어머니는 아들 치다꺼리만 했지 한 번도 아들이 벌어 오는 밥을 못 얻어 잡숴 본 게 가슴 깊이 맺힌 한이어서 아무쪼록 오래 사셔서 하루라도 손자가 벌어 오는 밥을 얻어 잡숴 보는 게 소원이시다. 손자가 좋은 학교 나와서 착실한 직장을 가지고 결혼해서 일요일이면 처자식 데리고 카메라 메고 놀러 나가고 당신은 집을 봐 주는 게 평생소원이시다.

카메라 메고 공일날 야외에 나갈 만큼의 출세랄까 안정이랄까 그게 어머니가 훈이(내 조카 이름)에게 바라는 전부였고, 나도 어머니가 노후에 카메라 메고 야외에 나간 손자 내외의 집을 봐 주는 정도의 행복은 누리게 하고 싶었다.

훈이가 고등학교 이 학년이 되자 반을 문과 이과로 나누게 되었고, 훈이가 나한테는 아무 상의도 안 하고 문과를 택한 걸 나는 나중에야 알았다. 나는 우선 그런 문제를 나한테는 상의 한마디 안 한 게 서운했고, 어머니는 어머니대로 오빠가 전문학교에서 문과였다는 것만으로 덮어놓고 문과를 싫어했다. 그래도 나는 훈이 편이 되어 고등학교 문과가 반드시 장래 문학 지망을 의미하지는 않는다고 어머니를 설득하려 했지만 어머니는 지레 겁을 먹고 있었다. 어머니는 오빠가 평생 사회에 참여해서 돈 한 푼 벌어들인 일이 없는 주제에 까닭 없이 죽어야 하는 일엔 끼어들고 말았다는 사실이 문과 출신이라는 것과 반드시 무슨 상관이 있다고 믿고 있었기 때문이다.

나는 그럴 리가 없다고 어머니를 위로하면서도 속으론 어머니 생각에 동조하고 있었으므로 더 늦기 전에 일을 바로잡아 보리라 마음먹었다. 나는 학교에 쫓아가서 담임 선생님에게 애걸하다시피 해서 훈이가 문과에서 이과로 전과를 할 수 있도록 했다. 그러고 나서 훈이를 설득하려 들었다. 나는 막연히 훈이를 두려워하면서 중언부언 내 말을 했고, 훈이는 언제나처럼 말없이 젊은이다운 대담한 시선으로 나를 쏘아보았다.

"훈아, 너희 담임 선생님이 그러시는데 너는 인문계보다는 이공계가 더 적성에 맞는대. 좀 좋아. 공대 같은 데 가면 요새 공장이 많이 생겨서 공대 출신이 제일 잘 팔린다더라. 넌 큰 기업체에 취직해서 착실하게 일해서 돈도 모으고 연애도 하고 결혼도 해서 살림 재미도 보고 재산도 늘리고, 그러고 살아야 돼. 문과 가서 뭐 하겠니? 그야 상대나 법대로도 풀릴 수 있지만 그게 그리 쉬우냐, 까딱하단 문학이나 철학이나 하기가 꼭 알맞지. 아서라아서. 사람이 어떡허면 편하고 재미나게 사느냐를 생각하지 않고, 사람은 왜 사나, 뭐 이런 게지. 돈을 어떡허면 많이 벌 수 있나는 생각보다 돈은 왜 버나 뭐 이런 생각 말이야. 그리고 오늘 고깃국을 먹었으면 내일은 갈비찜을 먹을 궁리를 하는 게 순선데, 내 이웃은 우거짓국도 못 먹었는데 나만 고깃국을 먹은 게 아닌가 하고 이미 배 속에 든 고깃국조차 의심하는 바보짓 말이다. 이렇게 자꾸 생각이 빗나가기 시작하면 영 사람 버리고 마는 거야. 어떡허든 너는 이 사회에 순응해서 이득을 보는 사람이 돼야지 괜히 사회의 병폐란 병폐는 도맡아 허풍을 떨면서 앓는 소리를 내는 사람이 될 건 없잖아."

"고모, 아버지가 그런 사람이었나요?"

훈이가 내 말의 중턱을 자르며 푸듯이 말했다. 나는 당황했다. 훈이가 아버지에 대해 뭘 물어본 게 이번이 처음이라 그렇기도 했지만, 내가 오빠에 대해 오랫동안 몰래 추측하고 있던 걸 훈이한테 느닷없이 들키고 만 것 같아 더 그랬다.

나는 아니라고 강하게 부인하고 다시 아까 한 소리를 간곡하게 되풀이했다. 내 말에 감동했는지 귀찮아서 그랬는지 아무튼 훈이는 내가 옮겨 준 대로 이과에 잘 다녔다. 그러나 형편없이 성적은 떨어졌다. 때마침 공대가 붐을 이룰 때라 우수한 지원자가 많이 몰려 훈이는 대학 입시에 낙방했고, 재수는 막무가내 싫다고 해서 삼류 대학 공대 토목과에 들어갔다.

훈이가 대학에 다니는 사 년 동안 내내 대학기는 어수선해서 데모, 휴교, 조기 방학의 악순환의 연속이었다. 데모가 있을 때마다 나는 훈이가 그런 데 휩쓸릴까 봐 애를 태우고 미리미리 타이르고 했다.

"행여 그런 데 끼지 마라. 관심도 갖지 마라. 너는 기술자가 될 사람야. 세상이 어떻게 되든 밥벌이 걱정은 안 해도 될 기술자란 말야. 기술자는 명확한 해답을 얻어 낼 수 있는 문제에만 관심을 가지면 되는 거야. 알았지?"

그러고는 혹시 꾐에 빠져서라도 그런 데 끼어들었다간 졸업 후 취직도 못 하고 일생 망치기 십상이라고 공갈을 쳤고, 너는 꼭 대기업에 취직해서 안정된 생활을 누리고 예쁜 색시 얻어 일요일이면 카메라 메고 동부인해서˚ 야외로 놀러 나갈 만큼은 재미있게 살아야 한다고 설교를 했다. 훈이는 한 번도 말대꾸하는 법이 없었지만 거칠고 대담한, 그리고 경멸하는 듯한 시선으로 나를 쏘아봤다. 그러면 나는 괜히 부끄러워져서 딴전을 보며 지껄여 댔다. 나는 부끄럼을 타면서도 꽤나 줄기차게 그런 말을 훈이에게 했었나 보다. 대학교 졸업반 때 나는 돈의 여유가 좀 생긴 김에 훈이에게 카메라를 하나 사 주고 싶어 의향을 물어봤더니 단호하게 거절하며 하는 말이

"고모, 난 카메라라면 지긋지긋해. 이가 갈려. 생전 그런 거 안 가질 거야."

그럭저럭 무사히 졸업하고 입대했지만 곧 의가사 제대˚를 할수가 있었다. 이제 취직 문제만 남았는데 이것만은 그렇게 쉽지가 않았다. 대기업은커녕 착실한 중소기업의 문턱도 낮지는 않

˚동부인하다 아내와 함께 동행하다.
˚의가사 제대 현역 군인이 가사 사정 때문에 예정보다 일찍 제대하는 것.

왔다. 막상 취직 문제에 부딪히고 보니 남의 떡이 커 보이는 식으로 이공계보다는 인문계 출신의 문호가 훨씬 넓어 보이는 게 우선 나로서는 적잖이 속상하는 일이었다. 그래도 다행인 건 훈이가 그런 문제에 나를 원망하려는 기색이 조금도 안 보이는 거였다. 말없이 고분고분 취직 시험을 수없이 보고, 보는 족족 떨어졌다. 어떤 곳에선 아예 서류 심사부터 낙방을 시키는 걸 보면 대학교 성적이 시원치 않았던 것 같다.

어머니와 나는 한 번도 훈이가 대통령이나 장군이나 재벌이나 판검사나 그런 게 되기를 바란 적이 없다. 정직하게 벌어먹을 수 있는 기술 가르쳐 대기업에 붙여, 공일날 카메라 메고 야외에 나갈 만큼의 사람 사는 낙을 누릴 수 있기를 바랐을 뿐이다. 그런데 그나마도 쉽게 되어 주지를 않았다. 취직 시험도 하도 여러 번 치르니, 보러 가기도 보러 가라기도 점점 서로 미안하게 되었다. 이 년 가까이를 이렇게 지겹게 보내던 훈이 어느 날 나에게 해외 취업의 길을 뚫을 수 있을 것 같으니 교제비로 돈을 좀 달라는 당돌한 요구를 해 왔다.

"뭐라고, 해외 취업? 그럼 외국에 나가 살겠단 말이지? 그건 안 된다."

"왜요 고모, 쩨쩨하게 돈이 아까워서? 아니면 고모가 영영 할머니를 떠맡게 될까 봐 겁나서?"

훈이는 두 개의 간략한 질문을 거침없이 당당하게 했다. 마치 이 두 가시 이유 외에 딴 이유란 있을 수도 없다는 말투였다. 나는 뭣에 얻어맞은 듯이 아연했다.

글쎄 어떻게 설명할 수 있을 것인가. 그 녀석이 꼭 이 땅에서,

내 눈앞에서 잘살아 주었으면 하는 내 간절한 소망의 참뜻을, 지랄같이 무책임한 전쟁이 만들어 놓은 고아인 저 녀석을, 온 정성을 다해 남부럽지 않게 키운 게 결코 내 어머니를 떠맡기고자 함이 아니었음을 어떻게 납득시킬 수 있담.

제가 잘되고 잘사는 것으로, 다만 그것만으로 나는 내가 겪은 더럽고 잔인한 전쟁에 대한 통쾌한 복수를 할 수 있고 그때 받은 깊숙한 상처의 치유를 확인받을 수 있다는 걸 어떻게 저 녀석에게 알릴 수 있을 것인가.

나는 그 녀석을 똑바로 바라보았다. 그 녀석도 나를 똑바로 바라보았다. 시선이 강하게 부딪쳤으나 나는 단절감을 느꼈다. 문득 이 녀석 치다꺼리에 구역질 같은 걸 느꼈으나 가까스로 평정을 가장했다.

"해외 취업은 당분간 보류하렴. 할머니 때문이든 돈 때문이든 그건 네 마음대로 생각해도 좋다. 그리고 취직 문젠데, 너무 고지식하게 정문만 뚫으려고 했던 것 같아. 방법을 좀 바꾸어서 뒷문으로 통하는 길을 알아봐야겠다. 돈이 좀 들더라도……."

"흥, 돈 때문은 아니다 그 말을 하고 싶은 거죠?"

녀석이 나를 노골적으로 미워하며 대들었다. 나는 대꾸도 하지 않았다. 어머니는 곁에서 내가 늘그막에 이렇게 천덕꾸러기가 될 줄은 몰랐다면서 훌쩍였다.

취직 운동이란 게 막상 부딪쳐 보니 할 노릇이 아니었다. 우리를 위해 발 벗고 나서 애써 줄 유력한 친척이나 친구가 있는 것도 아니니, 그저 좀 잘산다는 동창을 찾아가 남편을 통해 부탁을 좀 하려면 단박 아니꼽게 나오기가 일쑤였다. 토목과 출신만 아니더라도 어떻게 해 보겠는데 요새 워낙 건설업계가 전반적인 불황이라 어쩌고 하면서 마치 제가 이 나라 건설업계를 손아귀에 쥔 듯이 허풍과 엄살을 겸해서 떠는 사람도 있는가 하면 선뜻 이력서나 가져와 보라는 곳도 있긴 있었다. 감지덕지 이력서 가져가 봤댔자 별게 아니었다. 이력선 시큰둥하게 밀어 넣고서 기다려 보라니 기다릴 수밖에 없지만 가타부타 무슨 뒷소식이 있어얄 텐데 그저 감감무소식인 데야 다시 어떻게 빌붙어 볼 도리가 없었다.

그러다가 겨우 얻어걸린 게 Y건설의 영동 고속 도로 현장의 측량 기사보 자리였다. 거기 현장 소장으로 가 있는 친구 남편이 서울 집에 다니러 온 김에 해 온 연락으로 본인만 좋다면 당장 데리고 가겠다는 거였다. Y건설이면 국내 건설업계에서는 다섯 손가락 안에 드는 업체였지만 정식 사원이 아니라 현장 사무소장 재량으로 채용하는 임시 직원으로 오라는 거니 우선은 섭섭할밖에 없었다. 그래도 한 반년만 현장에서 일 배우고 고생하면 본사 정식 사원으로 상신해 주겠다는 단서가 붙긴 붙었다. 마다할 계제˚가 아니었다.

현장 소장이 가르쳐 준 준비물은 두둑한 침구, 겨울 내복, 라이너˚가 달린 점퍼, 작업복, 바지, 워커 등이었다. 사월도 하순으로 접어들어 서울에선 벚꽃놀이가 한창인데 현장은 해발 육백 미터의 고지대라 아직도 영하의 추위에 눈이 가끔 내린다고 했다. 어

˚ 계제(階梯) 어떤 일을 할 수 있게 된 형편이나 기회.
˚ 라이너(liner) 코트 안에 대는 천이나 털 따위.

머니는 대문간에서 울면서 훈이를 떠나보내고 나는 마장동 시외버스장까지 전송을 나갔다. 생전 처음 집을 떠나 객지 생활로 들어가는 훈이에게 그저 자주 편지하라는 말밖에 할 말이 없었다.

"자주 편지해. 그리고 아무리 고생이 되더라도 육 개월만 참아다고. 그동안에 무슨 수를 써서든지 정식 사원으로 발령 나도록 해 줄 테니까. 발령 난 다음엔 곧 서울로 오도록 운동하면 될 테고. 문제없어, 다 잘될 거야."

나는 훈이가 별로 내 말을 귀담아듣지 않는 줄 알면서도 희떠운˚ 장담을 했다. 훈이를 위로하기 위해서라기보다는 내 불안을 달래기 위해서였다.

짐작했던 대로 훈이한테서는 안부 편지 한 장이 없었다. 한 달에 서너 번씩 서울 집에 다니러 오는 현장 소장을 통해 훈이한테 별일이 없다는 소식이라도 듣기에 망정이지 그렇지 않으면 꼭 무슨 사고라도 난 것 같아 달려가 보지 않고는 못 배겼을 게다. 어머니는 나만 보면 듣기 싫은 소리를 했다.

이 년이나 놀리고 나서 취직이라고 시켜 준답시고 어떤 삼수갑산으로 귀양을 보냈기에 이렇게 한 번 다니러 오지도 못하느냐고 하기도 했고, 집세만 받아먹어도 굶지는 않을 텐데 그게 어떤 귀한 자식이라고 객지로 노동 벌이를 보냈느냐고도 했다. 대학 문턱에도 못 가 본 사람도 아침이면 신사복에 넥타이 매고 출근하던데 헌다헌˚ 대학 나온 애가 노동 벌이가 웬 말인가, 아무리

˚희떱다 실속은 없어도 마음이 넓고 손이 크다.
˚헌다헌 한다하는. 수준이나 실력 따위가 상당하다고 자처하거나 그렇게 인정받는.

에미 애비 없고 출세한 친척이 없기로서니 이런 서럽고 억울할 데가 어디 있냐고 통곡을 하는 때도 있었다. 나는 이런 일을 묵묵히 견디었다. 그야 어머니 말대로 훈이가 취직을 안 한대도 뎅그런 집 한 채는 있으니 밥을 굶지는 않겠다. 취직이 단순히 밥벌이만을 의미한다면 훈이는 취직을 안 해도 되겠다. 나는 다만 훈이가 자기가 배운 일을 통해 이 땅과 맺어지고, 이 땅에 정붙이기를 바랐을 뿐이다.

나는 열심히 현장 소장네를 찾아다녔고, 찾아갈 때마다 선물을 잊지 않았다. 어떤 낌새를 눈치 보기 위해서였다. 본사에서 특채가 있는 듯한 낌새만 보이면, 좀 어떻게 상신을 하고 중역하고 교제해 달라고 슬쩍 케이크 상자 속에 수표를 넣어 준다는 '와이로'* 쓰기를 하겠는데 영 그런 낌새는 보이지 않았다.

한여름이 되도록 훈이는 한 번 다니러 오는 법도 없고, 엽서 한 장 보내 주지 않았다. 아무리 무소식이 희소식이라지만 이건 너무한다 싶었다. 훈이가 가 있는 곳은 변변히 봄도 안 거치고 곧장 여름으로 접어들었다기에 여름 옷도 우송해 주었고 편지도 부지런히 써 부쳤다. 팔월에는 오빠와 올케의 제사가 며칠 건너로 있어서 이번만은 상경하겠지 싶으면서도 미심쩍어 미리 전보까지 쳤다. 그러나 훈이는 올라오지 않았다. 어머니는 이럴 수는 없다, 아무래도 무슨 일이 있는 거지로 시작해서 여직껏* 꾼 온갖 불길스러운 꿈을 놀라운 기억력으로 주워섬기는 것이었다. 내 여직

• 와이로 '뇌물'이라는 뜻의 일본어.
• 여직껏 '여태껏'의 잘못. 지금까지.

껏 입에 담기조차 사위스러워[*] 참고 있었다만 지금 생각하니 진작 일러 줄 걸 그랬나 보다는 게 어머니의 긴 사설의 결론이기도 했다.

어머니 꿈대로라면 훈이가 불도저에 깔려 암매장이라도 당한 걸 친구 남편인 현장 소장이 감쪽같이 숨기고 있는 것 같았다. 한 번 그런 생각이 들자 걷잡을 수가 없었다. 편지가 없는 건 무소식이 희소식으로 돌린다 치더라도 산간벽지에서 도대체 공일날을 뭘로 소일하는 것일까. 다방이나 당구장 오락실이 그리워서라도 공일마다는 못 오더라도 한 달에 두어 번쯤은 상경해야 배길 텐데 말이다. 대학 사 년과 놀고 있던 이 년 동안을 순전히 그런 데만 맴돌며 살았으니까. 의심이 나기 시작하니 한이 없었다. 도대체 온갖 도시적인 것과 훈이를 떼어 놓고 생각하는 것조차 무리였다.

계집애처럼 앞뒤에 라인이 든 야한 빛깔의 와이셔츠에 줄무늬 합섬[*] 바지에, 반짝거리는 구두를 신고 대담하고 권태로운 시선으로 아무나 아무거나 마구 얕잡으며 빙빙 다방에서 당구장으로, 탁구장에서 오락실로 날이 저물면 맥주홀이나 대폿집으로 쏘다니다가 밤늦게 흐느적흐느적 들어와서도 뭔가 미진한지 라디오의 음악 프로를 최대한의 볼륨으로 틀어 온 집안의 정적을 무참히 짓이기던 녀석이 산간벽지의 도로 공사 현장에 어떤 모습으로 있을까가 좀처럼 상상이 안 되었다. 떠나기 전 남대문 시

• 사위스럽다 마음에 불길한 느낌이 들고 꺼림칙하다.
• 합섬 '합성 섬유'를 줄여 이르는 말.

장에서 사 준 염색한 미군 작업복과 워커와 녀석을 아무리 내 상상 속에서 결합을 시켜 보려도 되지를 않았다.

　드디어 나는 현장에 찾아가 보기로 결심했다. 떠나기로 한 날 아침부터 비가 억수로 퍼부었다. 그렇다고 미루기도 싫어서 어떻든 강릉행 버스를 탔다. 훈이가 가 있는 영동 고속 도로 현장은 강릉 못미처 진부에서 다시 갈아타야 하는 곳에 있었다. 버스가 서울을 떠나 팔당을 지나 양주 양평 땅으로 접어들면서 포장도로는 끝나고 시뻘건 흙탕길로 변했다. 게다가 길 오른쪽은 바로 한강 줄기요, 왼쪽은 당장 무너져 내릴 듯한 절벽이었다. 여름내 비가 잦았어서 그런지 흙탕물이 굽이치는 한강 줄기가 제법 망망한 대하로 보였고, 버스가 달리는 길은 너무도 좁고 고르지 못했다. 당장 노반이 무너져 내리며 버스가 한강 물로 거꾸로 박힐 것 같아 엉치가 옴찔옴찔했다. 그래도 버스는 줄기찬 빗발 속을 잘도 달렸다.

　문득 나는 만약에 여기서 차 사고로 내가 죽더라도 내가 왜 이 버스를 탔던가가 알려졌으면 좋겠다고 생각했다. 내 고모로서의 지극한 정성이 널리 알려져 신문에 보도되고 그걸 Y건설 사장이 읽게 되고 그러면 훈이를 제꺼덕 발령을 내 본사로 끌어올릴지 알 게 뭔가 하는 실로 더럽고 치사한 생각을 했다. 나는 이 더럽고 치사한 공상에 실컷 탐닉했다. 그러고 나서야 내가 죽은 후의 내 아이들을 생각했다. 아마 서너 달쯤 있다가 계모가 생기겠지. 그렇지만 내 아이들은 아무리 생각해도 계모에게 들볶여서 불행해질 아이들이 아니었다. 도리어 계모를 교묘히 들볶고 골탕 먹여 줄 게다. 계모를 지능적으로 불행하게 할 게다. 나는 마치 내가 죽어서 그런 일을 구경하고 있는 것처럼 고소해하기까지 했다. 그러고 보니 나는 내 자식을 조카인 훈이보다 덜 사랑해 키웠는지는 몰라도, 그게 더 잘 키운 건지도 모른다고 생각되었다.

버스가 강원도 지방으로 접어들자 산을 휘감은 비탈길이 많아 헉헉 숨이 차 했지만 그곳은 맑은 날씨여서 훨씬 덜 불안했다. 진부에 닿은 것은 서울을 떠난 지 여섯 시간 만이었다. 거기서 유천리까지 갈 버스를 기다릴 동안 요기를 하기 위해 국밥집엘 들렀다.

국밥집은 Y건설의 마크가 붙은 초록색 모자를 쓴 남자들로 붐볐다. 현장이 가까우리라는 예감으로 우선 반가웠고 뭔가 가슴이 두근대기도 했다. 그러나 몇 사람을 붙들고 물어도 김훈이란 측량 기사를 안다는 사람이 없었다. 다만 현장 사무소가 있는 유천리까지는 굳이 버스를 기다릴 거 없이 택시를 타도 오백 원이면 간다는 걸 알 수 있었을 뿐이었다.

진부라는 면 소재지는 거리의 끝에서 끝이 한눈에 들어오는 조그만 고장인데 다방도 서너 군데 되고 중국집 불고깃집 등 음식점엔 Y건설의 초록 모자, S토건의 빨강 모자 천지였다. 주위의 고속 도로 공사로 활기를 띠고 호경기를 누리고 있는 고장이란 걸 한눈에 알 수 있었다.

운전사가 내려놓아 준 Y건설 현장 사무소는 엉성한 가건물이었지만 여러 동이 연이어 있어 규모가 컸고, 넓은 광장에는 지프차, 트럭, 덤프트럭, 불도저 같은 차들이 멎어 있고 파란 모자를 쓴 사람들이 웅성거려 활기에 차 보였다. 다행히 김훈이를 알고 있는 사람을 단박에 만날 수 있었다. 몇십 리 밖 현장에 나가 있지만 곧 돌아올 시간이니 기다려 보라고 했다. 저녁때라 트럭이 현장으로부터 파란 모자에 작업복을 입은 사람들을 가득 실어다 간 너른 마당에 쏟아 놓았다. 먼지를 뽀얗게 쓴 사람들이 앞개울에서 세수 먼저 하곤 곧장 식당이라 쓴 곳으로 들어갔다.

저만치 한여름의 옥수수밭이 짙푸르고, 마을의 집들은 온통 약속이나 한 듯이 주황 아니면 빨간 지붕을 이고 있었다. 나는 이런 독한 원색의 대결에 피로감과 혐오감을 함께 느꼈다. 그러나 첩첩한 산들은 전나무가 무성하고 저 멀리 오대산의 산봉우리들은 웅장했고, 곳곳에 맑은 시냇물이 흐르고 있어 그 소리가 귀에 상쾌했다.

이제나저제나 훈이를 실은 차가 들어오기만을 기다리는데 전연 훈이 같지 않은 젊은이가 나에게 "고모." 하면서 다가왔다. 훈이는 그동안 몰라보게 살이 빠진 데다가 머리와 눈썹이 뽀얗게 보일 만큼 흙먼지를 뒤집어쓰고 있어 못 알아봤던 것이다. 나는 훈이를 확인하자 반가움과 노여움이 뒤죽박죽된 격정으로 목이 메었다.

"망할 녀석, 이렇게 잘 있으면서 어쩌면 엽서 한 장이 없니?"

훈이는 아무런 대꾸도 안 하고 앞장서서 개울로 갔다. 세수를 하곤 꽁무니에서 꾀죄죄한 타월을 떼다가 얼굴을 북북 문질렀다. 타월에서 너무 역한 쉰내가 나서 나는 얼굴을 찡그렸다. 훈이가 뜻 모를 웃음을 희미하게 웃었다. 이제야 제 살갗을 드러낸 얼굴은 옹기그릇처럼 암갈색의 광태이 났고, 드러난 이빨만이 징그럽도록 선명하게 희었다.

"어디로 좀 가자꾸나."

"주임한테 얘기하고 ─"

"아직도 퇴근 시간 안 됐니? 일곱 시가 넘었는데."

"밤일이 있어."

"뭐 밤에도 측량을 다녀?"

"밤일은 측량이 아니라 제도(製圖)°야."

그러고는 터벅터벅 사무실로 들어갔다. 한참 만에 나오더니 말 없이 앞장을 섰다.

"저녁을 어디서 먹는다지? 네 하숙집에 가서 닭이나 한 마리 잡아 달래 먹으면 안 될까?"

"진부까지 나가서 먹지 뭐."

"진부에 특별히 음식 잘하는 집이라도 있니?"

"아뇨, 그냥 진부까지 나가 보고파서."

할 수 없이 다시 진부로 나왔다. 손바닥만 한 진부의 야경에 훈 이가 사뭇 휘황해하고 흥분까지 하고 있다는 걸 알 수 있었다.

"너는 이까짓 데도 자주 나와 보지 못한 게로구나. 낮에 보니 너희 회사 사람들이 널렸더라만."

"그런 사람들은 기술직이 아냐. 관리직이나 그 밖에도 빈들댈° 수 있는 직종이야 수두룩하니까."

"그까짓 공사판에도 ─"

"네, 그까짓 공사판에도요."

녀석이 갑자기 씹어뱉듯이 말했다. 그러곤 말없이 불고깃집으

• 제도 건축물, 기계 따위의 도안을 그리는 일.
• 빈들대다 뻔뻔하게 게으름을 피우며 놀기만 하다.

로 들어갔다. 한증막처럼 후텁지근한 속 여기저기서 지글대는 고기 냄새에 나는 구역질을 느꼈다. 그러나 훈이는 땀을 뻘뻘 흘리면서 무섭게 먹어 댔다. 식성이 까다롭고 소식이던 훈이로만 알고 있던 나는 무참한 느낌으로 이런 왕성한 식욕을 지켜봤다.

"하숙집 식사가 안 좋은가 보지."

"하숙집에선 잠만 자고 식사는 회사 식당에서 하는걸."

"그래, 그럼 식사는 거저겠네?"

"거저가 뭐야, 봉급에서 꼬박꼬박 제해."

"봉급은 얼마나 받는데?"

실상은 가장 궁금했던 걸 이제서야 자연스럽게 물었다.

"거진 한 삼만 원 되지만 식비 빼고 하숙비 주고 나면 몇천 원 떨어질까 말까야. 가끔 소주 파티에 빠질 수도 없고, 그 재미도 없인 정말 못 참아 내겠는걸 뭐. 집에다 돈 부쳐 달란 소리 안 하는 것만도 내 딴엔 큰 안간힘이라구."

"그래 회사 식당 식사가 먹을 만하니."

"기똥차지, 기똥차. 그거 얻어먹고 폴대* 메고 하루 몇십 리씩 산골을 누비는 나도 기똥차구."

말 안 해도 그 지칠 줄 모르는 식욕과 게걸스러운 먹음새만 봐도 알 만했다.

"하여튼 짜식들 사람 부리는 솜씨 또한 기똥차게 악랄하다구. 아침 일곱 시서부터 폴대 메고 헤맬 데 안 헤맬 데 다 헤매다 기진맥진 돌아온 놈에게 그 지독한 저녁을 메이곤 또 밤일을 시켜

• 폴대 폴(pole). 거리나 방향을 헤아리는 데 쓰는 측량 기구의 하나.

가면서도 주임에, 과장에, 소장이 번갈아 가며 연방 공갈을 친다구. 뭐 우리 공구의 공사 진척이 제일 늦는다나. 하루 공사가 늦으면 어느 만큼 회사에 손해를 끼친다는 기맥힌 계산을 그분들한테 들으면 봉급이 적다든가 식사가 형편없다든가 하는 불평은 커녕 회사에 큰 손해를 끼치고 있는 죄인이란 생각이 먼저 들어 기를 못 펴게 되니 더러워서 —"

엄청난 양의 불고기를 먹어 치운 훈이는 커피도 먹고 싶다고 다방엘 가자고 했다. 다방에는 Y건설 패거리가 텔레비전을 둘러싼 앞자리에 앉아서 마담에 레지˚까지 불러다가 잡담을 하고 있었다. 훈이도 그중 몇과는 인사를 나누었으나 가서 끼지는 않았다. 잔뜩 찡그리고 커피를 훌쩍 들이켜더니 오나가나 저치들 꼴 보기 싫어 기분 잡친다고 빨리 가자고 했다.

훈이의 하숙방은 협소하고 더러웠다. 벗어만 놓고 빨지 않은 옷가지들이 여기저기 걸레 뭉치처럼 쌓여 가지곤 시척지근하고도 고릿한 야릇한 악취를 풍겼다. 그러나 워커를 벗어 던진 훈이의 발에서 풍기는 악취에다 대면 아무것도 아니었다. 사람이 빨래 안 하고 청소 안 하면 돼지만도 못한 것 같았다.

"좀 씻고 자렴."

그러나 씻기는커녕 옷도 안 벗은 채 아무렇게나 쓰러지더니 코를 골기 시작했다. 나는 나 누울 곳을 마련하기 위해서도 방을 대강 치워야 했다. 썩은 내 나는 옷가지 사이엔 소주병, 고등어 통조림 먹다 남은 것, 깡 종류의 과자 부스러기 등이 숨어 있어 악

˚ 레지 다방 따위에서 손님을 접대하며 차를 나르는 여성. 종업원.

취를 더해 주고 있었다. 활자로 된 거라곤 흔한 주간지 하나 없는 황폐한 방구석이 이 녀석의 황폐한 내부를 들여다보는 것 같아 내 마음은 암담했다.

더위와 악취와 이 생각 저 생각으로 한잠도 못 잔 나는 주인 여자가 일어난 기척을 듣고 따라 일어나 그동안 신세가 많았다고 치하도 하고 자기소개도 했다. 주인 여자는 시골 여자답지 않게 냉담하고 도도하게 "신세 진 거 하나도 없습니다." 했다. 같은 말이라도 아 다르고 어 다르다고 이건 겸사*의 말이 아닌, 돈 받고 하숙 치는 관계일 뿐 신세를 주고받는 관계가 아님을 강조하는 말투였다.

나는 더욱 훈이가 안쓰러워지면서 자꾸 마음이 약해지고 있었다. 우선 산더미 같은 빨래를 개울로 날랐다. 비누가 없어 한길가 잡화상엘 갔더니 생소한 메이커 제품인 생선 비린내가 역한 비누가 한 장에 백 원씩이나 했다. 비누를 사 가지고 와서도 나는 선뜻 빨랫거리를 물에 담그지를 못했다.

훈이가 나를 따라 서울로 가겠다고 할 것은 뻔하고 그렇게 되면 젖은 빨래는 곤란할 것 같아서였다. 실상 나는 그렇게 되길 바라고 있었다. 이대로 나만 떠날 수는 도저히 없었다.

어느 틈에 칫솔을 문 훈이가 내 곁에 와 서 있었다.

"고모 왜 그러고 있어. 빨래가 너무 많아 질린 게지. 대강 땟국이나 빼."

"얘야, 이놈의 고장 참 고약허더라. 글쎄 이 거지 같은 빨랫비

* 겸사 겸손의 말.

누가 백 원이란다."

"고모도, 소줏값이 얼만 줄 알면 더 놀랄걸."

"녀석도 제가 언제 적 모주꾼°이라고. 근데 산골 인심이 어째 이 모양이냐."

"관광 붐 때문일 거야. 바로 여기가 오대산 월정사 입구거든. 우리가 뚫는 영동 고속 도로 인터체인지도 이곳에 생길 테고, 돈맛들이 들을 대로 들어서 서울 놈 돈 긁어먹으려고 눈에 핏발이 섰다니까. 글쎄 이 옥수수 고장에서 여직껏 옥수수 한 자루를 못 얻어먹어 봤다면 말 다 했지 뭐. 돈 주고 사 먹으려면야 먹어 봤겠지만 나도 오기가 있다구, 안 사 먹어. 고모, 나 오늘 농땡이 부리고 말 테니까, 월정사 구경시켜 줄래. 주임은 고모 온 거 아니까 한번 사바사바해° 볼게."

그러곤 꽁무니에 찼던 타월까지 내 빨랫거리에 획 던져 보태고는 부리나케 현장 사무소 쪽으로 갔다. 이내 옥수수밭에 가려서 모습이 안 보였다. 참 옥수수도 많은 고장이었다. 그러나 훈이가 그거 하나 여직껏 못 얻어먹었다고 생각하니 부아가 부글부글 치솟는 걸 느꼈다.

나는 개울물을 돌로 막고 빨래를 담갔다. 빨래를 하면서 보니 내복과 이불 홑청에는 이까지 들끓고 있었다. 세상에 요즈음은 아무리 구더기 밑살° 같이 사는 집구석이기로서니 이는 없이 살 건만 이게 웬일일까. 나는 형편없는 식사와 중노동을 악으로 버

° 모주꾼 모주망태. 술을 늘 대중없이 많이 마시는 사람을 놀림조로 이르는 말.
° 사바사바하다 떳떳하지 못한 방법으로 일을 조작하다.
° 밑살 미주알. 항문을 이루는 창자의 끝부분.

틴 훈이를 뜯어먹은 이를 지겹게 눌러 죽이다 못해 한동안 멍하니 앉아 있었다.

"농땡이 잘 안 되겠는데, 고모."

풀이 죽어 돌아온 훈이의 말이었다.

"그까짓 농땡이 칠 거 없다. 같이 가자 서울로. 몸이나 성할 때 일찌거니 집어치는 게 낫겠다."

"그건 싫어."

"왜 싫어?"

훈이의 싫다는 대답을 나는 전연 예기치 못했으므로 당황할밖에 없었다.

"나는 더 비참해지고 싶어. 그래서 고모나 할머니가 철석같이 믿고 있는 기술이니 정직이니 근면이니 하는 것이 결국엔 어떤 보상이 되어 돌아오나를 똑똑히 확인하고 싶어. 그리고 그걸 고모나 할머니에게 보여 주고 싶어."

"그걸 우리에게 보여서 어쩌겠다는 거야? 그걸로 우리에게 복수라도 하겠다 이 말이냐?"

나는 훈이 말에 무서움증 같은 걸 느꼈기 때문에 흥분해서 악을 쓰며 덤벼들었다.

"고모 그렇게 흥분하지 말아. 나는 다만 고모가 꾸미고, 고모가 애써 된 이 일의 파국을 통해서 고모와 할머니로부터, 그리고 이 나라로부터 순조롭게 놓여날 수 있기를 바라고 있을 뿐이야. 그렇지만 고모, 오해는 마. 내가 파국을 재촉하고 있다고 생각히지는 마. 나는 내 나름으로 이곳에서의 일에 최선을 다하고 있어. 그러노라면 누가 알아, 일이 고모의 당초 계획대로 잘 풀릴지.

나도 어느 만큼은 그쪽도 원하고 있어. 파국만을 원하고 있는 게 아냐."

"그래 참, 잘될 수도 있을 거야. 잘될 여지는 아직도 충분히 있고말고."

나는 별안간 잘될 가능성에 강한 집착을 느끼며 태도를 표변했다.

"그렇지만 고모, 잘되게 하려고 너무 급하게 굴진 마. 와이로 쓰고 빌붙고 하느라 돈 없애고 자존심 상하고 하지 말란 말야. 여기 와 보니 육 개월만 기다리라는 임시직 신세로 삼사 년을 현장으로만 굴러다니는 친구가 수두룩해. 임시직에겐 봉급 조금 주고, 일요일도 없이 부려 먹고, 책임은 없고, 얼마나 좋아, 회사 측으로선 훌륭한 경영 합리화지."

훈이는 버스 정류장까지 나를 배웅했다. 진부까지 나가는 완행 버스는 좀처럼 오지 않았다. 그동안 나는 뭔가 훈이에게 이야기해야 될 것 같은 심한 압박감을 느꼈다. 나는 내가 여기까지 오는 동안 길이 나빠 얼마나 고생을 하고 시간을 많이 잡아먹었나를 과장해서 들려주면서 고속 도로가 뚫리면 서울서 강릉까지가 얼마나 가까워지고 편안해지겠느냐, 너는 이런 국토 건설 사업에 이바지하고 있는 걸 자랑으로 삼아야 한다고 이야기했다.

녀석이 구역질 같은 소리로 "웃기네." 했다. 때마침 바캉스 시즌이라 자가용이 연이어 강릉으로, 월정사로 달리면서 우리에게 흙먼지를 뒤집어씌웠다. 훈이도 한몫 참여한 영동 고속 도로가

• 표변하다 마음, 행동 따위를 갑작스럽게 바꾸다.

개통되면 더 많은 자가용과 관광버스가 그 위에서 쾌속을 즐기겠지. 훈이도 그 생각을 하면서 "웃기네." 했을 생각을 하고 나는 내가 한 말에 심한 부끄러움을 느꼈다.

드디어 버스가 오고 나는 그것을 혼자서 탔다. 나는 훈이에게 몇 번이나 돌아가라고 손짓했으나 훈이는 시골 버스가 떠나기까지의 그 지루한 동안을 워커에 뿌리라도 내린 듯이 꼼짝 않고 서 있었다. 나는 그게 보기 싫어 먼 딴 데를 바라보았다. 논의 벼는 비단폭처럼 선연하게 푸르고, 옥수수밭은 비로드처럼 부드럽게 푸르고, 먼 오대산의 연봉의 기상은 웅장하고, 오대산에서 흘러내린 맑은 물이 도처에서 내와 개울을 이루고 있다. 아름다운 고장이다. 이 땅 어드메고 아름답지 않은 곳이 있으랴.

그러나 아직도 얼마나 뿌리내리기 힘든 고장인가.

훈이가 젖먹이일 적, 그때 그 지랄 같은 전쟁이 지나가면서 이 나라 온 땅이 불모화해 사람들의 삶이 뿌리를 송두리째 뽑아 던져지는 걸 본 나이기에, 지레 겁을 먹고 훈이를 이 땅에 뿌리내리기 쉬운 가장 무난한 품종으로 키우는 데까지 신경을 써 가며 키웠다. 그런데 그게 빗나가고 만 것을 나는 자인했다. 뭐가 잘못된 것일까. 나는 가슴이 답답해서 절로 한숨을 쉬었다. 그러나 후회는 아니었다. 훈이를 키우는 일을 지금부터 다시 시작할 수 있다면 이러이러하게 키우리라는 새로운 방도를 전연 알고 있지 못하니, 후회라기보다는 혼란이었다.

1 이 작품을 읽고 훈이에 대한 '나'의 기대와 그 결과를 파악해 봅시다.

기대		결과
훈이가 이과로 전과해 공대에 진학하기를 기대함.	➡	
대학 생활 중 시위에 절대 가담하지 말고, 기술자가 되어 대기업에 취직하기를 바람.	➡	
건설 회사에서 육 개월 정도 임시직으로 고생한 뒤, 본사 정식 사원이 되어 서울에서 근무하기를 기대함.	➡	

2 카메라와 워커에 담긴 상징적 의미를 생각해 봅시다.

카메라		워커
	↔	아무리 근면 성실하게 살아도 뿌리내리기 힘든 현실적 삶

3 이과로 전과하라는 고모에게 훈이가 속마음을 털어놓는다면 어떻게 말할지 적어
봅시다.

> 고모   이렇게 중요한 결정을 하기 전에 너를 키운 고모한테 상의는 해
> 야 하는 거 아니니?
>
> 훈이   (고모의 눈을 바라보며) 고모한테 문과로 가겠다고 말하면 반대
> 할까 봐 그랬어.
>
> 고모   전문학교까지 나온 네 아빠가 돈 한 푼 벌어들이지 못하고 6·25
> 전쟁 때 이념 싸움에 휘말려 죽었잖냐. 너는 사회에 순응해서 이득을
> 보는 사람이 되어야 한다. 밥벌이 걱정 안 해도 되는 기술자가 되려면
> 이과로 가는 게 유리하다.
>
> 훈이 ....
>
> ....
>
> ....
>
> ....
>
> ....

4 자신의 진로를 생각하며 아래 빈칸을 채워 봅시다.

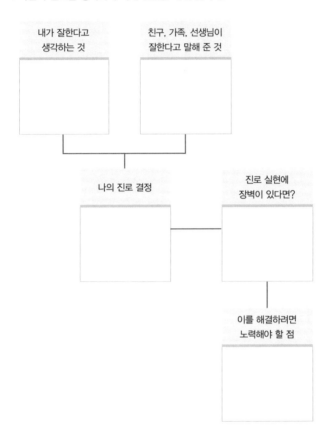

ooooooooooooooooo

삼포 가는 길

xxxxxxxxxxxxxx

황석영

黃晳暎 (1943~) 소설가. 만주 창춘(長春)에서 태어났다. 고교 시절인 1962년 『사상계』 신인 문학상을 수상했고, 1970년 『조선일보』 신춘문예에 단편 「탑」이 당선되어 문학 활동을 본격화했다. 분단과 산업화로 인한 파행과 박탈의 현실을 뛰어나게 그렸으며, 1989년 분단의 장벽을 넘어 방북했다가 5년간 옥고를 치렀다. 소설집 『객지』 『삼포 가는 길』 『몰개월의 새』, 장편소설 『무기의 그늘』 『오래된 정원』 『손님』 『바리데기』 『개밥바라기별』 『강남몽』, 5·18 민주화 운동에 대한 기록서 『죽음을 넘어 시대의 어둠을 넘어』, 자전 『수인』 등이 있다.

황석영은 분단의 아픔부터 오늘날 사회 문제에 이르기까지 녹록지 않은 현실을 문학을 통해 생생하게 그려 내는 작가입니다. 그도 그럴 것이 굵직한 역사의 현장마다 어김없이 그가 있어 왔거든요. 황석영은 고등학생이던 1960년 4·19 혁명 때 친구의 죽음을 목격하는 충격적인 경험을 합니다. 그 뒤 학교를 자퇴하고 전국을 떠돌다가 베트남전에 참전했고, 1970년대에는 산업화의 한복판인 구로 공단에 있었으며, 1980년대에는 5·18 민주화 운동의 진실을 기록하는 일에 참여합니다. 1989년 북한에 다녀와 망명 생활을 했으며, 입국해서는 방북으로 인해 옥고를 치르기도 했지요. 늘 치열한 현장에 있고자 했던 그의 선택과 우연한 운명이 만나 황석영의 삶은 굴곡졌고, 그러한 굴곡과 애환을 담은 작품은 리얼리즘 미학의 정점을 찍고 있습니다. 역사 교과서에서 한국 근현대사의 뼈대를 배운다면, 황석영의 소설은 거기에 멍든 살과 찢긴 근육과 뜨거운 피를 더해 온기를 느끼게 합니다.

「삼포 가는 길」은 1970년대를 배경으로 한 소설입니다. 당시 한국은 본격적인 산업화, 도시화를 겪으면서 소득 수준도 높아졌습니다. 그러나 농어촌이 해체되며 많은 이들이 고향을 잃고, 도시 빈민층 문제라든가 공동체 의식 붕괴 같은 부정적인 사회 현상도 함께 나타났지요. 꽉 들어찬 도시와 텅 비어 가는 농촌을 배경으로 많은 이야기가 창작되던 시절, 황석영의 「삼포 가는 길」은 제목 그대로 '길'을 배경으로 하는 여로형 소설로서 주목받았습니다.

몹시 추운 어느 날, 잠시 길을 같이 걷게 된 세 사람. 이들이 과연 어떤 사연을 간직하고 있는지 인물과 사건, 배경을 잘 엮으면서 읽어 봅시다. 만약 여러분이 어딘가로 향하는 길인데 그곳이 사라졌다는 소식을 듣는다면, 축구 경기 도중에 골대가 없어진 것처럼 당황스럽고 기막히겠지요? 이처럼 때로 삶의 목적지를 잃고 막막해지는 순간도 있다는 걸 생각하며 세 사람과 잠시 동행해 보면 어떨까요.

영달은 어디로 갈 것인가 궁리해 보면서 잠깐 서 있었다. 새벽의 겨울바람이 매섭게 불어왔다. 밝아 오는 아침 햇빛 아래 헐벗은 들판이 드러났고, 곳곳에 얼어붙은 시냇물이나 웅덩이가 반사되어 빛을 냈다. 바람 소리가 먼 데서부터 몰아쳐서 그가 섰는 창공을 베면서 지나갔다. 가지만 남은 나무들이 수십여 그루씩 들판가에서 바람에 흔들렸다.

그가 넉 달 전에 이곳을 찾았을 때에는 한참 추수기에 이르러 있었고 이미 공사는 막판이었다. 곧 겨울이 오게 되면 공사가 새봄으로 연기될 테고 오래 머물 수 없으리라는 것을 그는 진작부터 예상했던 터였다. 아니나 다를까, 현장 사무소가 사흘 전에 문을 닫았고, 영달이는 밥집에서 달아날 기회만 노리고 있었던 것이다.

누군가 밭고랑을 지나 걸어오고 있었다. 해가 떠서 음지와 양지의 구분이 생기자 언덕의 그림자나 숲의 그늘로 가려진 곳에서는 언 흙이 부서지는 버석이는 소리가 들렸으나 해가 내리쪼인 곳은 녹기 시작하여 붉은 흙이 질척해 보였다. 다가오는 사람이 숲 그늘을 벗어났는데 신발 끝에 벌겋게 붙어 올라온 진흙 뭉치가 걸을 때마다 뒤로 몇 점씩 흩어지고 있었다. 그는 길가에 우두커니 서서 담배를 태우고 있는 영달이 쪽을 보면서 왔다. 그는 키가 훌쩍 크고 영달이는 작달막했다. 그는 팽팽하게 불러 오른 맹꽁이 배낭을 한쪽 어깨에 느슨히 걸쳐 메고 머리에는 개털 모자를 귀까지 가려 쓰고 있었다. 검게 물들인 야전잠바의 깃 속에 턱이 반나마 파묻혀서 누군지 쌍통˙을 알아볼 도리가 없었다. 그는 몇 걸음 남겨 놓고 서더니 털모자의 챙을 이마빡에 붙도록 척 올리면서 말했다.

"천 씨네 집에 기시던 양반이군."

영달이도 낯이 익은 서른댓 되어 보이는 사내였다. 공사장이나 마을 어귀의 주막에서 가끔 지나친 적이 있는 얼굴이었다.

"아까 존 구경 했시다."

그는 털모자를 잠근 단추를 여느라고 턱을 치켜들었다. 그러고 나서 비행사처럼 양쪽 뺨으로 귀 가리개를 늘어뜨리면서 빙긋 웃었다.

"천가란 사람, 거품을 물구 마누라를 개 패듯 때려잡던데."

영달이는 그를 쏘아보며 우물거렸다.

"내…… 그런 촌놈은 참."

"거 병신 안 됐는지 몰라. 머리채를 질질 끌구 마당에 나와선 차구 짓밟구……. 야, 그 사람 환장한 모양이더군."

이건 누굴 엿먹이느라구 수작질인가, 하는 생각이 들어서 불끈 했지만 영달이는 애써 참으며 담뱃불이 손가락 끝에 닿도록 쭈욱 빨아 넘겼다. 사내가 손을 내밀었다.

"불 좀 빌립시다."

˙쌍통 '얼굴'을 속되게 이르는 말.

"버리슈."

담배꽁초를 건네주며 영달이가 퉁명스럽게 말했다. 하긴 창피한 노릇이었다. 밥값을 떼고 달아나서가 아니라, 역에 나갔던 천가 놈이 예상외로 이른 시각인 5시쯤 돌아왔고 현장에서 덜미를 잡혔던 것이다. 그는 옷만 간신히 추스르고 나와서 천가가 분풀이로 청주댁을 후려 패는 동안 방아실˚에 숨어 있었다. 영달이는 변명 삼아 혼잣말 비슷이 중얼거렸다.

"계집 탓할 거 있수 사내 잘못이지."

"시골 아낙네치군 드물게 날씬합디다. 모두들 발랑 까졌다구 하지만서두."

"여자야 그만이었죠. 처녀 적에 군용차두 탔답디다. 고생 많이 한 여자요."

"바가지한테 세금두 내구, 거기두 줬겠구만."

"뭐요? 아니 이 양반이……."

사내가 입김을 길게 내뿜으며 껄껄 웃어 젖혔다.

"거 왜 그러시나. 아, 재미 본 게 댁뿐인 줄 아쇼? 오다가다 만난 계집에 너무 일심˚ 품지 마셔."

녀석의 말버릇이 시종 그렇게 나오니 드러내 놓고 화를 내기도 뭣해서 영달이는 픽 웃고 말았다. 개피떡이나 인절미를 전방으로 호송되는 군인들께 팔았다는 것인데 딴은 열차를 타며 사내들 틈을 누비던 계집이 살림을 한답시고 들어앉아 절름발이 천

˚ 방아실 '방앗간'의 사투리.
˚ 일심(一心) 한쪽에만 마음을 씀.

가 여편네 노릇을 하려니 따분했을 것이었다. 공사장 인부들이나 떠돌이 장사치를 끌어들여 하숙도 치고 밥도 파는 살림인데, 사내 재미까지 보려는 눈치였다. 영달이 눈에 청주댁이 예사로 보였을 리 만무했다. 까무잡잡한 얼굴에 곱게 치떠서 흘기는 눈길하며, 밤이면 문밖에 나가 앉아 하염없이 불러 대는 「흑산도 아가씨」라든가, 어쨌든 나중엔 거의 환장할 지경이었다.

"얼마나 있었소?"

사내가 물었다. 가까이 얼굴을 맞대고 보니 그리 흉악한 몰골도 아니었고, 우선 그 시원시원한 태도가 은근히 밉질 않다고 영달이는 생각했다. 그가 자기보다는 댓 살쯤 더 나이 들어 보였다. 그리고 이 바람 부는 겨울 들판에 척 걸터앉아서도 만사태평인 꼴이었다. 영달이는 처음보다는 경계하지 않고 대답했다.

"넉 달 있었소. 그런데 노형은 어디루 가쇼?"

"삼포(森浦)에 갈까 하오."

사내는 눈을 가늘게 뜨고 조용히 말했다. 영달이가 고개를 흔들었다.

"방향 잘못 잡았수. 거긴 벽지나 다름없잖소. 이런 겨울철에."

"내 고향이오."

사내가 목장갑 낀 손으로 코밑을 쓱 훔쳐 냈다. 그는 벌써 들판 저 끝을 바라보고 있었다. 영달이와는 전혀 사정이 달라진 것이다. 그는 집으로 가는 중이었고, 영달이는 또 다른 곳으로 달아나는 길 위에 서 있었기 때문이었다.

"참…… 집에 가는군요."

사내가 일어나 맹꽁이 배낭을 한쪽 어깨에다 걸쳐 메면서 영달이에게 물었다.

"어디 무슨 일자리 찾아가쇼?"

"댁은 오라는 데가 있어서 여기 왔었소? 언제나 마찬가지죠."

"자, 난 이제 가 봐야겠는걸."

그는 뒤도 돌아보지 않고 질척이는 둑길을 향해 올라갔다. 그가 둑 위로 올라서더니 배낭을 다른 편 어깨 위로 바꾸어 메고는 다시 하반신부터 차례로 개털 모자 끝까지 둑 너머로 사라졌다. 영달이는 어디로 향하겠다는 별 뾰족한 생각도 나지 않았고, 동행도 없이 길을 갈 일이 아득했다. 가다가 도중에 헤어지게 되더라도 우선은 말동무라도 있었으면 싶었다. 그는 멍청히 섰다가 잰걸음으로 사내의 뒤를 따랐다. 영달이는 둑 위로 뛰어 올라갔다. 사내의 걸음이 무척 빨라서 벌써 차도로 나가는 샛길에 접어들어 있었다. 차도 양쪽에 대빗자루를 거꾸로 박아 놓은 듯한 앙상한 포플러들이 줄을 지어 섰는 게 보였다. 그는 둑 아래로 달려 내려가며 사내를 불렀다.

"여보쇼, 노형!"

그가 멈춰 서더니 뒤를 돌아보고 나서 다시 천천히 걸어갔다. 영달이는 달려가서 그 뒤편에 따라붙어 헐떡이면서,

"같이 갑시다. 나두 월출리까진 같은 방향인데……."

했는데도 그는 대답이 없었다. 영달이는 그의 뒤통수에다 대고 말했다.

"젠장, 이런 겨울은 처음이오. 작년 이맘때는 좋았지요. 월 삼천 원짜리 방에서 작부랑 살림을 했으니까. 엄동설한에 정말 갈 데없이 빡빡하게 됐는데요."

“우린 습관이 되어 놔서.”

사내가 말했다.

“삼포가 여기서 몇 린 줄 아쇼? 좌우간 바닷가까지만도 몇백 리 길이오. 거기서 또 배를 타야 해요.”

“몇 년 만입니까?”

“십 년이 넘었지. 가 봤자…… 아는 이두 없을 거요.”

“그럼 뭣 허러 가쇼?”

“그냥…… 나이 드니까, 가 보구 싶어서.”

그들은 차도로 들어섰다. 자갈과 진흙으로 다져진 길이 그런대로 걷기에 편했다. 영달이는 시린 손을 잠바 호주머니에 처박고 연방 꼼지락거렸다.

“어이, 육실허게는˚ 춥네. 바람만 안 불면 좀 낫겠는데.”

사내는 별로 추위를 타지 않았는데, 털모자와 야전잠바로 단단히 무장한 탓도 있겠지만 원체가 혈색이 건강해 보였다. 사내가 처음으로 다정하게 영달이에게 물었다.

“어떻게 아침은 자셨소?”

“웬걸요.”

영달이가 열쩍게 웃었다.

“새벽에 몸만 간신히 빠져나온 셈인데…….”

“나두 못 먹었소. 찬샘까진 가야 밥술이라두 먹게 될 거요. 진작에 떴을걸. 이젠 겨울에 움직일 생각이 안 납디다.”

“인사 늦었네요. 나 노영달이라구 합니다.”

˚육실하다 못 견딜 정도로 심하다.

“나는 정가요.”

“우리두 기술이 좀 있어 놔서 일자리만 잡으면 별걱정 없지요.”

영달이가 정 씨에게 빌붙지 않을 뜻을 비쳤다.

“알고 있소. 착암기˚ 잡지 않았소? 우리넨, 목공에 용접에 구두까지 수선할 줄 압니다.”

“야, 되게 많네. 정말 든든하시겠구만.”

“십 년이 넘었다니까.”

“그래도 어디서 그런 걸 배웁니까?”

“다 좋은 데서 가르치고 내보내는 집이 있지.”

“나두 그런 데나 들어갔으면 좋겠네.”

정 씨가 쓴웃음을 지으며 고개를 저었다.

“지금이라두 쉽지. 하지만 집이 워낙에 커서 말요.”

“큰집˚……”

하다 말고 영달이는 정 씨의 얼굴을 쳐다봤다. 정 씨는 고개를 밑으로 숙인 채로 묵묵히 걷고 있었다. 언덕을 넘어섰다. 길이 내리막이 되면서 강변을 따라서 먼 산을 돌아 나간 모양이 아득하게 보였다. 인가가 좀처럼 보이지 않는 황량한 들판이었다. 마른 갈대밭이 헝클어진 채 휘청대고 있었고 강 건너 곳곳에 모래바람이 일어나는 게 보였다. 정 씨가 말했다.

“저 산을 넘어야 찬샘골인데. 강을 질러가는 게 빠르겠군.”

“단단히 얼었을까.”

˚ 착암기 광산이나 토목 공사에서 바위에 구멍을 뚫는 기계.
˚ 큰집 '교도소'를 속되게 이르는 말.

강물은 꽁꽁 얼어붙어 있었다. 얼음이 녹았다가 다시 얼곤 해서 우툴두툴한 표면이 그리 미끄럽지는 않았다. 바람이 불어, 깨어진 살얼음 조각들을 날려 그들의 얼굴을 따갑게 때렸다.

"차라리, 저쪽 다릿목에서 버스나 기다릴걸 잘못했나 봐요."

숨을 헉헉 들이켜던 영달이가 투덜대자 정 씨가 말했다.

"자주 끊겨서 언제 올지두 모로오. 그보다두 현금을 아껴야지. 굶어두 돈 있으면 든든하니까."

"하긴 그래요."

"월출 가면 남행 열차를 탈 수는 있소. 거기서 기차 타려오?"

"뭐…… 돼 가는 대루. 그런데 삼포는 어느 쪽입니까."

정 씨가 막연하게 남쪽 방향을 턱짓으로 가리켰다.

"남쪽 끝이오."

"사람이 많이 사나요, 삼포라는 데는?"

"한 열 집 살까? 정말 아름다운 섬이오. 비옥한 땅은 남아돌아가구, 고기두 얼마든지 잡을 수 있구 말이지."

영달이가 얼음 위로 미끄럼을 지치면서 말했다.

"야아, 그럼, 거기 가서 아주 말뚝을 박구 살아 버렸으면 좋겠네."

"조오치. 하지만 댁은 안 될걸."

"어째서요."

"타관° 사람이니까."

그들은 얼어붙은 강을 건넜다. 구름이 몰려들고 있었다.

• 타관(他官) 타향. 자기 고향이 아닌 다른 고장.

"눈이 올 거 같군. 길 가기 힘들어지겠소."

정 씨가 회색으로 흐려 가는 하늘을 걱정스럽게 올려다보았다. 산등성이로 올라서자 아래쪽에 작은 마을의 집들이 점점이 흩어져 있는 게 한눈에 들어왔다. 가물거리는 지붕 위로 간신히 알아볼 만큼 가느다란 연기가 엷게 퍼져 흐르고 있었다. 교회의 종탑도 보였고 학교 운동장도 보였다. 기다란 철책과 철조망이 연이어져 마을 뒤의 온 들판을 둘러싸고 있는 것도 보였다. 군대의 주둔지인 듯했는데, 마을은 마치 그 철책의 끝에 간신히 매달려 있는 것 같았다.

그들은 읍내로 들어갔다. 다과점도 있었고, 극장, 다방, 당구장, 만물상점, 그리고 주점이 장터 주변에 여러 채 붙어 있었다. 거리는 아침이라서 아직 조용했다. 그들은 어느 읍내에나 있는 서울식당이란 주점으로 들어갔다. 한 뚱뚱한 여자가 큰솥에다 우거짓국을 끓이고 있었고 주인인 듯한 사내와 동네 청년 둘이 떠들어 대고 있었다.

"나는 전연 눈치를 못 챘다구. 옷을 한 가지씩 빼어다 따루 보따리를 싸 놨던 모양이라."

"새벽에 동네를 빠져나간 게 틀림없습니다."

"어젯밤에 윤 하사하구 긴 밤을 잔다구 그래서, 뒷방에서 늦잠 자는 줄 알았지 뭔가."

"새벽에 윤 하사가 부대루 들어가자마자 튄 겁니다."

"옷값에 약값에 식비에…… 돈이 보통 들이간 줄 아나, 빚만 해두 자그마치 오만 원이거든."

영달이와 정 씨가 자리에 앉자 그들은 잠깐 얘기를 멈추고 두

낯선 사람들의 행색을 살펴보았다. 영달이는 연탄난로 위에 두 손을 내려뜨리고 비벼 대면서 불을 쪼였다. 정 씨가 털모자를 벗으면서 말했다.

"국밥 둘만 말아 주쇼."

"네, 좀 늦어져두 별일 없겠죠?"

뚱뚱한 여자가 국 솥에서 얼굴을 들고 미리 웃음으로 얼버무리며 양해를 구했다.

"좌우간 맛있게만 말아 주쇼."

여자가 국자를 요란하게 놓고는 한숨을 내리쉬었다.

"개쌍년 같으니!"

정 씨도 영달이처럼 난로를 통째로 껴안을 듯이 바싹 다가앉아서 여자를 물끄러미 올려다보았다.

"색시가 도망을 쳤지 뭐예요. 그래서 불도 꺼졌고, 국거리도 없어서 인제 막 시작을 했답니다."

하고 나서 여자가 남자들에게 외쳤다.

"아니 근데 당신들은 뭘 앉아서 콩이네 팥이네 하구 있는 거예요? 냉큼 가서 잡아 오지 못하구선. 얼마 달아나지 못했을 테니 따라가서 머리채를 끌구 와요."

주인 남자가 주눅이 든 목소리로 대답했다.

"필요 없네. 아무래도 월출서 기차를 탈 테니까 정거장 목만 지키면 된다구."

"그럼 자전거 타구 빨리 가서 기다려요."

"이거 원 날씨가 이렇게 추워서야."

"무슨 얘기예요. 그 백화라는 년이 돈 오만 원이란 말요."

마을 청년이 끼어들었다.

"서울식당이 원래 백화 땜에 호가 났던˙ 거 아닙니까. 그 애가 장사는 그만이었죠."

"군인들이 백화라면, 군화까지 팔아서라두 술을 마실 정도였으니까."

뚱뚱이 여자가 빈정거렸다.

"웃기네, 그래 봤자 지가 똥갈보˙라. 내 장사 수완 덕이지 뭐. 그년 요새 좀 아프다는 핑계루…… 이건 물을 긷나, 밥을 제대루 하나, 손님을 받나, 소용없어. 그년두 육 개월이면 찬샘 바닥서 진이 모조리 빠진 거예요. 빚이나 뽑아내면 참한 신마이˙루 기리까이˙할려던 참이었어. 아, 뭘 해요? 빨리 가서 역을 지키라니까."

마누라의 호통에 주인 사내가 깜짝 놀란 듯이 어깨를 움츠렸다.

"알았대니까……."

"얼른 갔다 와요. 내 대포 한턱 쏠게."

남자들 셋이 우르르 밀려 나갔다. 정 씨가 중얼거렸다.

"젠장, 그 백화 아가씨라두 있었으면 술이나 옆에서 쳐 달랠걸."

"큰일예요, 글쎄. 저녁마다 장정들이 몰려오는데……."

"아가씨 서넛은 있어야지."

"색시 많이 두면 공연히 번거로워요. 이런 데서야 반반한 애 하나면 실속이 있죠, 모자라면 꿔다 앉히구……. 왜 좀 놀다 갈려

우? 내 불러다 주께."

"왜 이러슈, 먼 길 가는 사람이 아침부터 주색˚ 잡다간 저녁에
이 마을서 장사 지내게?"

"자, 국밥이오."

배추가 아직 푹 삭질 않아서 뻣뻣했으나 그런대로 먹을 만하였
다. 정 씨가 국물을 허겁지겁 퍼 넣고 있는 영달이에게 말했다.

"작년 겨울에 어디 있었소?"

들고 있던 국그릇을 내려놓고 영달이는,

"언제요?"

하고 나서 작년 겨울이라고 재차 말하자 껄껄 웃기 시작했다.

"좋았지 정말. 대전 있었습니다. 옥자라는 애를 만났었죠. 그땐
공사장에서 별 볼일두 없었구 노임˚두 실했어요."

"살림을 했군?"

"의리 있는 여자였어요. 애두 하나 가질 뻔했었는데. 지난봄에
내가 실직을 하게 되자, 돈 모으면 모여서 살자구 서울루 식모 자
릴 구해서 떠나갔죠. 하지만 우리 같은 떠돌이가 언약 따위를 지
킬 수 있나요. 밤에 혼자 자다가 일어나면 그 애 때문에 남은 밤
을 꼬박 새우는 적두 있습니다."

정 씨는 흐려진 영달이의 표정을 무심하게 쳐다보다가, 창밖으
로 고개를 돌리고는 조용하게 말했다.

"사람이란 곁에서 오랫동안 두고 보지 않으면 저절로 잊게 되

• 주색(酒色) 술과 성적 욕구를 아울러 이르는 말.
• 노임 '노동 임금'을 줄여 이르는 말.

는 법이오."

뒤란으로 나갔던 뚱뚱이 여자가 호들갑을 떨면서 돌아왔다.

"아유 어쩌나……. 눈이 올 것 같애. 하늘에 먹구름이 잔뜩 끼고, 바람이 부는군. 이놈의 두상이 꼴에 도중에서 가다 말고 돌아올 게 분명하지."

정 씨가 뚱뚱보 여자의 계속될 수다를 막았다.

"월출까지는 몇 리요?"

"한 육십 리 돼요."

"버스는 있나요?"

"오후에 두 대쯤 있지요. 이년을 따악 잡아 갖구 막차루 돌아올 텐데……. 참, 어디까지들 가슈?"

영달이가 말했다.

"바다가 보이는 데까지."

"바다? 멀리 가시는군. 요 큰길루 가실 거유?"

정 씨가 고개를 끄덕이자 여자는 의자에 궁둥이를 붙인 채로 앞으로 다가앉았다.

"부탁 하나 합시다. 가다가 스물두엇쯤 되고 머리는 긴 데다 외눈 쌍까풀인 계집년을 만나면 캐어 봐서 좀 잡아 오슈. 내 현금으루 딱, 만 원 내리다."

정 씨가 빙그레 웃었다. 영달이가 자신 있다는 듯이 기세 좋게 대답했다.

"그럭허슈. 대신에 데려오년 쏙 만 원 내야 합니나."

"암, 내다 뿐이오. 예서 하룻밤 푹 묵었다 가시구려."

"좋았어."

그들은 일어났다. 문을 열고 나오는 그들의 뒷덜미에다 대고 여자가 소리쳤다.

"머리가 길구 외눈 쌍까풀이에요. 잊지 마슈."

해가 낮은 구름 속에 들어가 있어서 주위는 누런 색안경을 통해서 내다본 것처럼 뿌옇게 보였다. 바람이 읍내의 신작로 한복판에서 회오리 기둥을 곤두세우고 있었다. 그들은 고개를 처박고 신작로를 따라서 올라갔다. 영달이가 담배 한 갑을 샀다. 들판을 스치고 지나가는 바람 소리가 날카롭게 들려왔다.

그들이 마을 외곽의 작은 다리를 건널 적에 성긴 눈발이 날리기 시작하더니 허공에 차츰 흰색이 빽빽해졌다. 한 스무 채 남짓한 작은 마을을 지날 때쯤 해서는 큰 눈송이를 이룬 함박눈이 펑펑 쏟아져 내려왔다. 눈이 찰지어서 걷기에는 그리 불편하지 않았고 눈보라도 포근한 듯이 느껴졌다. 그들의 모자나 머리카락과 눈썹에 내려앉은 눈 때문에 두 사람은 갑자기 노인으로 변해 버렸다. 도중에 그들은 옛 원님의 송덕비를 세운 비각* 앞에서 잠깐 쉬어 가기로 했다. 그 앞에서 신작로가 두 갈래로 갈라져 있었던 것이다. 함석판에 페인트로 쓴 이정표가 있긴 했으나, 녹이 슬고 벗겨져 잘 알아볼 수도 없었다. 그들은 비각 처마 밑에 웅크리고 앉아서 담배를 피웠다. 정 씨가 하늘을 올려다보며 감탄했다.

"야, 그놈의 눈송이 탐스럽기두 하다. 풍년 들겠어."

"눈 오는 모양을 보니, 근심 걱정이 싹 없어지는데……."

"첨엔 기분두 괜찮았지만, 이렇게 오다가는 길 가기가 그리 쉽

● 비각(碑閣) 비를 세우고 비바람 따위를 막기 위하여 그 위를 덮어 지은 집.

지 않겠는걸."

"까짓 가는 데까지 가구 내일 또 갑시다. 저기 누가 오는군."

흰 두루마기를 입고 중절모를 깊숙이 내려 쓴 노인이 조심스럽게 걸어오고 있었다. 노인의 모자챙과 접힌 부분 위에 눈이 빙수처럼 쌓여 있었다. 정 씨가 일어나 꾸벅하면서,

"영감님, 길 좀 묻겠습니다요."

"물으슈."

"월출 가는 길이 아랩니까, 저 윗길입니까?"

"윗길이긴 하지만…… 재가 있어 놔서 아무래두 수월친 않을 거야. 아마 교통두 두절될 모양인데."

"아랫길은요?"

"거긴 월출 쪽은 아니지만 고을 셋을 지나면, 감천이라구 나오지."

영달이가 물었다.

"감천에 철도가 닿습니까?"

"닿다마다."

"그럼 감천으루 가야겠구만."

정 씨가 인사를 하자 노인은 눈이 가득 쌓인 모자를 위로 들어보였다. 노인은 윗길 쪽으로 가다가 마을을 향해 꺾어졌다. 영달이는 비각 처마 끝에 회색으로 퇴색한 채 매어져 있는 새끼줄을 끊어 냈다. 그가 반으로 끊은 새끼줄을 정 씨에게도 권했다.

"감발˚ 치구 갑시다."

• 감발 발감개.

"견뎌 날까."

새끼줄로 감발을 친 두 사람은 걸음에 한결 자신이 갔다. 그들은 아랫길로 접어들었다. 길은 차츰 좁아졌으나, 소달구지 한 대쯤 지날 만한 길은 그런대로 계속되었다. 길옆은 개천과 자갈밭이었고 눈이 한 꺼풀 덮여 있었다. 뒤를 돌아보면, 길 위에 두 사람의 발자국이 줄기차게 따라왔다.

마을 하나를 지났다. 그들은 눈 위로 이리저리 뛰어다니는 아이들과 개들 사이로 지나갔다. 마을의 가게 유리창마다 성에가 두껍게 덮여 있었고 창 너머로 사람들의 목소리가 들려왔다. 두 번째 마을을 지날 때엔 눈발이 차츰 걷혀 갔다. 그들은 노변의 구멍가게에서 소주 한 병을 깠다. 속이 화끈거렸다.

털썩, 눈 떨어지는 소리만이 가끔씩 들리는 송림 사이를 지나는데, 뒤에 처져서 걷던 영달이가 주춤 서면서 말했다.

"저것 좀 보슈."

"뭣 말요?"

"저쪽 소나무 아래."

쭈그려 앉은 여자의 등이 보였다. 붉은 코트 자락을 위로 쳐들고 쭈그린 꼴이 아마도 소변이 급해서 외진 곳을 찾은 모양이다. 여자가 허연 궁둥이를 쳐들고 속곳을 올리다가 뒤를 힐끗 돌아보았다.

"오머머!"

여자가 재빨리 코트 자락을 내리고 보퉁이를 집어 들면서 투덜거렸다.

"개새끼들 뭘 보구 지랄야."

영달이가 낄낄 웃었고, 정 씨가 낮게 소곤거렸다.

"외눈 쌍까풀인데그래."

"어쩐지 예감이 이상하더라니……."

여자는 어딘가 불안했는지 그들에게로 다가오기를 꺼리며 주춤주춤했다. 영달이가 말했다.

"잘 만났는데 백화 아가씨, 찬샘에서 뺑소니치는 길이구만."

"무슨 상관야, 내 발루 내가 가는데."

"주인아줌마가 댁을 만나면 잡아다 달래던데."

여자가 태연하게 그들에게로 걸어 나왔다.

"잡아가 보시지."

백화의 얼굴은 화장을 하지 않았는데도 먼 길을 걷느라고 발갛게 달아 있었다. 정 씨가 말했다.

"그런 게 아니라…… 행선지가 어디요? 이 친구 말은 농담이구."

여자는 소변보다가 남자들 눈에 띈 일보다는 영달이의 거친 말솜씨에 몹시 토라져 있었다. 백화가 걸음을 빨리하며 내쏘았다.

"제 따위들이 뭐라구 잡아가구 말구야. 뜨내기 주제에."

"그래, 우리두 너 같은 뜨내기 신세다. 찬샘에 잡아다 주고 여비라두 뜯어 써야겠어."

영달이가 여자의 뒤를 바싹 쫓아가며 농담이 아님을 재차 강조했다. 여자가 획 돌아서더니, 믿을 수 없을 만큼 재빠르게 영달이의 앞가슴을 밀어 냈다. 영달이는 미처 피할 겨를도 없이 눈 위에 궁둥방아를 찧고 나가떨어졌다. 백화가 한 팔은 보퉁이를 끼고, 다른 쪽은 허리에 척 얹고 서서 영달이를 내려다보았다.

"이거 왜 이래? 나 백화는 이래 봬두 인천 노랑집에다, 대구 자갈마당, 포항 중앙 대학, 진해 칠구, 모두 겪은 년이라구. 조용히 시골 읍에서 수양하던 참인데…… 야야, 내 배 위루 남자들 사단 병력이 지나갔어. 국으루 가만있다가 조용한 데 가서 한 코 달라면 몰라두 치사하게 뚱보 돈 먹자구 나한테 공갈 때리면 너 죽구 나 죽는 거야."

영달이는 입을 벌린 채 일어설 줄을 모르고 백화의 일장 연설을 듣고 있었다. 정 씨는 웃음을 참느라고 자꾸만 송림 쪽으로 고개를 돌렸다. 영달이가 멋쩍게 궁둥이를 털면서 일어났다.

"우리두 의리가 있는 사람들이다. 치사하다면, 그런 짓 안 해."

세 사람은 나란히 눈 쌓인 길을 걸었다. 백화가 말했다.

"그럼 반말 놓지 말라구요."

영달이는 입맛을 쩍쩍 다셨고, 정 씨가 물었다.

"어디까지 가오?"

"집에요."

"집이 어딘데……."

"저 남쪽이에요. 떠난 지 한 삼 년 됐어요."

영달이가 말했다.

"얘네들은 긴 밤 자다가두 툭하면 내일 당장에라두 집에 갈 것처럼 말해요."

백화는 아까와 같은 적의는 나타내지 않았다. 백화는 귀 옆으로 흘러내리는 머리카락을 자꾸 쓰다듬어 올리면서 피곤한 표정으로 영달이를 찬찬히 바라보았다.

"그래요. 밤마다 내일 아침엔 고향으로 출발하리라 작정하죠. 그런데 마음뿐이지, 몇 년이 흘러요. 막상 작정하고 나서 집을 향해 가 보는 적두 있어요. 나두 꼭 두 번 고향 근처까지 가 봤던 적이 있어요. 한번은 동네 어른을 먼발치서 봤어요. 나 이름이 백화지만, 가명이에요. 본명은…… 아무에게도 가르쳐 주지 않아."

정 씨가 말했다.

"서울식당 사람들이 월출역으루 지키러 가던데……."

"이런 일이 한두 번인가요 머. 벌써 그럴 줄 알구 감천 가는 길루 왔지요. 촌놈들이니까 그렇지, 빠른 사람들은 서너 군데 길목을 딱 막아 놓아요. 나 그 사람들께 손해 끼친 거 하나두 없어요. 빚이래야 그치들이 빨아먹은 나머지구요. 아유, 인젠 술하구 밤이라면 지긋지긋해요. 밑이 쭉 빠져 버렸어. 어디 가서 여승이나 됐으면……. 냉수에 목욕재계 백 일이면 나두 백화가 아니라구요, 씨팔."

걸을수록 백화는 말이 많아졌고, 걸음은 자꾸 처졌다. 백화는 여러 도시에서 한창 날리던 시절의 얘기를 늘어놓았다. 여자가 결론 지은 얘기는 결국 화류계의 사랑이란 돈 놓고 돈 먹기 외에는 모두 사기라는 것이었다. 그 여자는 자기 보퉁이를 꾹꾹 찌르면서 말했다.

"아저씨네는 뭘 갖구 다녀요? 망치나 톱이겠지 머. 요 속에는 헌 속치마 몇 벌, 빤쓰, 화장품, 그런 게 들었지요. 속치마 꼴을 보면 내 신세하구 똑같아요. 하두 빨아서 빛이 바래구 재봉실이 나들나들하게 닳아 끊어졌어요."

백화는 이제 겨우 스물두 살이었지만 열여덟에 가출해서, 쓰리게 당한 일이 많기 때문에 삼십이 훨씬 넘은 여자처럼 조로해 있었다. 한마디로 관록이 붙은 갈보였다. 백화는 소매가 해진 헌

코트에다 무릎이 튀어나온 바지를 입었고, 물에 불은 오징어처럼 되어 버린 낡은 하이힐을 신고 있었다. 비탈길을 걸을 때, 영달이와 정 씨가 미끄러지지 않도록 양쪽에서 잡아 주어야 했다. 영달이가 투덜거렸다.

"고무신이라두 하나 사 신어야겠어. 댁에 때문에 우리가 형편없이 지체되잖아."

"정 그러시면 두 분이서 먼저 가면 될 거 아녜요. 내가 고무신 살 돈이 어딨어?"

"우리두 의리가 있다구 그랬잖어. 산속에다 여자를 떼 놓구 갈 수야 없지. 그런데…… 한 푼두 없단 말야."

백화가 깔깔대며 웃었다.

"여자 밑천이라면 거기만 있으면 됐지, 무슨 돈이 필요해요?"

"저러니 언제 한번 온전한 살림 살겠나 말야!"

"이거 봐요. 댁에 같은 훤출한 내 신랑감들은 제 입에 풀칠두 못해서 떠돌아다니는데, 내가 어떻게 살림을 살겠냐구."

영달이는 백화의 입담을 감당할 수가 없었다. 세 사람은 감천 가는 도중에 있는 마지막 마을로 들어섰다. 마을 어귀의 얼어붙은 개천 위로 물오리들이 종종걸음을 치거나 주위를 선회하고 있었다. 마을의 골목길은 조용했고, 굴뚝에서 매캐한 청솔˚ 연기 냄새가 돌담을 휩싸고 있었는데 나직한 창호지의 들창 안에서는 사람들의 따뜻한 말소리들이 불투명하게 들려왔다. 영달이가 정

˚ 관록(貫祿) 어떤 일을 오래 겪으면서 생긴 위엄이나 권위.
˚ 선회하다 둘레를 빙글빙글 돌다.
˚ 청솔 베어 낸 지 얼마 안 되어 아직 푸른 잎이 마르지 않은 소나무.

씨에게 제의했다.

"허기가 져서 속이 떨려요. 감천엔 어차피 밤에 떨어질 텐데, 여기서 뭣 좀 얻어먹구 갑시다."

"여긴 바닥이 작아 주막이나 가게두 없는 거 같군."

"어디 아무 집이나 찾아가서 사정을 해 보죠."

백화도 두 손을 코트 주머니에 찌르고 간신히 발을 떼면서 말했다.

"온몸이 얼었어요. 밥은 고사하고, 뜨뜻한 아랫목에서 발이나 녹이구 갔으면."

정 씨가 두 사람을 재촉했다.

"얼른 지나가지. 여기서 지체하면 하룻밤 자게 될 테니. 감천엘 가면 하숙두 있구, 우리를 태울 기차두 있단 말요."

그들은 이 적막한 산골 마을을 지나갔다. 눈 덮인 들판 위로 물오리 떼가 내려앉았다가는 날아오르곤 했다. 길가에 퇴락한* 초가 한 간이 보였다. 지붕의 한쪽은 허물어져 입을 벌렸고 토담도 반쯤 무너졌다. 누군가가 살다가 먼 곳으로 떠나간 폐가임이 분명했다. 영달이가 폐가 안을 기웃해 보며 말했다.

"저기서 신발이라두 말리구 갑시다."

백화가 먼저 그 집의 눈 쌓인 마당으로 절뚝이며 들어섰다. 안방과 건넌방의 구들장은 모두 주저앉았으나 봉당은 매끈하고 딴딴한 흙바닥이 그런대로 쉬어 가기에 알맞았다. 정 씨도 그들을 따라 처마 밑에 가서 잉거주춤 서 있었다. 영달이는 흙벽 틈에 삐

• 퇴락하다 낡아서 무너지고 떨어지다.

죽이 솟은 나무 막대나 문짝, 선반 등속의 땔 만한 것들을 끌어모
아다가 봉당 가운데 쌓았다. 불을 지피자 오랫동안 말라 있던 나
무라 노란 불꽃으로 타올랐다. 불길과 연기가 차츰 커졌다. 정 씨
마저도 불가로 다가앉아 젖은 신과 바짓가랑이를 불길 위에 갖
다 대고 지그시 눈을 감았다. 불이 생기니까 세 사람 모두가 먼
곳에서 지금 막 집에 도착한 느낌이 들었고, 잠이 왔다. 영달이가
긴 나무를 무릎으로 꺾어 불 위에 얹고, 눈물을 흘려 가며 입김을
불어 대는 모양을 백화는 이윽히 바라보고 있었다.

"댁에⋯⋯ 괜찮은 사내야. 나는 아주 치사한 건달인 줄 알았어."

"이거 왜 이래. 괜히 나이롱* 비행기 태우지 말어."

"아녜요. 불 땔 때는 꼴이 제법 그럴듯해서 그래요."

정 씨가 싱글싱글 웃으면서 영달이에게 말했다.

"저런 무딘 사람 같으니. 이 아가씨가 자네한테 반했다⋯⋯ 그
말이야."

"괜히 그러지 마슈. 나두 과거에 연애해 봤소. 계집년이란 사내
가 쐬빠지게 해 줘두 쪼금 벌릴까 말까 한단 말입니다. 이튿날 해
만 뜨면 말짱 헛것이지."

"오머머, 어디 가서 하루살이 연애만 해 본 모양이네. 여보세
요, 화류계 연애가 아무리 돈에 운다지만 한번 붙으면 순정이 무
서운 거예요. 내가 처음 이 길 들어서서 독하게 사랑해 본 적두
있었어요."

지붕 위의 눈이 녹아서 투덕투덕 마당 위에 떨어지기 시작했

---

* 나이롱 '나일론'의 잘못. '가짜'를 뜻하는 속된 말.

다. 여자는 나무 막대기를 불 속에 넣고 휘저으면서 갑자기 새촘한 얼굴이 되었다. 불길에 비친 백화의 얼굴은 제법 고왔다.

"그런데…… 몇 명이었는지 알아요? 여덟 명이었어요."

"진짜 화류계 연애로구만."

"들어 봐요. 사실은 그 여덟 사람이 모두 한 사람이나 마찬가지였거든요."

백화는 주점 '갈매기집'에서의 나날을 생각했다. 그 여자는 날마다 툇마루에 걸터앉아서 철조망의 네 귀퉁이에 높다란 망루가 서 있는 군대 감옥을 올려다보았던 것이다. 언덕 위에 흰 페인트로 칠한 반달형 퀀셋˚ 막사와 바라크˚가 늘어서 있었고 주위에 코스모스가 만발해 있어, 그 안에 철창이 있고 죄지은 사람들이 하루 종일 무릎을 꿇고 있으리라고는 믿어지질 않았다. 하루에 한 번씩, 긴 구령 소리에 맞춰서 붉은 줄을 친 군복에 박박 깎인 머리의 군 죄수들이 바깥으로 몰려나왔다. 죄수들이 일렬로 서서 세면과 용변을 보는 모습이 보였다. 그들은 간혹 대여섯 명씩 무장 헌병의 감시를 받으며 마을로 작업을 하러 내려오는 때도 있었다. 등에 커다란 광주리를 메고 고개를 숙인 채로 그들은 줄을 지어 걸어왔다.

"처음에 부산에서 잘못 소개를 받아 술집으로 팔렸었지요. 거기에 갔을 땐 벌써 될 대루 되라는 식이어서 겁나는 것두 없었구요, 나이는 어렸지만 인생살이가 고달프다는 것두 깨달았단 말

˚ 퀀셋(quonset) 길쭉한 반원형의 간이 건물.
˚ 바라크(baraque) 판자나 천막 등으로 임시로 간단하게 지은 집.

예요."

어느 날 그들은 마을의 제방 공사를 돕기 위해서 삼십여 명이 내려왔다. 출감이 멀지 않은 사람들이라 성깔도 부리지 않았고, 마을 사람들도 그리 경원하지° 않았다. 그들이 밖으로 작업을 나오면 기를 쓰고 찾는 것은 물론 담배였다. 백화는 담배 두 갑을 사서 그들 중의 얼굴이 해사한° 죄수에게 쥐여 주었다. 작업하는 열흘간 백화는 그들의 담배를 댔다. 날마다 그 어려 뵈는 죄수의 손에 몰래 쥐여 주곤 했다. 다음부터 백화는 음식을 장만해서 감옥 면회실로 그를 만나러 갔다. 옥바라지 두 달 만에 그는 이등병 계급장을 달고 백화를 만나러 왔다. 하룻밤을 같이 보내고 병사는 전속지로 떠나갔다.

"그런 식으로 여덟 사람을 옥바라지했어요. 한 달, 두 달, 하다 보면 그이는 앞사람들처럼 하룻밤을 지내구 떠나가군 했어요."

백화는 그런 일 때문에 갈매기집에 있던 시절, 옷 한 가지도 못해 입었다. 백화는 지나간 삭막한 삼 년 중에서 그때만큼 즐겁고 마음이 평화로웠던 시절은 없었다. 그 여자는 새로운 병사를 먼 전속지로 떠나보내는 아침마다 차부°로 나가서 먼지 속에 버스가 가리울 때까지 서 있곤 했었다. 백화는 그 뒤부터 부대 근처를 전전하며 여러 고장을 흘러 다녔다.

아직 초저녁이 분명한데 날씨가 나빠서인지 곧 어두워질 것 같았다. 눈은 더욱 새하얗게 돋보였고, 사위°는 고요한데 나무 타는

• 경원하다 겉으로는 공경하는 체하면서 실제로는 꺼리어 멀리하다.
• 해사하다 얼굴이 희고 곱다랗다.
• 차부(車部) 자동차의 시발점이나 종착점에 마련한 차의 집합소.

소리만이 들려왔다.

"감옥뿐 아니라, 세상이란 게 따지면 고해° 아닌가……."

정 씨는 벗어서 불가에다 쬐고 있던 잠바를 입으면서 중얼거렸다.

"어둡기 전에 어서 가야지."

그들은 일어났다. 아직도 불길 좋게 타고 있는 모닥불 위에 눈을 한 움큼씩 덮었다. 산천이 차츰 희미하게 어두워졌다. 새들이 이리저리로 깃°을 찾아 숲에 모여들고 있었다. 영달이가 백화에게 물었다.

"그래 이젠 어떡할 셈요, 집에 가면……?"

백화가 대답을 않고 웃기만 했다. 정 씨가 말했다.

"시집가야지 뭐."

"시집은 안 가요. 이제 와서 무슨 시집이에요. 조용히 틀어박혀 집의 농사나 거들지요. 동생들이 많아요."

사방이 어두워지자 그들도 얘기를 그쳤다. 어디에나 눈이 덮여 있어서 길을 잘 분간할 수가 없었다. 뒤에 처졌던 백화가 눈 덮인 길의 고랑에 빠져 버렸다. 발이라도 삐었는지 백화는 꼼짝 못 하고 주저앉아 신음을 했다. 영달이가 달려들어 싫다고 뿌리치는 백화를 업었다. 백화는 영달이의 등에 업히면서 말했다.

"무겁죠?"

영달이는 대꾸하지 않았다. 백화가 어린애처럼 가벼웠다. 등이

• 사위 사방의 둘레.
• 고해(苦海) 고통의 세계라는 뜻으로, 괴로움이 끝이 없는 인간 세상을 이르는 말.
• 깃 새의 보금자리.

불편하지도 않았고 어쩐지 가뿐한 느낌이었다. 아마 쇠약해진 탓이리라 생각하니 영달이는 어쩐지 대전에서의 옥자가 생각나서 눈시울이 화끈했다. 백화가 말했다.

"어깨가 참 넓으네요. 한 세 사람쯤 업겠어."

"댁이 근수˚가 모자라서 그렇다구."

그들은 7시쯤에 감천 읍내에 도착했다. 마침 장이 섰었는지 파장된 뒤인데도 읍내 중앙은 흥청대고 있었다. 전 부치는 냄새, 고기 굽는 냄새, 곰국 냄새가 풍겨 왔다. 영달이는 이제 백화를 옆에서 부축하고 있었다. 발을 디딜 때마다 여자가 얼굴을 찡그렸다. 정 씨가 백화에게 물었다.

"어느 방향이오?"

"전라선이에요."

"나는 호남선 쪽인데. 여비는 있소?"

"군용차를 사정해서 타구 가면 돼요."

그들은 장터 모퉁이에서 아직도 따뜻한 온기가 남아 있는 팥시루떡을 사 먹었다. 백화가 자기 몫에서 절반을 떼어 영달이에게 내밀었다.

"더 드세요. 날 업구 왔으니 기운이 배나 들었을 텐데."

역으로 가면서 백화가 말했다.

"어차피 갈 곳이 정해지지 않았다면 우리 고향에 함께 가요. 내일자리를 주선해 드릴게."

"내야 삼포루 가는 길이지만, 그렇게 하지?"

˚ 근수 저울에 단 무게의 수.

정 씨도 영달이에게 권유했다. 영달이는 흙이 덕지덕지 달라붙은 신발 끝을 내려다보며 아무 말이 없었다. 대합실에서 정 씨가 영달이를 한쪽으로 끌고 가서 속삭였다.

"여비 있소?"

"빠듯이 됩니다. 비상금이 한 천 원쯤 있으니까."

"어디루 가려오?"

"일자리 있는 데면 어디든지……."

스피커에서 안내하는 소리가 웅얼대고 있었다. 정 씨는 대합실 나무 의자에 피곤하게 기대어 앉은 백화 쪽을 힐끗 보고 나서 말했다.

"같이 가시지. 내 보기엔 좋은 여자 같군."

"그런 거 같아요."

"또 알우? 인연이 닿아서 말뚝 박구 살게 될지. 이런 때 아주 뜨내기 신셀 청산해야지."

영달이는 시무룩해져서 역사 밖을 멍하니 내다보았다. 백화는 뭔가 쑤군대고 있는 두 사내를 불안한 듯이 지켜보고 있었다. 영달이가 말했다.

"어디 능력이 있어야죠."

"삼포엘 같이 가실라우?"

"어쨌든……."

영달이가 뒷주머니에서 꼬깃꼬깃한 오백 원짜리 두 장을 꺼냈다.

"저 여잘 보냅시다."

영달이는 표를 사고 삼립 빵 두 개와 찐 달걀을 샀다. 백화에게 그는 말했다.

"우린 뒤차를 탈 텐데…… 잘 가슈."

영달이가 내민 것들을 받아 쥔 백화의 눈이 붉게 충혈되었다. 그 여자는 더듬거리며 물었다.

"아무도…… 안 가나요?"

"우린 삼포루 갑니다. 거긴 내 고향이오."

영달이 대신 정 씨가 말했다. 사람들이 개찰구로 나가고 있었다. 백화가 보퉁이를 들고 일어섰다.

"정말, 잊어버리지…… 않을게요."

백화는 개찰구로 가다가 다시 돌아왔다. 돌아온 백화는 눈이 젖은 채로 웃고 있었다.

"내 이름 백화가 아니에요. 본명은요…… 이점례예요."

여자는 개찰구로 뛰어나갔다. 잠시 후에 기차가 떠났다.

그들은 나무 의자에 기대어 한 시간쯤 잤다. 깨어 보니 대합실 바깥에 다시 눈발이 흩날리고 있었다. 기차는 연착이었다. 밤차를 타려는 시골 사람들이 의자마다 가득 차 있었다. 두 사람은 말 없이 담배를 나눠 피웠다. 먼 길을 걷고 나서 잠깐 눈을 붙였더니 더욱 피로해졌던 것이다. 영달이가 혼잣말로,

"쳇, 며칠이나 견디나……."

"뭐라구?"

"아뇨, 백화란 여자 말요. 저런 애들…… 한 사날두 촌 생활 못 배겨 나요."

"사람 나름이지만 하긴 그럴 거요. 요즘 세상에 일이 년 안으루 인정이 확 변해 가는 판인데……."

정 씨 옆에 앉았던 노인이 두 사람의 행색과 무릎 위의 배낭을 눈여겨 살피더니 말을 걸어왔다.

"어디 일들 가슈?"

"아뇨, 고향에 갑니다."

"고향이 어딘데……."

"삼포라구 아십니까?"

"어 알지, 우리 아들놈이 거기서 도자˙를 끄는데……."

"삼포에서요? 거 어디 공사 벌릴 데나 됩니까? 고작해야 고기 잡이나 하구 감자나 매는데요."

"어허! 몇 년 만에 가는 거요?"

"십 년."

노인은 그렇겠다며 고개를 끄덕였다.

"말두 말우, 거긴 지금 육지야. 바다에 방둑을 쌓아 놓구, 추럭˙ 이 수십 대씩 돌을 실어 나른다구."

"뭣 땜에요?"

"낸들 아나. 뭐 관광호텔을 여러 채 짓는담서, 복잡하기가 말할 수 없데."

"동네는 그대루 있을까요?"

"그대루가 뭐요. 맨 천지에 공사판 사람들에다 장까지 들어섰 는걸."

"그럼 나룻배두 없어졌겠네요."

• 도자 흙을 밀어 내어 땅을 다지는 데 쓰이는 '불도저'를 가리키는 말.
• 추럭 '트럭'의 잘못.

"바다 위로 신작로가 났는데, 나룻배는 뭐에 쓰오. 허허, 사람이 많아지니 변고지. 사람이 많아지면 하늘을 잊는 법이거든."

작정하고 벼르다가 찾아가는 고향이었으나, 정 씨에게는 풍문마저 낯설었다. 옆에서 잠자코 듣고 있던 영달이가 말했다.

"잘됐군. 우리 거기서 공사판 일이나 잡읍시다."

그때에 기차가 도착했다. 정 씨는 발걸음이 내키질 않았다. 그는 마음의 정처를 방금 잃어버렸던 때문이었다. 어느 결에 정 씨는 영달이와 똑같은 입장이 되어 버렸다.

기차가 눈발이 날리는 어두운 들판을 향해서 달려갔다.

1 「삼포 가는 길」은 주인공들이 원래 있던 곳을 떠나 다른 곳으로 이동하는 여정이 중심을 이루는 여로형 소설입니다. 작품의 내용을 떠올리며 그 여정을 그림으로 표현해 봅시다.

2 주요 등장인물인 정 씨와 영달, 백화의 특징을 정리해 봅시다.

	정 씨	노영달	백화
나이	35세가량으로 짐작됨.	30세가량으로 짐작됨.	
하는 일	기술자 (목공, 용접, 구두 수선)		술집 작부
과거에 겪은 일		대전에서 옥자와 살림을 차렸지만 실직 후 헤어짐.	군인 죄수를 옥바라지함.
길을 걷는 이유	고향 삼포로 가는 중.	천 씨에게 들켜 달아나는 중, 일자리를 찾고 있음.	
성격	시원시원함, 의리파		외강내유, 순정파
공통점			

3 소설에서 펼쳐진 상황과 인물의 행동을 적고, 이를 통해 작가가 무엇을 말하고자 하는지 서술해 봅시다.

상황	인물들의 행동
날이 어두워짐.	감천역까지 함께 걸어감.
백화가 ( )에 빠짐.	( )
배가 고파 시루떡을 삼.	백화가 ( )
영달은 갈 곳이 없음.	백화와 정 씨가 함께 가자고 제안함.
백화는 ( ) 살 돈이 없음.	( )

⬇   ⬇

작가가 말하고자 하는 것	
가난하고 비루한 뜨내기들의 고달픈 삶	( )

4 삼포의 변화 소식을 들은 정 씨와 영달의 반응으로 미루어, 이들이 삼포에서 어떠한 삶을 살게 될지 말해 봅시다.

> 옆에서 잠자코 듣고 있던 영달이가 말했다.
> "잘됐군. 우리 거기서 공사판 일이나 잡읍시다."
> 그때에 기차가 도착했다. 정 씨는 발걸음이 내키질 않았다. 그는 마음의 정처를 방금 잃어버렸던 때문이었다. 어느 결에 정 씨는 영달이와 똑같은 입장이 되어 버렸다.
> 기차가 눈발이 날리는 어두운 들판을 향해서 달려갔다.

임철우 「사평역」

임철우의 소설 「사평역」은 곽재구의 시 「사평역에서」를 모티브로 한 작품입니다. 폭설이 내리는 밤, 막차를 기다리는 이들이 잠시 간이역 대합실에 함께 머무르는 이야기이지요. 「삼포 가는 길」에서 영달과 정씨, 백화가 폐가에서 모닥불을 피워 추위를 피하듯이 사평역 대합실에 모인 사람들은 난로 주위에서 같이 불을 쬐고 있습니다. 감옥살이를 마친 중년의 사내, 술집 작부 춘심이, 아픈 노인과 농부 아들, 대학에서 퇴학 처분을 받은 청년, 서울 여자, 행상꾼 아낙네들……. 「사평역」에 묘사된 군상은 묘하게 「삼포 가는 길」의 세 사람과 조금씩 닮아 있습니다. 이들은 서로 난로 가까이 다가와 불을 쬐라고 청하고, 행상 보따리 속 북어를 꺼내 나누어 주기도 합니다. 오랜 기다림에 지쳐 갈 즈음 불현듯 누군가 "흐유, 산다는 게 대체 뭣이간디……."라는 한마디를 던지고, 이들은 각자 삶에 대한 생각에 빠져듭니다. 인물들의 사연을 전지적 작가 시점으로 서술하기에 오직 독자들만 그들의 고된 삶과 쓸쓸한 내면을 들여다볼 수 있습니다.

이 소설에서 묘사된 사평역은, 특급 열차는 정차하지 않는 간이역입니다. 그곳에 모인 인물들도 빠른 속도로 변해 가는 특급 사회와는 어울리지 않는 소외된 이들인 셈이지요. 두 시간이나 연착한 야간 완행 열차는 피곤함과 허탈감에 젖은 승객들을 태우고 어둠 속으로 사라집니다. 이제 역에는 갈 곳 없이 잠들어 있는 미친 여자뿐이지만, 역장은 난로에 넣을 톱밥을 더 가지러 갑니다.

「삼포 가는 길」의 세 사람이 사평역으로 향했다면, 그들은 온기를 한 번 더 느끼고 이내 흩어졌겠지요. 산다는 건 어쩌면 영원히 길을 떠나는 일인지도 모릅니다. 도착했다고 생각하는 순간 이전의 목적지는 사라지고, 또 다른 목적지를 찾아 계속 가야 할 뿐이지요. 어쩌면 미래의 목적지란 신기루와도 같고, 지금 이 순간 느끼는 추위와 함께 나누는 온기만이 존재하는 것일지도 모릅니다.

ooooooooooooooooo

꺼삐딴 리

xxxxxxxxxxxxxx

전광용

全光鏞(1919~1988) 소설가. 1919년 함경남도 북청에서 태어났다. 경성경제전문학교를 거쳐 서울대 국문과를 졸업했고, 같은 대학원에서 박사학위를 받았다. 1955년 조선일보 신춘문예에 단편「흑산도」가 당선되면서 본격적으로 작품 활동을 시작했으며, 전후 한국 사회의 단면을 사실적인 필치로 그렸다. 대표작으로「사수」「꺼삐딴 리」「젊은 소용돌이」「창과 벽」등이 있다.

'처세술'이라는 말을 들어 보았나요? 처세란 '사람들과 사귀어 살아가는 일'을 뜻합니다. 처세술이 뛰어나다는 말은 사람들과 어울려 세상을 살아가는 법을 잘 안다는 의미이지요. 어찌 보면 처세술은 사회생활에 꼭 필요한 능력입니다. 인간은 누구나 혼자서는 살 수 없고 다른 사람과 더불어 지내야 하니까요. 하지만 우리는 지나치게 처세에 능한 사람을 긍정적인 시각으로만 보지는 않습니다. 특히 시대 현실이 부조리하고 불평등하다면, 처세에 능하다는 것은 곧 자신의 이익만을 좇아 불의에 쉽사리 타협하는 태도를 의미할 수도 있습니다.

　전광용은 간결한 문장과 냉철하고 객관적인 묘사를 바탕으로 전후 현실의 모순을 파헤친 작가입니다. 「꺼삐딴 리」에서 그는 급변하는 사회에 대응하여 주체성을 상실한 채 자기 이익만을 좇는 지식인의 모습을 그립니다. '꺼삐딴 리'는 주인공 이인국 박사의 별칭인데, 여기서 '꺼삐딴'이란 영어의 '캡틴'(captain)에 해당하는 러시아어입니다. 이 작품에서 이인국 박사는 가히 '우두머리', '최고'로 불릴 만큼 처세의 달인으로 나옵니다. 일제 강점기에는 일본 유학까지 다녀온 엘리트 의사로서 적극적인 친일 활동을 했고, 해방 이후에는 소련군 장교와 친분을 쌓아 친소주의자로 거듭나며 친일파로 처형당할 위기에서 빠져나옵니다. '꺼삐딴 리'라는 별칭도 이때 얻게 됩니다. 이후에는 다시 친미주의자가 되어 딸을 미국으로 유학 보내고 자신도 미국으로 떠나려 합니다. 이렇듯 이 작품은 친일에서 친소, 친미로 이어지는 이인국 박사의 카멜레온 같은 변신을 그립니다.

　자신의 출세만을 위해 속물적인 삶을 살아가는 그의 모습을 정말 '최고'라 칭할 수 있을까요? 만약 여러분이 일제 강점기부터 한국 전쟁에 이르기까지 혼란스러운 변화의 시기를 겪어야 했다면 어떻게 처세했을까요? 이 점을 생각하며 작품을 감상해 봅시다.

수술실에서 나온 이인국(李仁國) 박사는 응접실 소파에 파묻히
듯이 깊숙이 기대어 앉았다.

　그는 백금 무테안경을 벗어 들고 이마의 땀을 닦았다. 등골에
축축이 밴 땀이 잦아들어 감에 따라 피로가 스며 왔다. 두 시간
이십 분의 집도.˚ 위장 속의 균종˚ 적출. 환자는 아직 혼수상태에
서 깨지 못하고 있다.

　수술을 끝낸 찰나 스쳐 가는 육감, 그것은 성공 여부의 적중률
을 암시하는 계시 같은 것이다. 그러나 오늘은 웬일인지 뒷맛이
꺼림칙하다.

　그는 항생질 의약품이 그다지 발달되지 않았던 일제 시대부터
개복 수술에 최단 시간의 기록을 세웠던 것을 회상해 본다.

　맹장염이나 포경 수술, 그 정도의 것은 약과다. 젊은 의사들에
게 맡겨 버리면 그만이다. 대수술의 경우에는 그렇게 방임할 수
만은 없다. 환자 측에서도 대개 원장의 직접 집도를 조건부로 입
원시킨다. 그는 그것을 자랑으로 삼아 왔고 스스로 집도하는 쾌
감마저 느꼈었다.

˚ 집도 수술이나 해부를 하기 위해 수술칼을 잡음.
˚ 균종 곰팡이 종류의 세균이 침입하여 생기는 혹과 비슷한 종기.

그의 병원 부근은 거의 한 집 건너 병원이랄 수 있을 정도로 밀집한 지대다. 이름 없는 신설 병원 같은 것은 숫제 비 장날 시골 전방*처럼 한산한 속에 찾아오는 손님을 기다리고 있는 형편이다.

그러나 이인국 박사는 일류 대학 병원에서까지 손을 쓰지 못하여 밀려오는 급환자들 틈에 끼여 환자의 감별에는 각별한 신경을 쓰고 있다.

그것은 마치 여관 보이가 현관으로 들어서는 손님의 옷차림을 훑어보고 그 등급에 맞는 방을 순간적으로 결정하거나 즉석에서 서슴지 않고 거절하는 경우와 흡사한 것이라고나 할까.

이인국 박사의 병원은 두 가지의 전통적인 특징을 가지고 있다.

병원 안이 먼지 하나도 없이 정결하다는 것과 치료비가 여느 병원의 갑절이나 비싸다는 점이다.

그는 새로 온 환자의 초진에서는 병에 앞서 우선 그 부담 능력을 감정하는 데서부터 시작한다. 신통치 않다고 느껴지는 경우에는 무슨 핑계를 대든 그것도 자기가 직접 나서는 것이 아니라 간호원더러 따돌리게 하는 것이다.

그렇게 중환자가 아닌 한 대부분의 경우 예진*은 젊은 의사들이 했다. 원장은 다만 기록된 진찰 카드에 따라 환자의 증세에 아울러 경제 정도를 판정하는 최종 진단을 내리면 된다.

상대가 지기나 거물급이 아닌 한 외상이라는 명목은 붙을 수

• 전방(廛房) 물건을 늘어놓고 파는 가게.
• 예진(豫診) 환자의 병을 자세하게 진찰하기 전에 미리 간단하게 진찰하는 일.

없었다. 설령 있다 해도 이 양면 진단은 한 푼의 미수나 결손도 없게 한 그의 반생을 통한 의술 생활의 신조요 비결이었다.

그러기에 그의 고객은 왜정 시대는 주로 일본인이었고 현재는 권력층이 아니면 재벌의 셈속에 드는 축들이어야만 했다.

그의 일과는 아침에 진찰실에 나오자 손가락 끝으로 창틀이나 탁자 위를 훑어 무테안경 속 움푹한 눈으로 응시하는 일에서 출발한다.

이때 손가락 끝에 먼지만 묻으면 불호령이 터지고, 간호원은 하루 종일 원장의 신경질에 부대껴야만 한다.

아무튼 단골 고객들은 그의 정결한 결벽성에 감탄과 경의를 표해 마지않는다.

1·4 후퇴 시 청진기가 든 손가방 하나를 들고 월남한 이인국 박사다. 그는 수복되자 재빨리 셋방 하나를 얻어 병원을 차렸다. 그러나 이제는 평당 오십만 환을 호가하는 도심지에 타일을 바른 2층 양옥을 소유하게 되었다. 그는 자기 전문의 외과 외에 내과, 소아과, 산부인과 등 개인 병원을 집결시켰다. 운영은 각자의 주머니 셈속이었지만 종합 병원의 원장 자리는 의젓이 자기가 차지하고 있다.

이인국 박사는 양복 조끼 호주머니에서 십팔금 회중시계를 꺼내어 시간을 보았다.

2시 40분!

미국 대사관 브라운 씨와의 약속 시간은 이십 분밖에 남지 않았다. 이 시계에도 몇 가닥의 유서 깊은 이야기가 숨어 있다. 이인국 박사는 시계를 볼 때마다 참말 '기적'임에 틀림없었던 사태를 연상하게 된다.

왕진 가방과 함께 38선을 넘어온 피란 유물의 하나인 시계. 가방은 미군 의사에게서 얻은 새것으로 갈아매어 흔적도 없게 된 지금, 시계는 목숨을 걸고 삶의 도피행을 같이한 유일품이요, 어찌 보면 인생의 반려이기도 한 것이다.

밤에 잘 때에도 그는 시계를 머리맡에 풀어 놓거나 호주머니에 넣은 채로 버려두지 않는다. 반드시 풀어서 등기 서류, 저금통장 등이 들어 있는 비상용 캐비닛 속에 넣고야 잠자리에 드는 것이었다. 거기에는 또 그럴 만한 연유가 있었다. 이 시계는 제국 대학을 졸업할 때 받은 영예로운 수상품이다. 뒤쪽에는 자기 이름이 새겨져 있다.

그 후 삼십여 년, 자기 주변의 모든 것은 변하여 갔지만 시계만은 옛 모습 그대로다. 주변뿐만 아니라 자기 자신은 얼마나 변한 것인가. 이십 대 홍안*을 자랑하던 젊음은 어디로 사라진 것인지 머리카락도 반백이 넘었고 이마의 주름은 깊어만 간다. 일제 시대, 소련군 점령하의 감옥 생활, 6·25 사변, 38선, 미군 부대, 그동안 몇 차례의 아슬아슬한 죽음의 고비를 넘긴 것인가.

'월삼 17석.'*

우여곡절 많은 세월 속에서 아직도 제시간을 유지하는 것만도 신기하다. 시간을 보고는 습성처럼 재깍재깍 소리에 귀 기울이

---

* 홍안 붉은 얼굴이라는 뜻으로, 젊어서 혈색이 좋은 얼굴을 이르는 말.
* 월삼 17석 미국의 월섬(Waltham)사에서 만든, 17개의 보석이 박힌 회중시계.

는 때의 그의 가느다란 눈매에는 흘러간 인생의 축도가 서리는 것이었다. 그 속에서도 각모˚와 쓰메에리˚ 학생복을 벗어 버리고 신사복으로 갈아입던 그날의 감회를 더욱 새롭게 해 주는 충동을 금할 길 없는 것이었다.

이인국 박사는 수술 직전에 서랍에 집어넣었던 편지에 생각이 미쳤다.

미국에 가 있는 딸 나미. 본래의 이름은 일본식의 나미코(奈美子)다. 해방 후 그것이 거슬린다기에 나미로 불렀고 새로 기류계˚에 올릴 때에는 코(子) 자를 완전히 떼어 버렸다.

나미 짱! 딸의 모습은 단란하던 지난날의 추억과 더불어 떠올랐다.

온 집안의 재롱둥이였던 나미, 그도 이젠 성숙했다. 그마저 자기 옆에서 떠난 지금 새로운 정에서 산다고는 하지만 이인국 박사는 가끔 물밀어 오는 허전한 감을 금할 길 없었다.

아내는 거제도 수용소에 있을 때 죽었고 아들의 생사는 지금껏 알 길이 없다.

서울에서 다시 만나 후처로 들어온 혜숙(惠淑). 이십 년의 연령차에서 오는 세대의 거리감을 그는 억지로 부인해 본다. 그러나 혜숙의 피둥피둥한 탄력에 윤기가 더해 가는 살결에 비해 자기의 주름 잡힌 까칠한 피부는 육체적 위축감마저 느끼게 하는 때가 없지 않았다. 그들 사이에서 난 돌 지난 어린것, 앞날이 아득

˚ 각모 사각모자.
˚ 쓰메에리 옷깃을 세운 양복을 뜻하는 일본어.
˚ 기류계 본적지 이외의 곳에 거주하는 것을 보고하는 서류.

한 이 핏덩이만이 지금의 이인국 박사의 곁을 지켜 주는 유일한 피붙이다. 이인국 박사는 기대와 호기에 찬 심정으로 항공 우편의 피봉을 뜯었다.

전번 편지에서 가타부타 단안은 내리지 않고 잘 생각해서 결정하라고 한 그 후의 경과다.

'결국은 그렇게 되고야 마는 건가…….'

그는 편지를 탁자 위에 밀어 놓았다. 어쩌면 이러한 결말은 딸의 출국 이전에서부터 이미 싹튼 것인지도 모른다는 생각이 들었다.

대학에서 영문과를 택한 딸, 개인 지도를 하여 준 외인 교수, 스칼러십*을 얻어 준 것도 그고, 유학 절차의 재정 보증인을 알선해 준 것도 그가 아닌가, 우연한 일은 아니다.

그러나 시류에 따라 미국 유학을 해야만 한다고 주장한 것은 오히려 아버지 자기가 아닌가.

동양학을 연구하고 있는 외인 교수. 이왕이면 한국 여성과 결혼했으면 좋겠다던 솔직한 고백에, 자기의 학문을 위한 탁월한 견해라고 무심코 찬의를 표한 것도 자기가 아니던가. 그것도 지금 생각하면 하나의 암시였음이 분명하지 않은가.

이인국 박사는 상아로 된 오존 파이프를 앞니에 힘을 주어 지그시 깨물며 눈을 감았다.

꼭 풀 쑤어 개 좋은 일을 한 것만 같은 분하고도 허황한 심정이다.

---

* 스칼러십(scholarship) 장학금.

'코쟁이 사위.'

생각만 해도 전신의 피가 역류하는 것 같은 몸서리가 느껴졌다.

'더러운 년 같으니, 기어코⋯⋯.'

그는 큰기침을 내뱉었다.

그의 생각은 왜정 시대 내선일체˚의 혼인론이 떠돌던 이야기에까지 꼬리를 물었다. 그때는 그것을 비방하거나 굴욕처럼 느끼지는 않았다. 오히려 당연한 것으로 해석했고 어찌 보면 우월한 것으로 생각하지 않았던가. 그런데 이 경우는⋯⋯.

그는 딸의 편지 구절을 곱씹었다.

'애정에 국경이 있어요?⋯⋯'

이것은 벌써 진부하다. 아비도 학창 시절에 그런 풍조는 다 마스터했다. 건방지게, 이제 새삼스레 아비에게 설교조로⋯⋯ 좀 더 솔직하지 못하고⋯⋯.

그러니 외딸인 제가 그런 국제결혼의 시금석˚이 되겠단 말인가.

'아무튼 아버지께서 쉬 한번 오신다니 최종 결정은 아버지의 의향에 따라 결정할 예정입니다만⋯⋯.'

그래 아버지가 안 가면 그대로 정하겠단 말인가.

이인국 박사는 '일대 잡종'의 유전 법칙이 떠오르자 머리를 내저었다. '흰둥이 외손자', 생각만 해도 징그럽다.

그는 내던졌던 사진을 다시 집어 들었다.

대학 캠퍼스 같은 석조전의 거대한 건물, 그 앞의 정원, 뒤쪽에

˚ 내선일체 일본과 조선은 한 몸이라는 뜻으로, 일제 강점기 때 일본이 조선인의 정신을 말살하고 조선을 착취하기 위하여 만들어 낸 구호.

˚ 시금석 가치, 능력, 역량 따위를 알아볼 수 있는 기준이 되는 기회나 사물을 비유적으로 이르는 말.

짝을 지어 걸어가는 남녀 학생, 이 배경 속에 딸과 그 외인 교수
가 나란히 어깨를 짚고 서서 웃음을 짓고 있다.

'흥, 놀기는 잘들 논다……'

응, 신음 소리를 치며 그는 자리에서 일어섰다. 아무튼 미스터
브라운을 만나 이왕 가는 길이면 좀 더 서둘러야겠다. 그 가장 대
우가 좋다는 국무성 초청 케이스의 확정 여부를 빨리 확인해야
겠다는 생각이 조바심을 쳤다.

그는 아내 혜숙이 있는 살림방 쪽으로 건너갔다.

"여보, 나미가 기어코 결혼하겠다는구려."

"그래요?……"

아내의 어조에는 별다른 감동이나 의아도 없음을 이인국 박사
는 직감했다.

그는 가능한 한 혜숙이 앞에서 전실 소생의 애들 이야기를 하
는 것을 삼가 왔다.

어떻게 보면 나미의 미국 유학을 간접적으로 자극한 것은 가정
분위기의 소치라는 자격지심이 없지 않기도 했다.

나미는 물론 혜숙이를 단 한 번도 어머니라고 불러 준 일이 없
었다.

혜숙이 또한 나미 앞에서 어머니라고 버젓이 행세한 일도 없
었다.

지난날의 간호원과 오늘의 어머니, 그 사이에는 따져서 표현할
수 없는 미묘한 감정들이 복재* 되어 있었다.

---

* 복재(伏在) 몰래 숨어 있음.

"선생님의 일이라면 무엇이든지 돕겠어요."

서울에서 이인국 박사를 다시 만났을 때 마음속 그대로 털어놓은 혜숙의 첫마디였다.

처음에는 혜숙이도 부인의 별세를 몰랐고 이인국 박사도 혜숙이의 혼인 여부를 참견하지 않았다.

혜숙은 곧 대학 병원을 그만두고 이리로 옮겨 왔다.

나미는 옛정이 다시 살아 혜숙을 언니처럼 따랐다.

이들의 혼인이 익어 갈 때 이인국 박사는 목에 걸리는 딸의 의향을 우선 듣기로 했다.

딸도 아버지의 외로움을 동정하고 있었다. 자기 자신 아버지의 시중이 힘에 겨웠고 또 그사이 실지의 아버지 뒤치다꺼리를 혜숙이 해 왔으므로 딸은 즉석에서 진심으로 찬의를 표했다.

그러나 시간이 흐를수록 혜숙과 나미의 간격은 벌어졌고 혜숙도 남편과의 정상적인 가정생활에 나미가 장애물이 되는 것 같은 느낌을 차츰 가지게 되었다.

혜숙 자신도 처음에는 마음 놓고 이인국 박사를 남편이랍시고 일대일로 부르진 못했다.

나미의 출발, 그 후 어린애의 해산, 이러한 몇 고개를 넘는 사이에 이제 겨우 아내답게 늠름히 남편을 대할 수 있고, 이인국 박사 또한 제대로의 남편의 체모*로 아내에게 농을 걸 수도 있게끔 되었다.

"기어구 그 외인 교수 하군가 가까워지는 모양인데."

* 체모(體貌) 체면.

이인국 박사는 아내의 얼굴을 직시하지는 못하고 마치 독백하듯이 뇌까렸다.

"할 수 있어요. 제 좋다는 대로 해야지요."

마치 남의 이야기를 하는 것처럼 이인국 박사에게는 들려왔다.

"글쎄 하기는 그렇지만……."

그는 입맛만 다시며 더 이상 계속하지 못했다.

잠을 깨어 울고 있는 어린것에게 젖을 물리고 있는 아내의 젊은 육체에서 자극을 느끼면서 이인국 박사는 자기 자신이 죄를 지은 것만 같은 나미에 대한 강박 관념을 금할 길이 없었다.

저 어린것이 자라서 아들 원식(元植)이나 또 나미 정도의 말 상대가 되려도 아직 이십여 년의 세월이 흘러야 한다.

그때 자기는 칠십이 넘는 할아버지다.

현대 의학이 인간의 평균 수명을 연장하고, 암(癌) 같은 고질이 아닌 한 불의의 죽음은 없다 하지만, 자기 자신 의사이면서 스스로의 생명 하나를 보장할 수 없다.

'마누라는 눈앞에서 나는 새 놓치듯이 죽이지 않았던가. 아무리 해도 저놈이 대학을 나올 때까지는 살아야 한다. 아무렴, 때가 때인 만큼 미국 유학까지는 내 생전에 시켜 주어야 하지. 하기야 그런 의미에서도 일찌감치 미국 혼반°을 맺어 두는 것도 그리 해로울 건 없지 않나. 아무렴, 우리보다는 낫게 사는 사람들인데. 좀 남 보기 체면이 안 서서 그렇지.'

그는 자위인지 체념인지 모를 푸념을 곱씹었다.

° 혼반 서로 혼인을 맺을 만한 양반의 지체.

"여보, 저걸 좀 꾸려요."

이인국 박사의 말씨는 점잖게 가라앉았다.

"뭐 말이에요?"

아내는 젖꼭지를 물린 채 고개만을 돌려 되묻는다.

"저, 병 말이오."

그는 화장대 위에 놓은 골동품을 가리켰다.

"어디 가져가셔요?"

"저 미 대사관 브라운 씨 말이야. 늘 신세만 졌는데……."

아내가 꼼꼼히 싸 놓은 포장물을 들고 이인국 박사는 천천히 현관을 나섰다.

벌써 석간신문이 배달되었다.

아무리 생각해도 그것은 분명 기적임에 틀림없는 일이었다. 간헐적으로 반복되어 공포와 감격을 함께 휘몰아치는 착잡한 추억. 늘 어제 일마냥 생생하기만 하다.

1945년 팔월 하순.

아직 해방의 감격이 온 누리를 뒤덮어 소용돌이칠 때였다.

말복도 지난 날씨건만 여전히 무더웠다. 이인국 박사는 이 며칠 동안 불안과 초조에 휘몰려 잠도 제대로 자지 못했다. 무엇인가 닥쳐올 사태를 오들오들 떨면서 대기하는 상태였다.

그렇게 붐비던 환자도 하나 얼씬하지 않고 쉴 사이 없던 전화도 뜸하여졌다. 입원실은 최후의 복막염 환자였던 도청의 일본인 과장이 끌려간 후 텅 비었다.

조수와 약제사는 궁금증이 나서 고향에 다녀오겠다고 떠나갔고, 서울 태생인 간호원 혜숙이만이 남아 빈집 같은 병원을 지키고 있었다.

2층 십 조 다다미방°에 훈도시°과 유카타° 바람에 뒹굴고 있던 이인국 박사는 견디다 못해 부채를 내던지고 일어났다.

그는 목욕탕으로 갔다. 찬물을 퍼서 대야째로 머리에서부터 몇 번이고 내리부었다. 등줄기가 시리고 몸이 가벼워졌다.

그러나 수건으로 몸을 닦으면서도 무엇엔가 짓눌려 있는 것 같은 가슴속의 갑갑증을 가셔 낼 수가 없었다.

그는 창문으로 기웃이 한길가를 내려다보았다. 우글거리는 군중들은 아직도 소음 속으로 밀려가고 있다.

굳게 닫혀 있는 은행 철문에 붙은 벽보가 한길을 건너 하얀 윤곽만이 두드러져 보인다.

아니 그곳에 씌어 있는 구절.

"친일파, 민족 반역자를 타도하자."

옆에 붉은 동그라미를 두 겹으로 친 글자가 그대로 눈앞에 선명하게 보이는 것만 같다.

어제 저물녘에 그것을 처음 보았을 때의 전율이 되살아왔다.

순간 이인국 박사는 방 쪽으로 머리를 획 돌렸다.

'나야 원 괜찮겠지…….'

혼자 뇌까리면서 그는 다시 부채를 들었다.

그러나 벽보를 들여다보고 있을 때 자기와 눈이 마주치는 순

• 다다미방 일본식 돗자리인 다다미가 깔린 방. '조'는 다다미를 세는 단위임.
• 훈도시 일본 성인 남성이 입는 전통 속옷.
• 유카타 집 안에서 또는 여름철 산책할 때에 입는 일본의 전통 의상.

간, 일그러지는 얼굴에 경멸인지 통쾌인지 모를 웃음을 비죽거리면서 아래위로 훑어보던 그 춘석(春錫)이 녀석의 모습이 자꾸만 머릿속으로 엄습하여 어두운 밤에 거미줄을 뒤집어쓴 것처럼 꺼림텁텁하기만 했다.

그깟 놈 하고 머리에서 씻어 버리려도 거머리처럼 자꾸만 감아붙는 것만 같았다.

벌써 육 개월 전의 일이다.

형무소에서 병보석으로 가출옥되었다는 중환자가 업혀서 왔다.

휑뎅그렁한 눈에 앙상하게 뼈만 남은 몸을 제대로 가누지도 못하는 환자, 그는 간호원의 부축으로 겨우 진찰을 받았다.

청진기의 상아 꼭지를 환자의 가슴에서 등으로 옮겨 두 줄기의 고무줄에서 감득되는 숨소리를 감별하면서도, 이인국 박사의 머릿속은 최후 판정의 분기점을 방황하고 있었다.

입원시킬 것인가, 거절할 것인가…….

환자의 몰골이나 업고 온 사람의 옷매무새로 보아 경제 정도는 뻔한 일이라 생각되었다.

그러나 그것보다도 더 마음에 켕기는 것이 있었다. 일본인 간부급들이 자기 집처럼 들락날락하는 이 병원에 이런 사상범을 입원시킨다는 것은 관선 시의원이라는 체면에서도 떳떳지 못할 뿐더러, 자타가 공인하는 모범적인 황국 신민*의 공든 탑이 하루

---

* 황국 신민 일제 강점기에, 천황이 다스리는 나라의 신하 된 백성이라 하여 일본이 자국민을 이르던 말.

아침에 무너지는 결과를 가져오는 것이라는 생각이 들었다. 순간 그는 이런 경우의 가부 결정에 일도양단하는˚ 자기식으로 찰나적인 단안을 내렸다. 그는 응급 치료만 하여 주고 입원실이 없다는 가장 떳떳하고도 정당한 구실로 애걸하는 환자를 돌려보냈다.

환자의 집이 병원에서 멀지 않은 건너편 골목 안에 있다는 것은 후에 간호원에게서 들었다. 그러나 그쯤은 예사로운 일이었기에 그는 그대로 아무렇지도 않게 흘려버렸다.

그런데 며칠 전 시민대회 끝에 있은 해방 경축 시가행진을 자기도 흥분에 차 구경하느라고 혜숙이와 함께 대문 앞에 나갔다가, 자위대 완장을 두르고 대열에 끼인 젊은이와 눈이 마주쳤다.

이쪽을 노려보는 청년의 눈에서 불똥이 튀는 것 같은 살기를 느꼈다.

무슨 영문인지 모르고 어리벙벙하던 이인국 박사는 그것이 언젠가 입원을 거절당한 사상범 환자 춘석이라는 것을 혜숙에게서 듣고야 슬금슬금 주위의 눈치를 살피며 집으로 기어들어 왔다.

그 후 그는 될 수 있는 대로 거리로 나가는 것을 피하였지마는 공교롭게도 어제저녁에 그 벽보 앞에서 마주쳤었다.

갑자기 밖이 왁자지껄 떠들어 대었다. 머리에 각지를 끼고 비스듬히 누워서 갈피를 잡을 수 없는 생각에 골똘하던 이인국 박사는 일어나 앉아 한길 쪽에 귀를 기울였다. 들끓는 소리는 더

˚일도양단하다 칼로 무엇을 대번에 쳐서 두 도막을 내다. 어떤 일을 머뭇거리지 않고 선뜻 결정하다.

커 갔다. 궁금증에 견디다 못해 그는 엉거주춤 꾸부린 자세로 밖을 내다보았다. 포도˙에 뒤끓는 사람들은 손에 손에 태극기와 적기˙를 들고 환성을 올리고 있었다.

'무엇일까?'

그는 고개를 갸웃하며 다시 자리에 주저앉았다.

계단을 구르며 급히 올라오는 발자국 소리가 들려왔다.

혜숙이다.

"아마 소련군이 들어오나 봐요. 모두들 야단법석이에요……."

숨을 헐레벌떡이며 이야기하는 혜숙이의 말에 이인국 박사는 아무 대꾸도 없이 눈만 껌벅이며 도로 앉았다. 여러 날째 라디오에서 오늘 입성 예정이라고 했으니 인제 정말 오는가 보다 싶었다.

혜숙이 내려간 뒤에도 이인국 박사는 한참 동안 아무 거동도 못하고 바깥쪽을 내다보고만 있었다.

무엇을 생각했던지 그는 움찔 자리에서 일어났다. 그러고는 벽장문을 열었다. 안쪽에 손을 뻗쳐 액자 틀을 끄집어내었다.

"국어 상용(國語常用)의 가(家)."

해방되던 날 떼어서 집어넣어 둔 것을 그동안 깜박 잊고 있었다.

그는 액자 틀 뒤를 열어 음식점 면허장 같은 두터운 모조지를 빼내어 글자 한 자도 제대로 남지 않게 손끝에 힘을 주어 꼼꼼히 찢었다.

• 포도(鋪道) 포장도로.
• 적기(赤旗) 공산주의를 상징하는 기. 여기서는 소련 국기를 가리킴.

이 종잇장 하나만 해도 일본인과의 교제에 있어서 얼마나 떳떳한 구실을 할 수 있었던 것인가. 야릇한 미련 같은 것이 섬광처럼 머릿속에 스쳐 갔다.

환자도 일본 말 모르는 축은 거의 오는 일이 없었지만 대외 관계는 물론 집 안에서도 일체 일본 말만 써 왔다. 해방 뒤 부득이 써 오는 제 나라말이 오히려 의사 표현에 어색함을 느낄 만큼 그에게는 거리가 먼 것이었다.

마누라의 솔선수범하는 내조지공도 컸지만 애들까지도 곧잘 지켜 주었기에 이 종잇장을 탄 것이 아니던가. 그것을 탄 날은 온 집안이 무슨 큰 경사나 난 것처럼 기뻐들 했었다.

"잠꼬대까지 국어로 할 정도가 아니면 이 영예로운 기회야 얻을 수 있겠소."

하던 국민 총력 연맹 지부장의 웃음 띤 치하 소리가 떠올랐다.

그 순간 자기 자신은 아이들을 소학교부터 일본 학교에 보낸 것을 얼마나 다행으로 여겼던 것인가.

그는 후 한숨을 내뿜었다. 그러고는 저금통장의 잔액을 깡그리 내주던 은행 지점장의 호의에 새삼 고마움을 느끼는 것이었다.

그것마저 없었더라면……. 등골에 오싹하는 한기가 느껴 왔다.

무슨 정치가 오든 그것만 있으면 시내 사람의 절반 이상이 굶어 죽기 전에야 우리 집 차례는 아니겠지. 그는 손금고가 들어 있는 안방 단스*를 생각하면서 혼자 중얼거렸다.

이인국 박사는 무슨 일이 일어나도 꼭 자기만은 살아남을 것

---

* 단스 서랍이나 문이 달린 장롱을 뜻하는 일본어.

같은 막연한 기대를 곱씹고 있다.

주위가 어두워 왔다.

지축이 흔들리는 것 같은 동요와 소음이 가까워졌다. 군중들의 환호성이 터져 나왔다. 만세 소리가 연방 계속되었다.

세상 형편을 알아보려고 거리에 나갔던 아내가 돌아왔다.

"여보, 당꾸° 부대가 들어왔어요. 거리는 온통 사람들 사태가 났는데 집 안에 처박혀 뭘 하구 있어요……."

"뭘 하기는?"

"나가 보아요. 마우재° 가 들어왔어요……."

어둠 속에서 아내의 음성은 격했으나 감격인지 당황인지 알 길이 없었다.

'계집이란 저렇게 우둔하고도 대담한 것일까…….'

이인국 박사는 엷은 어둠 속에서 마누라 쪽을 주시하면서 입맛을 다셨다.

"불두 엽때 안 켜구."

마누라가 전등 스위치를 틀었다. 이인국 박사는 백 촉 전등의 너무 환한 것이 못마땅했다.

"불은 왜 켜는 거요?"

"그럼 켜지 않구, 캄캄한데……. 자, 어서 나가 봅시다."

마누라의 이끄는 데 따라 이인국 박사는 마지못하면서 시침을 떼고 따라나섰다.

• 당꾸 '탱크'의 일본식 발음.
• 마우재 '러시아인'을 가리키는 사투리.

헤드라이트의 눈부신 광선. 탱크 부대의 진주는 끝을 알 수 없이 계속되고 있다.

이인국 박사는 부신 불빛을 피하면서 가로수에 기대어 섰다. 박수와 환호성, 만세 소리가 그칠 줄 모르는 양안*을 끼고 탱크는 물밀듯 서서히 흘러간다. 위 뚜껑을 열고 반신을 내민 중대가리의 병정은 간간이 "우라아." 하면서 손을 내흔들고 있다.

이인국 박사는 자기와는 아무 관련도 없는 이방 부대라는 환각을 느끼면서 박수도 환성도 안 나가는 멋쩍은 속에서 멍하니 쳐다보고만 있다. 그는 자기의 거동을 주시하지나 않나 해서 주위를 두리번거렸다.

그러나 아무도 그에게는 관심을 두는 일 없이 탱크를 향하여 목청이 터지도록 거듭 만세만 부르고 있지 않은가.

'어떻게 되겠지……'

그는 밑도 끝도 없는 한마디를 뇌면서 유유히 집으로 들어왔다.

민요 뒤에 계속되던 행진곡이 그치고 주둔군 사령관의 포고문이 방송되고 있다.

이인국 박사는 라디오 앞에 다가앉아 귀를 기울였다.

시민의 생명·재산은 절대 보장한다, 각자는 안심하고 자기의 직장을 수호하라, 총기·일본도 등 일체의 무기 소지는 금하니 즉시 반납하라는 등의 요지였다.

그는 문득 단스 속에 넣어 둔 엽총에 생각이 미치었다. 그러면 저것도 바쳐야 하는 것일까. 영국제 쌍발, 손때 묻은 애완물같이

• 양안 강이나 하천 따위의 양쪽 기슭. 여기서는 좌우로 늘어선 인파를 뜻함.

느껴져 누구에게 단 한 번 빌려주지 않았던 최신형 특제품이다.

이인국 박사는 다이얼을 돌렸다. 대체 서울에서는 어떻게들 하고 있는 것일까.

거기도 마찬가지다. 민요가 아니면 행진곡이 나오고 그러다가는 건국 준비 위원회 누구인가의 연설이 계속된다.

대체 앞으로 어떻게 될 것인가 궁금증을 해결할 방법이 없다.

해방 직후 이삼 일 동안은 자기도 태연하였지만 번지르르하게 드나들던 몇몇 친구들도 소련군 입성이 보도된 이후부터는 거의 나타나질 않는다. 그렇다고 자기 자신이 뛰어다니며 물을 경황은 더욱 없다.

밤이 이슥해서야 중학교와 국민학교를 다니는 아들딸이 굉장한 구경이나 한 것처럼 탱크와 로스케˚의 이야기를 늘어놓으며 돌아왔다.

그들은 아버지의 심중은 아랑곳없다는 듯이 어머니, 혜숙이와 함께 저희들 이야기에만 꽃을 피우고 있었다.

이인국 박사는 슬그머니 일어나 2층으로 올라와 다다미방에서 혼자 뒹굴었다.

앞일은 대체 어떻게 전개될 것인지, 뛰어넘을 수가 없는 큰 바다가 가로놓인 것만 같았다. 풀어낼 수 있는 실마리가 전연 더듬어지지 않는 뒤헝클어진 상념 속에서 그래도 이인국 박사는 꺼지려는 짚불을 불어 일으키는 심정으로 막연한 한 가닥의 기대만을 끝내 포기하지 않은 채 천장을 멍청히 쳐다보고만 있었다.

˚로스케 '러시아인'을 낮잡아 이르는 말.

지난 일에 대한 뉘우침이나 가책 같은 건 아예 있을 수 없었다.

자동차 속에서 이인국 박사는 들고나온 석간을 펼쳤다.

1면의 제목을 대강 훑고 난 그는 신문을 뒤집어 꺾어 3면으로 눈을 옮겼다.

"북한 소련 유학생 서독으로 탈출."

바둑돌 같은 굵은 활자의 제목. 왼편 전단을 차지한 외신 기사. 손바닥만 한 사진까지 곁들여 있다.

그는 코허리에 내려온 안경을 올리면서 눈을 부릅떴다.

그의 시각은 활자 속을 헤치고, 머릿속에는 아들의 환상이 뒤엉켜 들이차 왔다. 아들을 모스크바로 유학시킨 것은 자기의 억지에서였던 것만 같았다.

출신 계급, 성분, 어디 하나나 부합될 조건이 있었단 말인가. 고급 중학을 졸업하고 의과 대학에 입학된 바로 그해다.

이인국 박사는 그때나 지금이나 자기의 처세 방법에 대하여 절대적인 자신을 가지고 있다.

"얘, 너 그 노어˚ 공부를 열심히 해라."

"왜요?"

아들은 갑자기 튀어나오는 아버지의 말에 의아를 느끼면서 반문했다.

"야, 원식아, 별수 없다. 왜정 때는 그래도 일본 말이 출세를 하게 했고 이제는 노어가 또 판을 치지 않니. 고기가 물을 떠나서

˚ 노어 노서아어. '러시아어'를 한자의 음으로 나타낸 음역어.

살 수 없는 바에야 그 물속에서 살 방도를 궁리해야지. 아무튼 그 노서아 말 꾸준히 해라."

아들은 아버지 말에 새삼스러이 자극을 받는 것 같진 않았다.

"내 나이로도 인제 이만큼 뜨내기 회화쯤은 할 수 있는데, 새파란 너희 나쎄°로 그걸 못하겠니."

"염려 마세요, 아버지……."

아들의 대답이 그에게는 믿음직스럽게 여겨졌다.

이인국 박사는 심각한 표정으로 말을 이었다.

"어디 코 큰 놈이라구 별것이겠니, 말 잘해서 진정이 통하기만 하면 그것들두 다 그렇지……."

이인국 박사는 끝내 스텐코프 소좌의 배경으로 요직에 있는 당 간부의 추천을 받아 아들의 소련 유학을 결정짓고야 말았다.

"여보, 보통으로 삽시다. 거저 표 나지 않게 사는 것이 이런 세상에선 가장 편안할 것 같아요. 이제 겨우 죽을 고비를 면했는데 또 재까지 그 '높이 드는' 복판에 휘몰아 넣으면 어쩔라구……."

"가만있어요, 호랑이두 굴에 가야 잡는 법이요, 무슨 세상이 되던 할 대로 해 봅시다."

"그래도 저 어린것을 어떻게 노서아까지 보낸단 말이요."

"아니, 중학교 애들도 가지 못해 골들을 싸매는데 대학생이 못 가 견딜라구."

"그래도 어디 앞일을 알겠소……."

"괜한 소리, 재가 소련 바람을 쏘이구 와야 내게 허튼소리 하

° 나쎄 그만한 나이를 속되게 이르는 말.

는 놈들도 찍소리를 못 할 거요. 어디 보란 듯이 다시 한번 살아 봅시다."

아들의 출발을 앞두고 걱정하는 마누라를 우격다짐으로 무마시키고 그는 아들의 유학을 관철하였다.

'흥, 혁명 유가족두 가기 힘든 구멍을 친일파 이인국의 아들이 뚫었으니 어디 두구 보자……'

그는 만장의 기염을 토하며 혼자 중얼거리고는 희망에 찬 미소를 풍겼다.

그다음 해에 사변이 터졌다.

잘 있노라는 서신이 계속하여 왔지만 동란 후 후퇴할 때까지 소식은 두절된 대로였다.

마누라의 죽음은 외아들을 사지로 보낸 것 같은 수심에도 그 원인이 있었다고 그는 생각하고 있다.

이인국 박사는 신문 다치키리˙ 속에 채워진 글자를 하나도 빼지 않고 다 훑어 내려갔다.

그러나 아들의 이름에 연관되는 사연은 한마디도 없었다.

'이 자식은 무얼 꾸물꾸물하느라고 이런 축에도 끼지 못한 담……. 사태를 판별하고 임기응변의 선수를 쓸 줄 알아야지, 멍추같이……'

그는 신문을 포개어 되는대로 말아 쥐었다.

'개천에서 용마가 난다는데 이건 제 애비만도 못한 자식이야……'

˙ 다치키리 신문의 박스 기사를 가리키는 일본어.

그는 혀를 찍찍 갈겼다.

'어쩌면 가족이 월남한 것조차 모르고 주저하고 있는 것이나 아닐까. 아니, 이제는 그쪽에도 소식이 가서 제게도 무언중의 압력이 퍼져 갈 터인데……. 역시 고지식한 놈이 아무래도 모자라…….'

그는 자동차에서 내리자 건 가래침을 내뱉었다.

'독또르*리, 내가 책임지고 보장하겠소. 아들을 우리 조국 소련에 유학시키시오.'

스텐코프의 목소리가 고막에 와 부딪는 것만 같았다.

자위대가 치안대로 바뀐 다음 날이다. 이인국 박사는 치안대에 연행되었다.

시멘트 바닥에 무릎을 꿇고 앉은 그는 입술이 파랗게 질려 있었다. 하반신이 저려 오고 옆구리가 쑤신다. 이것만으로도 자기의 생애를 통한 가장 큰 고역이라고 그는 생각하고 있다. 그러나 그것보다는 앞으로 닥쳐올 예기할 수 없는 사태가 공포 속에 그를 휘몰았다.

지나가고 지나오는 구둣발 소리와 목덜미에 퍼부어지는 욕설을 들으면서 꺾이듯이 축 늘어진 그의 머리는 들릴 줄을 몰랐다.

시간만이 흘러가고 있었다.

그의 머릿속에는 짓눌렸던 생각들이 하나씩 꼬리를 치켜들기 시작했다.

'이럴 줄 알았더면 어디든지 가 숨거나, 진작 남으로라도 도피

• 독또르 '의사', '박사'라는 뜻의 러시아어.

했을걸……. 그러나 이 판국에 나를 감싸 줄 사람이 어디 있담. 의지할 만한 곳은 다 나와 같은 코스를 밟았거나 조만간에 밟을 사람들이 아닌가. 일본인! 가장 믿었던 성벽이 다 무너지고 난 지금 누구를…….'

'그래도 어떻게 되겠지…….'

이 막연한 기대는 절박한 이 순간에도 그에게서 완전히 떠나 버리지는 않았다.

'다행이다. 인민재판의 첫코에 걸리지 않은 것만 해도. 끌려간 사람들의 행방은 전연 알 길이 없다. 즉결 처형을 당하였다는 소문도 떠돈다. 사흘의 여유만 더 있었더라면 나는 이미 이곳을 떴을는지도 모른다. 다 운명이다. 아니 그래도 무슨 수가 있겠지…….'

"쪽발이 끄나풀, 야 이 새끼야."

고함 소리에 놀라 이인국 박사는 흠칫 머리를 들었다.

때도 묻지 않은 일본 병사 군복에 완장을 찬 젊은이가 쏘아보고 있다. 춘석이다.

이인국 박사는 다시 쳐다볼 힘도 없었다. 모든 사태는 짐작되었다.

이제는 죽는구나. 그는 입속으로 뇌까렸다.

"왜놈의 밑바시, 이 개새끼야."

일본 군용화가 그의 옆구리를 들이찬다.

"이 새끼, 어디 죽어 봐라."

구둣발은 앞뒤를 가리지 않고 전신을 내지른다.

등골 척수에 다급한 충격을 받자 이인국 박사는 비명을 지르고 꼬꾸라졌다.

그는 현기증을 일으켰다. 어깻죽지를 끌어 바로 앉혀도 몸을 가누지 못하고 한쪽으로 쓰러졌다.

"민족과 조국을 팔아먹은 이 개돼지 같은 놈아, 너는 총살이야, 총살……."

어렴풋이 꿈속에서처럼 들려왔다. 그러나 그에게는 그 말도 아무런 반향을 일으키지 못했다.

시간이 얼마나 흘렀을까, 자기 앞자락에서 부스럭거리는 감촉과 금속성의 부닥거리는 소리를 듣고 어렴풋이 정신을 차렸다.

노란 털이 엉성한 손목이 시곗줄을 끄르고 있다. 그는 반사적으로 앞자락의 시계 주머니를 부둥켜 쥐면서 손의 임자를 힐끔 쳐다보았다. 눈동자가 파란 중대가리 소련 병사가 시곗줄을 거머쥔 채 이빨을 드러내고 히죽이 웃고 있다.

그는 두 손으로 있는 힘을 다해 양복 안주머니를 감싸 쥐었다.

"흥…… 야뽄스끼*……."

병사의 눈동자는 점점 노기를 띠어 갔다.

"아니, 이것만은!"

그들의 대화는 서로 통하지 않는 대로 손아귀와 눈동자의 대결은 그대로 지속되고 있다.

병사는 됫박만 한 손으로 이인국 박사의 손을 뿌리치면서 시계를 채어 냈다. 시곗줄은 끊어져 고리가 달린 끝머리가 이인국 박사의 손가락 끝에서 날랑거렸다.

● 야뽄스끼 '일본인'이라는 뜻의 러시아어.

병사는 밖으로 나가 버렸다.

'죽음과 시계······.'

이인국 박사는 토막 난 푸념을 되풀이하고 있다.

양쪽 팔목에 팔뚝시계를 둘씩이나 차고도 또 만족이 안 가 자기의 회중시계까지 앗아 가는 그 병정의 모습을 머릿속에 똑똑히 되새겨 갈 뿐이다.

감방 속은 빼곡히 찼다. 그러나 고참자와 신입자의 서열은 분명했다. 달포가 지나는 사이에 맨 안쪽 똥통 위에 자리 잡았던 이인국 박사는 삼분지 이의 지점으로 점차 승격되었다.

그는 하루 종일 말이 없었다. 범인 속에 섞여 있던 감방 밀정이 출감된 다음 날부터 불평만을 늘어놓던 축들이 불려 나가 반송장이 되어 들어왔지만, 또 하루 이틀이 지나자 감방 속의 분위기는 여전히 불평과 음식 이야기로 소일되었다.

이인국 박사는 자기의 죄상이라는 것을 폭로하기도 싫었지만 예전에 고등계 형사들에게서 실컷 얻어들은 지식이 약이 되어 함구령*이 지상 명령이라는 신념을 일관하고 있었다.

그는 간밤에 출감한 학생이 내던지고 간 노어 회화책을 첫 장부터 곰곰이 뒤지고 있을 뿐이다.

등골이 쏘고 옆구리가 결려 온다. 이것으로 고질*이 되는가 하는 생각이 없지 않다. 아침저녁으로 기온이 사뭇 내려가고 있다.

* 함구령 어떤 일의 내용을 말하지 말라는 명령.
* 고질 오랫동안 앓고 있어 고치기 어려운 병.

아무리 체념한다면서도 초조감을 막을 길 없다.

노어책을 읽으면서도 그의 청각은 늘 감방 속의 이야기를 놓치지 않고 있다. 그들이 예측하는 식대로의 중형으로 치른다면 자기의 죄상은 너무도 어마어마하다. 양곡 조합의 쌀을 몰래 팔아먹은 것이 칠 년, 양민을 강제로 보국대에 동원했다는 것이 십 년. 감정적인 즉결이 아니라 법에 의한 처단이라고 내대지만° 이 난리 판국에 법이고 뭣이고 있을까, 마음에만 거슬리면 총살일 판인데…….

'친일파, 민족 반역자, 반일 투사 치료 거부, 일제의 간첩 행위…….'

이건 너무도 어마어마한 죄상이다. 취조할 때 나열하던 그대로 한다면 고작해야 무기 징역, 사형감일지도 모른다.

그는 방 안을 둘러보며 후 큰 숨을 내쉬었다.

처마 밑에 바싹 달라붙은 환기창에서 들이비치던 손수건만 한 햇살이 참 대자처럼 길어졌다가 실오리만큼 가늘게 떨리며 사라졌다. 그 창살을 거쳐 아득히 보이는 가을 하늘이, 잊었던 지난 일을 한 덩어리로 얽어 휘몰아 오곤 했다. 가슴이 찌릿했다.

밖의 세계와는 영원한 단절이다.

그는 눈을 감았다. 마누라·아들·딸·혜숙이, 누구누구…… 그러다가 외과계의 원로 이인국 박사에 이르자 목구멍이 타는 것 같이 꽉 막혔다.

그는 헛기침을 하고 짐을 삼켰나.

• 내대다 함부로 말하거나 거칠게 굴며 대하다.

'그럼, 어쩐단 말이야, 식민지 백성이 별수 있었어. 날고뛴들 소용이 있었느냐 말이야. 어느 놈은 일본 놈한테 아첨을 안 했어. 주는 떡을 안 먹은 놈이 바보지. 흥, 다 그놈이 그놈이었지.'

이인국 박사는 자기변명을 합리화시키고 나면 가슴이 좀 후련해 왔다.

거기다 어저께의 최종 취조 장면에서 얻은 소련 고문관의 표정은 그에게 일루의 희망을 던져 주는 것이 있었다. 물론 그것이 억지의 자위˚일지도 모른다고 생각되었지만.

아마 스텐코프 소좌라고 했지. 그 혹부리 장교. 직업이 의사라고 했을 때 독또르 독또르 하고 고개를 기웃거리던 순간의 표정, 그것이 무슨 기적의 예시 같기만 하였다.

이인국 박사는 신음 소리에 놀라 눈을 떴다.

복도에 켜 있는 엷은 전등 불빛이 쇠창살을 거쳐 방 안에 줄무늬를 놓으며 비쳐 들어왔다. 그는 환기창 쪽을 올려다보았다. 아직도 동도 트지 않은 깜깜한 밤이다.

생똥 냄새가 코를 찌른다. 바짓가랑이 한쪽이 축축하다. 만져 본 손을 코에 갖다 댔다. 구역질이 난다. 역시 똥 냄새다.

옆에 누운 청년의 앓는 소리는 계속되고 있다. 찬찬히 눈여겨보았다. 청년 궁둥이도 젖어 있다.

'설사가 보다.'

그는 살창문을 흔들며 교화소원을 고함쳐 불렀다.

˚ 자위(自慰) 자기 마음을 스스로 위로함.

"뭐야!"

자다가 깬 듯한 흐린 소리가 들려왔다.

"환자가……. 이거 봐요."

창살 사이로 들여다보는 소원의 얼굴은 역광 속에서 챙 붙은 모자 밑의 둥그스름한 윤곽밖에 알려지지 않는다.

이인국 박사는 청년의 궁둥이께를 손가락으로 가리키며 들여다보고 있다.

"이거, 피로군, 피야."

그는 그제서야 붉은빛을 발견하곤 놀란 소리를 쳤다.

"적리*야, 이질……."

그는 직업의식에서 떠오르는 대로 큰 소리를 질렀다.

"뭐, 적리?"

바깥 소리는 확실히 납득이 안 간 음성이다.

"피똥 쌌소, 피똥을……. 이것 봐요."

그는 언성을 더욱 높였다.

"응, 피똥……."

아우성 소리에 감방 안의 사람들은 하나둘 눈을 뜨며 저마다 놀란 소리를 쳤다.

"적리, 이거 전염병이요, 전염병."

"뭐, 전염병……."

그제서야 교화소원이 문을 열고 들어왔다.

얼마 후 환자는 격리되었고 남은 사람들은 똥을 닦느라고 한참

• 적리 급성 전염병인 이질의 하나. 발열과 복통이 따르고 피와 곱이 섞인 대변을 누게 됨.

법석을 치고 다시 잠을 불러일으키질 못했다.

이튿날 미결감* 다른 감방에서 또 같은 증세의 환자가 두셋 발생했다. 날이 갈수록 환자는 늘기만 했다.

이 판국에 병만 나면 열에 아홉은 죽는 길밖에 없다고 생각한 이인국 박사는 새로운 위협에 사로잡히기 시작했다.

저녁 후 이인국 박사는 고문관실로 불려 나갔다.

"동무는 당분간 환자의 응급 치료실에서 일하시오."

이게 무슨 청천벽력 같은 기적일까, 그는 통역의 말을 의심했다.

소련 장교와 통역관을 번갈아 쳐다보는 그의 눈동자는 생기를 띠어 갔다.

"알겠소, 엥……?"

"네."

다짐에 따라 이인국 박사는 기쁨을 억지로 감추며 평범한 어조로 대답했다.

'글쎄 하늘이 무너져도 솟아날 구멍은 있다니까.'

그는 아무 표정도 나타내지 않으려고 이를 악물었다.

죽어 넘어진 송장이 개 치우듯 꾸려져 나가는 것을 보고 이인국 박사는 꼭 자기 일같이만 느껴졌다.

"의사, 이것은 나의 천직이다."

그는 몇 번이고 감격에 차 중얼거렸다. 그는 있는 힘을 다해 자기 담당의 환자를 치료했다. 이러한 일은 그의 실력이 혹부리 고

---

* 미결감 아직 판결이 나지 않은 미결수를 가두어 두는 감방.

문관의 유다른 관심을 끌게 한 계기를 만들어 주었다.

사상범을 옥사시킨 경우는 책임자에게 큰 문책이 온다는 것은 훨씬 후에야 그가 안 일이다.

소련 군의관에게 기술이 인정된 이인국 박사는 계속 병원에 근무하게 되었다. 그러나 죄상 처벌의 결말에 대하여는 알 길이 없었다.

그는 이 절호의 기회를 최대한으로 활용하고 싶었다. 이제는 죽어도 한이 없을 것만 같았다.

어떻게 하여 이 보이지 않는 구속에서까지 완전히 벗어날 수는 없을까.

그는 환자의 치료를 하면서도 늘 스텐코프의 왼쪽 뺨에 붙은 오리알만 한 혹을 생각하고 있었다.

불구라면 불구로 볼 수 있는 그 혹을 가지고 고급 장교에까지 승진했다는 것은 소위 말하는 당성*이 강하거나 그렇지 않으면 전공이 특별했음에 틀림없다는 생각이 들었다.

그것 하나만 물고 늘어지면 무엇인가 완전히 살아날 틈새기가 생길 것만 같았다.

이인국 박사의 뜨내기 노어도 가끔 순시하는 스텐코프와 인사 말은 주고받을 수 있을 정도로 진전되었다.

이 안에서의 모든 독서는 금지되었지만 노어 교본과 당사(黨史)만은 허용되었다.

이인국 박사는 마치 생명의 열쇠나 되는 듯이 초보 노어책을

• 당성 당원이 자신이 속한 당의 이익을 위해 거의 무조건 가지는 충실한 마음과 행동.

거의 암송하다시피 했다.

크리스마스를 전후하여 장교들의 주연[•]이 베풀어지는 기회가
거듭되었다.

얼근히 주기를 띤 스텐코프가 순시를 돌았다.

이인국 박사는 오늘의 이 기회를 놓치지 않겠다고 마음먹었다.

수일 전 소군 장교 한 사람이 급성 맹장염이 터져 복막염으로
번졌다.

그 환자의 실을 뽑는 옆에 온 스텐코프에게 이인국 박사는 말
절반 손짓 절반으로 혹을 수술하겠다는 의사를 표명했다.

스텐코프는 '하라쇼[•]'를 연발했다.

그 후 몇 번 통역을 사이에 두고 수술 계획에 대한 자세한 의사
를 진술할 기회가 생겼다.

이인국 박사는 일본인 시장의 혹을 수술하던 일을 회상하면서
자신 있는 설복을 했다.

'동경 경응 대학 병원에서도 못 하겠다는 것을 내가 거뜬히 해
치우지 않았던가.'

그는 혼자 머릿속에서 자문자답하면서 이번 일에 도박 같은 심
정으로 생명을 걸었다.

소련 군의관을 입회시키고 몇 차례의 예비 진단이 치러졌다.

수술일은 왔다.

• 주연(酒宴) 술잔치.
• 하라쇼 '좋습니다'라는 뜻의 러시아어.

이인국 박사는 손에 익은 자기 병원의 의료 기재를 전부 운반하여 오게 했다.

　군의관 세 사람이 보조하기로 했지만 집도는 이인국 박사 자신이 했다. 야전 병원의 젊은 군의관들이란 그에게 있어선 한갓 풋내기로밖에 보이지 않았다.

　그는 수술을 진행하는 동안 그들 군의관들을 자기 집 조수 부리듯 했다. 집도 이후의 수술대는 완전히 자기 전단˙ 하의 왕국이라고 생각되었다.

　그러나 아까 수술 직전에 사인한, 실패되는 경우에는 총살에 처한다는 서약서가 통일된 정신을 순간순간 흐려 놓곤 한다.

　수술대에 누운 스텐코프의 침착하면서도 긴장에 찼던 얼굴, 그것도 전신 마취가 끝난 후 삼 분이 못 갔다.

　간호부는 가제로 이인국 박사의 이마에 내맺힌 땀방울을 연방 찍어 내고 있다.

　기구가 부딪는 금속성과 서로의 숨소리만이 고촉의 반사등이 내리비치는 방 안의 질식할 것 같은 침묵을 헤살 짓고˙ 있다.

　수술은 예상 이상의 단시간으로 끝났다.

　위생복을 벗은 이인국 박사의 전신은 땀으로 흠뻑 젖었다.

　완치되어 퇴원하는 날, 스텐코프는 이인국 박사의 손을 부서져라 쥐면서 외쳤다.

˙ 전단 혼자 마음대로 결정하고 단행함.
˙ 헤살 짓다 일을 짓궂게 훼방하다.

"꺼삐딴 리, 쓰빠씨보.*"

이인국 박사는 입을 헤벌리고 웃기만 했다. 마음의 감옥에서 해방된 것만 같았다.

"아진,* 아진…… 오쉔* 하라쇼."

스텐코프는 엄지손가락을 높이 들면서 네가 첫째라는 듯이 이인국 박사의 어깨를 치며 찬양했다.

다음 날 스텐코프는 이인국 박사를 자기 방으로 불렀다.

그가 이인국 박사에게 스스로 손을 내밀어 예절적인 악수를 청한 것은 이것이 처음이다.

'적과 적이 맞부딪치면서 이렇게 백팔십도로 전환될 수가 있을까, 노랑대가리도 역시 본심에서는 하나의 인간임에는 틀림없는 것이 아닌가.'

"내일부터는 집에서 통근해도 좋소."

이인국 박사는 막혔던 둑이 터지는 것 같은 큰 숨을 삼켜 가면서 내쉬었다.

이번에는 이인국 박사가 스텐코프의 손을 잡았다.

"쓰빠씨보, 쓰빠씨보."

"혹 나한테 무슨 부탁이 없소?"

이인국 박사는 문득 시계가 머리에 떠올랐다.

그러면서도 곧이어 이 마당에 그런 이야기를 꺼낸다는 것은 오히려 꾀죄죄하게 보이지 않을까 하는 생각이 뒤따랐다. 그러나

● 쓰빠씨보 '고맙소'라는 뜻의 러시아어.
● 아진 '아주'라는 뜻의 러시아어.
● 오쉔 '참으로'라는 뜻의 러시아어.

아무래도 그 미련이 가셔지지 않았다.

이인국 박사는 비록 찾지 못하는 경우가 있더라도 솔직히 심중을 털어놓으리라고 마음먹었다.

그는 통역의 보조를 받아 가며 시간과 장소를 정확히 회상하면서 시계를 약탈당한 경위를 상세히 설명하였다.

스텐코프는 혹이 붙었던 뺨을 쓰다듬으면서 긴장된 모습으로 듣고 있었다.

"염려 없소, 독또르 리, 위대한 붉은 군대가 그럴 리가 없소. 만약 있었다 하더라도 그것은 무슨 착각이었을 것이오. 내가 책임지고 찾도록 하겠소."

스텐코프의 얼굴에 결의를 띤 심각한 표정이 스쳐 가는 것을 이인국 박사는 똑바로 쳐다보았다.

'공연한 말을 끄집어내어 일껏 잘되어 가는 일에 부스럼을 만드는 것은 아닐까.'

그는 솟구치는 불안과 후회를 짓눌렀다.

"안심하시오, 독또르 리, 하하하."

스텐코프는 큰 웃음으로 넌지시 말끝을 막았다.

이인국 박사는 죽음의 직전에서 풀려나 집으로 향했다.

어느 사이에 저렇게 노어로 의사 표시를 할 수 있게 되었느냐고 스텐코프가 감탄하더라는 통역의 말을 되뇌면서……

차가 브라운 씨의 관사 앞에 닿았다.

성조기를 보면서 이인국 박사는 그날의 적기와 돌려 온 시계를 생각하고 있었다.

응접실에 안내된 이인국 박사는 주인이 나오기를 기다리면서 방 안을 둘러보았다. 대사관으로는 여러 번 찾아갔지만 집으로 찾아온 것은 이번이 처음이다.

삼 년 전 딸이 미국으로 갈 때부터 신세 진 사람이다.

벽 쪽 책꽂이에는 『이조실록』 『대동야승』 등 한적˚이 빼곡히 차 있고 한쪽에는 고서˚의 질책이 가지런히 쌓여져 있다.

맞은편 책장 위에는 작은 금동 불상 곁에 몇 개의 골동품이 진열되어 있다. 십이 폭 예서 병풍 앞 탁자 위에 놓인 재떨이도 세월의 때 묻은 백자기다.

저것들도 다 누군가가 가져다준 것이 아닐까 하는 데 생각이 미치자 이인국 박사는 얼굴이 화끈해졌다.

그는 자기가 들고 온 상감 진사 고려청자 화병에 눈길을 돌렸다. 사실 그것을 내놓는 데는 얼마간의 아쉬움이 없지 않았다. 국외로 내어보낸다는 자책감 같은 것은 아예 생각해 본 일이 없는 그였다.

차라리 이인국 박사에게는, 저렇게 많으니 무엇이 그리 소중하고 달갑게 여겨지겠느냐는 망설임이 더 앞섰다.

브라운 씨가 나오자 이인국 박사는 웃으며 선물을 내어놓았다. 포장을 풀고 난 브라운 씨는 만면에 미소를 띠며 기쁨을 참지 못하는 듯 '생큐'를 거듭 부르짖었다.

"참 이거 귀중한 것입니다."

˚한적 한문으로 쓴 책.
˚고서 아주 오래전에 간행된 책.

"뭐 대단한 것이 아닙니다만 그저 제 성의입니다."

이인국 박사는 안도감에 잇닿는 만족을 느끼면서 브라운 씨의 기쁨에 맞장구를 쳤다.

브라운 씨의 영어 반 한국말 반으로 섞어 하는 이야기를 들으면서, 이인국 박사는 흐뭇한 기분에 젖었다.

"닥터 리는 영어를 어디서 배웠습니까?"

"일제 시대에 일본 말 식으로 배웠지요. 예를 들면 '잣도 이즈 아 갓도' 식으루요."

"그런데 지금 발음은 좋은데요. 문법이 아주 정확한 스탠더드 잉글리시입니다."

그는 이 말을 들을 때 문득 스텐코프의 말이 연상됐다. 그러고 보면 영국에 조상을 가진다는 브라운 씨는 알(R) 발음을 그렇게 나타내지 않는 것 같게 여겨졌다.

"얼마 전부터 개인 교수를 받고 있습니다."

"아, 그렇습니까."

이인국 박사는 자기의 어학적 재질에 은근히 자긍을 느꼈다.

브라운 씨가 부엌 쪽으로 갔다 오더니 양주 몇 병이 놓인 쟁반이 따라 나왔다.

"아무거라도 마음에 드는 것으로 하십시오."

이인국 박사는 보드카 잔을 신통한 안주도 없이 억지로라도 단숨에 들이켜야 속 시원해하던 스텐코프를 브라운 씨 얼굴에 겹쳐 보고 있다.

그는 혈압 때문에 술을 조절해야 하는 자기 체질에 알맞게 스카치 잔을 핥듯이 조금씩 목을 축이면서 브라운 씨의 이야기를 기다렸다.

"그거, 국무성에서 통지 왔습니다."

이인국 박사는 뛸 듯이 기뻤으나 솟구치는 흥분을 억제하면서 천천히 손을 내밀어 악수를 청했다.

"생큐, 생큐."

어쩌면 이것은 수술 후의 스텐코프가 자기에게 하던 방식 그대로인지도 모른다는 생각이 들었다.

이인국 박사는 지성이면 감천이라고, 나의 처세법은 유에스에이에도 통하는구나 하는 기고만장한 기분이었다.

청자 병을 몇 번이고 쓰다듬으면서 술잔을 거듭하는 브라운 씨도 몹시 즐거운 표정이었다.

"미국에 가서의 모든 일도 잘 부탁합니다."

"네, 염려 마십시오. 떠나실 때 소개장을 써 드리지요."

"감사합니다."

"역사는 짧지만, 미국은 지상의 낙토˚입니다. 양국의 우호와 친선에 도움이 되기를 바랍니다."

"생큐……."

다음 날 휴전선 지대로 같이 수렵하러˚ 가기로 약속하고 이인국 박사는 브라운 씨 대문을 나섰다.

이번 새로 장만한 영국제 쌍발 엽총의 질푸른 총신을 머리에 그리면서 그의 몸은 날기라도 할 듯이 두둥실 가벼웠다. 이인국

˚ 낙토 늘 즐겁고 행복하게 살 수 있는 좋은 땅.
˚ 수렵하다 사냥하다.

박사는 아까 수술한 환자의 경과가 궁금했으나 그것은 곧 씻겨져 갔다.

그의 마음속에는 새로운 포부와 희망이 부풀어 올랐다.

신체검사는 이미 끝난 것이고 외무부 출국 수속도 국무성 통지만 오면 즉일 될 수 있게 담당 책임자에게 교섭이 되어 있지 않은가? 빠르면 일주일 내에 떠나게 될지도 모른다는 브라운 씨의 말이 떠올랐다.

대학을 갓 나와 임상 경험도 신통치 않은 것들이 미국에만 갔다 오면 별이라도 딴 듯이 날치는 꼴이 눈꼴사나웠다.

'어디 나도 다녀오고 나면 보자!'

문득 딸 나미와 아들 원식의 얼굴이 한꺼번에 망막으로 휘몰아왔다. 그는 두 주먹을 불끈 쥐며 얼굴에 경련을 일으키듯이 긴장을 띠다가 어색한 미소를 흘려보냈다.

'흥, 그 사마귀 같은 일본 놈들 틈에서도 살았고 닥싸귀° 같은 로스케 속에서도 살아났는데, 양키라고 다를까……. 혁명이 일겠으면 일고, 나라가 바뀌겠으면 바뀌고, 아직 이 이인국의 살 구멍은 막히지 않았다. 나보다 얼마든지 날뛰던 놈들도 있는데, 나쯤이야…….'

그는 허공을 향하여 마음껏 소리치고 싶었다.

'그러면 위선 비행기 회사에 들러 형편이나 알아볼까…….'

이인국 박사는 캘리포니아 특산 시가를 비스듬히 문 채 지나가는 택시를 불러 세웠다.

• 닥싸귀 '도깨비바늘'의 사투리. 갓털에 거꾸로 된 가시가 있어 다른 물체에 잘 붙음.

그는 스프링이 튈 듯이 박스에 털썩 주저앉았다.

"반도호텔로……."

차창을 거쳐 보이는 맑은 가을 하늘이 이인국 박사에게는 더욱 푸르고 드높게만 느껴졌다.

1 변화무쌍한 이인국 박사의 행동을 시대에 맞게 짝지어 봅시다.

일제 강점기   ·   · 거리에서 청년의 눈총을 받고 밖으로 나가기를 꺼림.

광복   ·   · 대사관에서 근무하는 이에게 고려청자를 선물함.

소련군의 주둔 ·   · 제국 대학을 졸업함.

미국의 득세   ·   · 군인의 혹을 제거함.

2 다음 글에서 알 수 있는 병원의 특징과 이인국 박사의 성격을 이야기해 봅시다.

> ㉠ 그의 일과는 아침에 진찰실에 나오자 손가락 끝으로 창틀이나 탁자 위를 훑어 무테안경 속 움푹한 눈으로 응시하는 일에서 출발한다. 이때 손가락 끝에 먼지만 묻으면 불호령이 터지고, 간호원은 하루 종일 원장의 신경질에 부대껴야만 한다.
>
> ㉡ 그는 새로 온 환자의 초진에서는 병에 앞서 우선 그 부담 능력을 감정하는 데서부터 시작한다. 신통치 않다고 느껴지는 경우에는 무슨 핑계를 대든 그것도 자기가 직접 나서는 것이 아니라 간호원더러 따돌리게 하는 것이다. (…)
>
> 그러기에 그의 고객은 왜정 시대는 주로 일본인이었고 현재는 권력층이 아니면 재벌의 셈속에 드는 축들이어야만 했다.

	병원의 특징	이인국 박사의 성격
㉠에서 알 수 있는 것		
㉡에서 알 수 있는 것		

3 다음 물음에 답해 봅시다.

(1) 서술자가 이인국 박사에 대해 어떤 태도를 취하고 있는지 말해 봅시다.

....

....

(2) 서술자의 태도가 소설 감상에 어떤 영향을 끼치는지 생각해 봅시다.

....

....

4 브라운 대사에게 청자를 선물한 뒤 이인국 박사가 어떻게 되었을지 상상하며 이어질 내용을 창작해 봅시다.

이인국 박사는 브라운 대사의 도움으로 미국에 가려 한다. 미국에 유학을 다녀온 젊은 의사들이 으스대는 것을 눈꼴사납게 여겼던 이인국 박사는 '어디 나도 다녀오고 나면 보자!' 하고 이를 간다.

....

....

....

....

....

....

....

채만식 「미스터 방」

　문학 작품과 영화, 드라마 등에서 기회주의자는 단골 소재처럼 자주 등장합니다. 예컨대 일제 강점기 대한민국 임시 정부의 친일파 암살 작전을 그린 영화 「암살」에는 염석진이라는 배신자가 나옵니다. 역시 일제 강점기를 배경으로 한 영화 「밀정」에는 독립운동가였으나 조국을 배신하고 일본 경찰이 되었다가, 다시 의열단의 스파이가 되는 이정출의 갈지자 행보가 그려지지요. 일제 강점기와 해방 정국을 배경으로 하는 작품에 유독 변절자가 많이 등장하는 이유는 아마도 외세에 기대어 급격한 근대화를 맞을 수밖에 없었던 우리 민족의 슬픈 역사 때문일 것입니다. 허나 그렇다 할지라도 이들을 덮어놓고 옹호할 수는 없는 일이겠지요.

　채만식의 소설 「미스터 방」에는 헌 신을 고치는 일을 하는 일자무식의 신기료장수였다가 미군의 통역사가 되는 방삼복의 이야기가 펼쳐집니다. 방삼복은 조국 해방의 소식을 듣고도 기뻐하지 않습니다. 그러나 구두 수선비를 자기 마음대로 올려 받을 수 있게 된 것을 알고 이내 독립이 되어 좋다며 기뻐하지요. 방삼복은 사회의 현실이 어떻든 자기 이익이 되는 일만 좋아하고, 이익이 되지 않으면 싫어하는 자기중심적인 인물입니다. 그 뒤 방삼복은 영어를 조금 할 줄 아는 덕분에 미군 통역을 맡게 되고, '미스터 방'이라 불리며 외세에 기대어 출세를 도모합니다. 과연 권력에 기생한 방삼복의 앞길은 탄탄대로이기만 할까요?

　「꺼삐딴 리」와 「미스터 방」에서 서술자는 3인칭 전지적 작가 시점을 통해 주인공과 적절한 거리를 유지하며 풍자의 효과를 높입니다. 또한 과거와 현재를 반복적으로 교차시키는 역순행적 구성을 통해 주인공의 지난 행적을 들추어내고, 마치 전기(傳記)처럼 그의 삶을 보여 줍니다. 그 덕분에 독자들은 인물을 더욱 비판적으로 바라볼 수 있지요. 특히 「미스터 방」은 판소리 사설 문체를 사용해 해학적 재미가 큽니다. 이러한 서술 효과를 생각하며 두 작품을 감상해 봅시다.

ㅇㅇㅇㅇㅇㅇㅇㅇㅇㅇㅇㅇㅇㅇㅇㅇ

돌다리

✕✕✕✕✕✕✕✕✕✕✕✕✕✕

이태준

李泰俊(1904~1970?) 소설가. 1904년 강원도 철원에서 태어나 휘문고보를 거쳐 일본 조치 대학에서 공부했다. 1925년 시대일보에 단편소설 「오몽녀」를 발표하면서 등단하였다. '시에는 (정)지용, 문장에는 (이)태준'이라 할 만큼 뛰어난 문장을 구사했다. 일제 강점기 순수문학 단체인 구인회 회원으로 활동하고 해방 직후 조선문학가동맹에 가담했다가 월북했다. 주요 작품으로 「달밤」「까마귀」「복덕방」「패강랭」「농군」「해방 전후」 등이 있다.

「돌다리」에는 전통적 가치를 지키겠다는 확고한 소신을 지닌 농부 아버지와 경제적 효용성을 중요하게 여기는 의사 아들이 등장합니다. 이들 부자(父子)는 서로 다른 가치관 탓에 충돌합니다. 이는 이태준이 기존에 발표했던 「달밤」이나 「까마귀」, 「복덕방」 등에서 급변하는 시대에 따라가지 못하는 인물을 안타까운 시선으로 조명했던 것과는 조금 다른 설정입니다. 작가는 이 작품에서 물질적 가치가 다른 무엇보다 우선시되는 근대화를 더욱 선명하게 부정하고 있습니다.

물품의 가치를 계량하고 객관화하는 수단에 불과했던 돈이 이제는 요술 램프 속 지니처럼 무엇이든 가능하게 해 주는 초능력을 갖게 되었습니다. 하지만 만약 돈으로 가치를 매길 수 없을 만큼 소중한 무엇이 있다면, 우리는 아무리 많은 돈을 준다 해도 팔지 않겠지요? 이처럼 인간 사회에서 어떤 대상이나 관계가 지니는 중요성을 '가치'라고 하고, 인간이 이 가치를 어떻게 보느냐 하는 관점과 태도를 '가치관'이라고 합니다. 즉 가치관은 무엇이 소중한지 아닌지, 옳은지 그른지, 같은지 다른지를 평가하는 영역에 있습니다.

그런데 이러한 가치관은 나 스스로 선택하고 만들 수 있는 것일까요, 아니면 사회나 세태의 영향을 받아 형성되는 것일까요? 선뜻 대답하기가 어렵습니다. 어쩌면 그 대답은 인간과 사회를 깊이 파고드는 문학에 담겨 있을지도 모릅니다. 소설 속 인물의 상황을 찬찬히 따라가다 보면 인간과 세계에 대한 이해를 넓힐 수 있고, 성찰을 통해 내 삶의 방향성을 찾을 수도 있기 때문입니다.

오늘날처럼 갈등이 많은 사회일수록 서로 다른 가치관과 신념을 이해하기 위해 대화가 꼭 필요합니다. 작품에 그려진 아들 창섭으로 빙의해서 아버지와 대화한다고 가정하고 소설을 읽어 봅시다. 때로 목숨조차 돈으로 환산하는 세상에 길들어 있는 우리들은 과연 「돌다리」에서 들려오는 농부 아버지의 이야기에 어떤 반응을 하게 될까요?

정거장에서 샘말 십 리 길을 내려오느라면 반이 될락 말락 한 데서부터 샘말 동네보다는 그 건너편 산기슭에 놓인 공동묘지가 먼저 눈에 뜨인다.

창섭은 잠깐 걸음을 멈추고까지 바라보았다.

봄에 올 때 보면, 진달래가 불붙듯 피어 올라가는 야산이다. 지금은 단풍철도 지나고 누르테테한 가닥나무®들만 묘지를 둘러, 듣지 않아도 적막한 버스럭 소리만 울릴 것 같았다. 어느 것이라고 집어낼 수는 없어도, 창옥의 무덤이 어디쯤이라고는 짐작이 된다. 창섭은 마음으로 '창옥아' 불러 보며 묵례를 보냈다.

다만 오뉘®뿐으로 나이가 훨씬 떨어진 누이였었다. 지금도 눈에 선하다. 자기가 마침 방학으로 와 있던 여름이었다. 창옥은 저녁 먹다 말고 갑자기 복통으로 뒹굴었다. 읍으로 뛰어 들어가 의사를 청해 왔다. 의사는 주사를 놓고 들어갔다. 그러나 밤새도록 열은 내리지 않았고 새벽녘엔 아파하는 것도 더해 갔다. 다시 의사를 데리러 갔으나 의사는 바쁘다고 환자를 데려오라 하였다. 하라는 대로 환자를 데리고 들어갔으나 역시 오진을 했었다. 다

• 가닥나무 '떡갈나무'의 사투리.
• 오뉘 '오누이'의 준말.

시 하루를 지나 고름이 터지고 복막˙이 절망적으로 상해 버린 뒤에야 겨우 맹장염인 것을 알아낸 눈치였다.

그때 창섭은, 자기도 어른이기만 했으면 필시 의사의 멱살을 들었을 것이었다. 이런, 누이의 허무한 죽음에서 창섭은 뜻을 세워, 아버지가 권하는 고농˙을 마다하고 의전˙으로 들어갔고, 오늘에 이르러는, 맹장 수술로는 서울서도 정평이 있는 한 권위가 된 것이다.

'창옥아, 기뻐해 다오. 이번에 내 병원이 좋은 건물을 만나 커지는 거다. 개인 병원으론 제일 완비한 수술실이 실현될 거다! 입원실 부족도 해결될 거다. 네 사진을 크게 확대해 내 새 진찰실에 걸어 노마……'

창섭은 바람도 쌀쌀할 뿐 아니라, 오후 차로 돌아가야 할 길이라 걸음을 재우쳤다.

길은 그전보다 넓어도 졌고 바닥도 평탄하였다. 비나 오면 진흙에 헤어날 수 없었는데 복판으로는 자갈이 깔리고 어떤 목˙은 좁아서 소바리˙가 논으로 미끄러져 들어가기 십상이었는데 바위를 갈라내어서까지 일매지게˙ 넓은 길로 닦아졌다. 창섭은, '이럴 줄 알았더면 정거장에서 자전거라도 빌려 타고 올걸.' 하였다.

눈에 익은 정자나무 선 논이며 돌각 담을 두른 밭들도 나타났

˙복막 배안의 내장 기관을 싸고 있는 얇은 막.
˙고농 옛 '고등 농림 학교'를 가리키는 말.
˙의전 옛 '의학 전문학교'를 가리키는 말.
˙목 통로 가운데 다른 곳으로는 빠져나갈 수 없는 중요하고 좁은 곳.
˙소바리 등에 짐을 실은 소.
˙일매지다 모두 다 고르고 가지런하다.

다. 자기 집 논과 밭들이었다. 논둑에 선 정자나무는 그전부터 있은 것이나 밭에 돌각담들은 아버지께서 손수 쌓으신 것이다.

창섭의 아버지는 근검으로 근방에 소문난 영감이다. 그러나 자기 대에 와서는 밭 하루갈이°도 늘쿠지는° 못한 것으로도 소문난 영감이다. 곡식값보다는 다른 물가들이 높아졌을 뿐 아니라 전대(前代)에는 모르던 아들의 유학이란 것이 큰 부담인 데다가,

"할아버니와 아버니께서 나를 부자 소린 못 들어도 굶는단 소린 안 듣고 살도록 물려주시구 가셨다. 드럭드럭 탐내 모아선 뭘 허니. 할아버니께서 쇠똥을 맨손으로 움켜다 너시던 논, 아버니께서 멍덜°을 손수 이룩허신 밭을 더 건° 논으로 더 기름진 밭이 되도록, 닦달만 해 가기에도 내겐 벅찬 일일 게다."

하고 절용해° 쓰고 남는 돈이 있으면 그 돈으로는 품을 몇씩 들여서까지 비뚠 논배미°를 바로잡기, 밭에 돌을 추려 바람맞이로 담을 두르기, 개울엔 둑막이하기, 그러다가 아들이 의사가 된 후로는, 아들 학비로 쓰던 몫까지 들여서 동네 길들은 물론, 읍 길과 정거장 길까지 닦아 놓았다. 남을 주면 땅을 버린다고 여간 근실한 자국°이 아니면 소작을 주지 않았고, 소를 두 필이나 매고 일꾼을 세 명씩이나 두고 적지 않은 전답을 전부 자농°으로 버티

- 하루갈이 소를 데리고 하룻낮 동안에 갈 수 있는 밭의 넓이.
- 늘쿠다 '늘리다'의 사투리.
- 멍덜 험한 바위나 돌 따위가 삐죽삐죽 나온 곳. 너설.
- 겉디 흙에 영양분이 많다.
- 절용하다 아껴 쓰다.
- 논배미 논두렁으로 둘러싸인 논의 하나하나의 구역.
- 근실한 자국 부지런하고 진실한 흔적이 보이는 사람을 비유적으로 표현한 말.
- 자농 자기 땅에 자기가 직접 짓는 농사.

어 왔다. 실속이 타작˙만 못하다는 둥, 일꾼 셋이 저희 농사해 가지고 나간다는 둥 이해만을 따져 비평하는 소리가 많았으나 창섭의 아버지는 땅을 위해서는 자기의 이해만으로 타산하려 하지 않았다. 이와 같은 임자를 가진 땅들이라 곡식은 거둔 뒤, 그루만 남은 논과 밭이되, 그 바닥들의 고름, 그 언저리들의 바름, 흙의 부드러움이 마치 시루떡 모판이나 대하는 것처럼 누구의 눈에나 탐스럽게 흐뭇해 보였다.

이런 땅을 팔기에는, 아무리 수입은 몇 배 더 나은 병원을 늘구기 위해서나 아버지께 미안하지 않을 수 없었다. 그러나 잡히기나 해 가지고는 삼만 원 돈을 만들 수가 없었고, 서울서 큰 양관˙을 손에 넣기란 돈만 있다고도 아무 때나 될 일이 아니었다.

'아버지께선 내년이 환갑이시다! 어머니께선 겨울이면 해마다 기침이 도지신다. 진작부터 내가 모셔야 했을 거다. 그런데 내가 시굴로 올 순 없고, 천생 부모님이 서울로 가시어야 한다. 한동네서도 땅을 당신만치 못 거둘 사람에겐 소작을 주지 않으셨다. 땅 전부를 소작을 내어 맡기고는 서울 가 편안히 계실 날이 하루도 없으실 게다. 아버님의 말년을 편안히 해 드리기 위해서도 땅은 전부 없애 버릴 필요가 있는 거다!'

창섭은 샘말에 들어서자 동구˙에서 이내 아버지를 뵐 수가 있었다. 아버지는, 가에는 살얼음이 잡힌 찬물에 무릎까지 걷고 들어서서 동네 사람들을 축추겨˙ 돌다리를 고치고 계시었다.

˙타작 거둔 곡식을 지주와 소작인이 어떤 비율에 따라 갈라 가지는 것.
˙양관 서양식으로 지은 건물.
˙동구 동네 어귀.

"어떻게 갑재기 오느냐?"

"네, 좀 급히 여쭤봐야 할 일이 생겼습니다."

"그래? 먼저 들어가 있거라."

동네 사람 수십 명이 쇠고삐 두 기장[•]은 흘러 내려간 다릿돌을 동아줄에 얽어 끌어 올리고 있었다. 개울은 동네 복판을 흐르고 있어 아래위로 징검다리는 서너 군데나 놓였으나 하룻밤 비에도 일쑤 넘치어 모두 이 큰 돌다리로 통행하던 것이었다. 창섭은 어려서 아버지께 이 큰 돌다리의 내력을 들은 것이 아직도 기억에 남아 있다.

"너이 증조부님 돌아가시어서다. 산소에 상돌[•]을 해 오시는데 징검다리로야 건네올 수가 있니? 그래 너이 조부님께서 다리부터 이렇게 넓구 튼튼한 돌루 노신 거란다."

그 후 오륙십 년 동안 한 번도 무너진 적이 없었는데 몇 해 전 어느 장마엔 어찌 된 셈인지 가운뎃 제일 큰 장이 내려앉아 떠내려갔던 것이다. 두께가 한 자는 실하고 폭이 여섯 자, 길이는 열 자가 넘는 자연석 그대로라 여간 몇 사람의 힘으로는 손을 댈 염두부터 나지 못하였다. 더구나 불과 수십 보 이내에 면(面)의 보조를 얻어 난간까지 달린 한다한[•] 나무다리가 놓인 뒤의 일이라 이 돌다리는 동네 사람들에게 완전히 잊어버린 채 던져져 있던 것이었다.

• 축추기다 남을 부추겨 어떤 일을 하게 하다.
• 기장 길이.
• 상돌 무덤 앞에 제물을 차려 놓기 위하여 넓적한 돌로 만들어 놓은 상.
• 한다한 한다하는. 수준이나 실력 따위가 상당하다고 자처하거나 그렇게 인정받는.

집에 들어가니, 어머니는 다리 고치는 사람들 점심을 짓느라고, 역시 여러 명의 동네 여편네들과 허둥거리고 계시었다.

"웬일인데 어째 혼자만 오느냐?"

어머니는 손자 아이들부터 보이지 않음을 물으신다.

"오늘루 가야겠어서 아무두 안 데리구 왔습니다."

"오늘루 갈 걸 뭘허 오누?"

"인전˚ 어머니서껀˚ 서울로 모셔 갈 채빌 하러 왔다우."

"서울루! 제발 아이들허구 한데서 살아 봤음 원이 없겠다."

하고 어머니는 땅보다, 조상님들 산소나 사당보다 손자 아이들에게 더 마음이 끌리시는 눈치였다. 그러나 아버지만은 그처럼 단순히 들떠질 마음이 아니었다.

아버지는 아들의 뒤를 쫓아 이내 개울에서 들어왔다. 아들은, 의사인 아들은, 마치 환자에게 치료 방법을 이르듯이, 냉정히 차근차근히 이야기를 시작하였다. 외아들인 자기가 부모님을 진작 모시지 못한 것이 잘못인 것, 한집에 모이려면 자기가 병원을 버리기보다는 부모님이 농토를 버리시고 서울로 오시는 것이 순리인 것, 병원은 나날이 환자가 늘어 가나 입원실이 부족되어 오는 환자의 삼분지 일밖에 수용 못 하는 것, 지금 시국에 큰 건물을 새로 짓기란 거의 불가능의 일인 것, 마침 교통 편한 자리에 3층 양옥이 하나 난 것, 인쇄소였던 집인데 전체가 콘크리트여서 방화 방공으로 가치가 충분한 것, 3층은 살림집과 직공들의 합숙실

˚ 인전 '인제'의 사투리. 이제.
˚ 서껀 ~(이)랑 함께.

로 꾸미었던 것이라 입원실로 변장하기에 용이한 것, 각 층에 수도·가스가 다 들어온 것, 그러면서도 가격은 염한* 것, 염하기는 하나 삼만 이천 원이라, 지금의 병원을 팔면 일만 오천 원쯤은 받겠지만 그것은 새집을 고치는 데와, 수술실의 기계를 완비하는 데 다 들어갈 것이니 집값 삼만 이천 원은 따로 있어야 할 것, 시골에 땅을 둔대야 일 년에 고작 삼천 원의 실리*가 떨어질지 말지 하지만 땅을 팔아다 병원만 확장해 놓으면, 적어도 일 년에 만 원 하나씩은 이익을 뽑을 자신이 있는 것, 돈만 있으면 땅은 이담에라도, 서울 가까이라도 얼마든지 좋은 것으로 살 수 있는 것……. 아버지는 아들의 의견을 끝까지 잠잠히 들었다. 그리고,

"점심이나 먹어라. 나두 좀 생각해 봐야 대답허겠다."

하고는 다시 개울로 나갔고, 떨어졌던 다릿돌을 올려놓고야 들어와 그도 점심상을 받았다.

점심을 자시면서였다.

"원, 요즘 사람들은 힘두 줄었나 봐! 그 다리 첨 놀 제 내가 어려서 봤는데 불과 여남은 이서 거들던 돌인데 장정 수십 명이 한나잘을 씨름을 허다니!"

"나무다리가 있는데 건 왜 고치시나요?"

"너두 그런 소릴 허는구나. 나무가 돌만 허다든? 넌 그 다리서 고기 잡던 생각두 안 나니? 서울로 공부 갈 때 그 다리 건너서 떠나던 생각 안 나니? 시쳇 사람*들은 모두 인정이란 게 사람헌테

• 염하다 값이 싸다.
• 실리 실제로 얻는 이익.
• 시체 사람 요즘 사람. '시체(時體)'는 그 시대의 유행을 따르거나 지식을 받음을 뜻함.

만 쓰는 건 줄 알드라! 내 할아버니 산소에 상돌을 그 다리로 건네다 모셨구, 내가 천잘° 끼구 그 다리루 글 읽으러 댕겼다. 네 어미두 그 다리루 가말 타구 내 집에 왔어. 나 죽건 그 다리루 건네다 묻어라……. 난 서울 갈 생각 없다.”

“네?”

“천금이 쏟아진대두 난 땅은 못 팔겠다. 내 아버님께서 손수 이룩허시는 걸 내 눈으루 본 밭이구, 내 할아버님께서 손수 피땀을 흘려 모신 돈으루 장만허신 논들이야. 돈 있다구 어디가 느르지 논 같은 게 있구, 독시장밭 같은 걸 사? 느르지논 둑에 선 느티나문 할아버님께서 심으신 거구, 저 사랑 마당엣 은행나무는 아버님께서 심으신 거다. 그 나무 밑에를 설 때마다 난 그 어룬들 동상이나 다름없이 경건한 마음이 솟아 우러러보군 헌다. 땅이란 걸 어떻게 일시 이해를 따져 사구팔구 허느냐? 땅 없어 봐라, 집이 어딨으며 나라가 어딨는 줄 아니? 땅이란 천지 만물의 근거야. 돈 있다구 땅이 뭔지두 모르구 욕심만 내 문서 쪽으로 사 모기만 하는 사람들, 돈놀이처럼 변리° 만 생각허구 제 조상들과 그 땅과 어떤 인연이란 건 도시° 생각지 않구 헌신짝 버리듯 하는 사람들, 다 내 눈엔 괴이한 사람들루밖엔 뵈지 않드라.”

“……”

“네가 뉘 덕으루 오늘 의사가 됐니? 내 덕인 줄만 아느냐? 내가 땅 없이 뭘루? 밭에 가 절하구 논에 가 절해야 쓴다. 자고로 하눌

° 천자 천자문.
° 변리 이익금.
° 도시 도무지.

하눌 허나 하눌의 덕이 땅을 통허지 않군 사람헌테 미치는 줄 아
니? 땅을 파는 건 그게 하눌을 파나 다름없는 거다."

"……."

"땅을 밟구 다니니까 땅을 우섭게들 여기지? 땅처럼 응과°가
분명헌 게 무어냐? 하눌은 차라리 못 믿을 때두 많다. 그러나 힘
들이는 사람에겐 힘들이는 만큼 땅은 반드시 후헌 보답을 주시
는 거다. 세상에 흔해 빠진 지주들, 땅은 작인°들헌테나 맡겨 버
리구, 떡 도회지에 가 앉어 소출°은 팔어다 모다 도회지에 낭비해
버리구, 땅 가꾸는 덴 단돈 일 원을 벌벌 떨구, 땅으루 살며 땅에
야박한 놈은 자식으로 치면 후레자식° 셈이야. 땅이 말을 할 줄
알어 봐라? 배가 고프단 땅이 얼마나 많을 테냐? 해마다 걷어만
가구, 땅은 자갈밭이 되니 아나? 둑이 떠나가니 아나? 거름 한 번
을 제대로 넣나? 정 급허게 돼 작인이 우는소리나 해야 요즘 너
이 신의°들 주사침 놓듯, 애꿎인 금비°만 갖다 털어 넣지. 그렇게
땅을 홀댈°허군 인제 죽어서 땅이 무서서 어디루들 갈 텐구!"

창섭은 입이 얼어 버리었다. 손만 비비었다. 자기의 생각은 너
무나 자기 본위°였던 것을 대뜸 깨달았다. 땅에는 이해를 초월한
일종 종교적 신념을 가진 아버지에게 아들의 이단적인 계획이

° 응과 결과.
° 작인 소작인. 다른 사람의 땅을 빌려 농사를 짓고 그 대가로 사용료를 지불하는 사람.
° 소출 논밭에서 나는 곡식.
° 후레자식 배운 데 없이 제풀로 막되게 자라 교양이나 버루이 없는 사람을 낮잡아 이르는 말.
° 신의 서양 의술을 배운 의사를 이르는 말.
° 금비 돈을 주고 사서 쓰는 거름. 화학 비료.
° 홀대 소홀히 대접함. 푸대접.
° 본위 판단이나 행동에서 중심이 되는 기준.

용납될 리 만무였다. 아버지는 상을 물리고도 말을 계속하였다.

"너루선 어떤 수단을 쓰든지 병원부터 확장허려는 게 과히 엉뚱헌 욕심은 아닐 줄두 안다. 그러나 욕심을 부런 못쓰는 거다. 의술은 예로부터 인술˚이라지 않니? 매살 순탄허게 진실허게 해라."

"……"

"네가 가업을 이어 나가지 않는다군 탄허지˚ 않겠다. 넌 너루서 발전헐 길을 열었구, 그게 또 모리지배˚의 악업이 아니라 활인허는˚ 인술이구나! 내가 어떻게 불평을 말허니? 다만 삼사 대 집안에서 공들여 이룩해 논 전장을 남의 손에 내맡기게 되는 게 저윽˚ 애석헌 심사가 없달 순 없구……."

"팔지 않으면 그만 아닙니까?"

"나 죽은 뒤에 누가 거두니? 너두 이제두 말했지만 너두 문서쪽만 쥐구 서울 앉어 지주 노릇만 허게? 그따위 지주허구 작인 틈에서 땅들만 얼말 곯는지 아니? 안 된다. 팔 테다. 나 죽을 임시엔 다 팔 테다. 돈에 팔 줄 아니? 사람헌테 팔 테다. 건너 용문이는 우리 느르지논 같은 건 한 해만 부쳐 보구 죽어두 농군으로 태났던 걸 한허지 않겠다구 했다. 독시장밭을 내논다구 해 봐라, 문보나 덕길이 같은 사람은 길바닥에 나앉드라두 집을 팔아 살려구 덤빌 게다. 그런 사람들이 땅임자 안 되구 누가 돼야 옳으냐? 그러니 아주 말이 난 김에 내 유언이다. 그런 사람들 무슨 돈

• 인술 사람을 살리는 어진 기술이라는 뜻으로, '의술(醫術)'을 이르는 말.
• 탄하다 남의 말을 탓하여 나무라다.
• 모리지배 온갖 수단과 방법으로 자신의 이익만을 꾀하는 사람. 모리배.
• 활인하다 사람의 목숨을 구하여 살리다.
• 저윽 적이. 꽤 어지간한 정도로.

으로 땅값을 한목˚ 내겠니? 몇몇 해구 그 땅 소출을 팔아 연년이˚ 갚어 나가게 헐 테니 너두 땅값을랑 그렇게 받어 갈 줄 미리 알구 있거라. 그리구 네 모가 먼저 가면 내가 묻을 거구, 내가 먼저 가게 되면 네 모만은 네가 서울루 그때 데려가렴. 난 샘말서 이렇게 야인˚으로 나 죄 없는 밥을 먹다 야인인 채 묻힐 걸 흡족히 여긴다."

"……"

"자식의 젊은 욕망을 들어 못 주는 게 애비 된 맘으루두 섭섭허다. 그러나 이 늙은이헌테두 그만 신념쯤 지켜 오는 게 있다는 걸 무시하지 말어다구."

아버지는 다시 일어나 담배를 피우며 다리 고치는 데로 나갔다. 옆에 앉았던 어머니는 두 눈에 눈물을 쭈르르 흘리었다.

"너이 아버지가 여간 고집이시냐?"

"아뇨. 아버지가 어떤 어룬이신 건 오늘 제가 더 잘 알었습니다. 우리 아버진 훌륭헌 인물이십니다."

그러나 창섭도 코허리가 찌르르하였다. 자기의 계획하고 온 일이 실패한 것쯤은 차라리 당연하게 생각되었고, 아버지와 자기와의 세계가 격리되는 일종의 결별의 심사를 체험하는 때문이었다.

아들은 아버지가 고쳐 놓은 돌다리를 건너 저녁차를 타러 가

˚ 한목 한꺼번에 몰아서 함을 나타내는 말.
˚ 연년이 해마다 거르지 않고.
˚ 야인 시골에 사는 사람.

버리었다. 동구 밖으로 사라지는 아들의 뒷모양을 지키고 섰을 때, 아버지의 마음도, 정말 임종에서 유언이나 하고 난 것처럼 외롭고 한편 불안스러운 심사조차 설레었다.

아버지는 종일 개울에서 허덕였으나 저녁에 잠도 달게 오지 않았다. 젊어서 서당에서 읽던 백낙천˚의 시가 다 생각이 났다. 늙은 제비 한 쌍을 두고 지은 노래였다. 제 배 속이 고픈 것은 참아 가며 입에 얻어 문 것은 새끼들부터 먹여 길렀으나, 새끼들은 자라서 나래˚에 힘을 얻자 어디로인지 저희 좋을 대로 다 날아가 버리어, 야위고 늙은 어버이 제비 한 쌍만 가을바람 소슬한˚ 추녀 끝에 쭈그리고 앉았는 광경을 묘사하였고, 나중에는, 그 늙은 어버이 제비들을 가리켜, 새끼들만 원망하지 말고, 너희들이 새끼 적에 역시 그러했음도 깨달으라는 풍자의 시였다.

'흥……!'

노인은 어두운 천장을 향해 쓴웃음을 짓고 날이 밝기를 기다려 누구보다도 먼저 어제 고쳐 놓은 돌다리를 보러 나왔다.

흙탕이라고는 어느 돌 틈에도 남아 있지 않았다. 첫 곬˚으로도, 가운뎃 곬으로도 끝엣 곬으로도 맑기만 한 소담한 물살이 우쭐우쭐 춤추며 빠져 내려갔다. 가운뎃 장으로 가 쾅 굴러 보았다. 발바닥만 아플 뿐 끄떡이 있을 리 없다. 노인은 쭈르르 집으로 들어와 소금 접시와 낯 수건을 가지고 나왔다. 제일 낮은 받침돌에

˚ 백낙천 중국 당나라 때의 시인.
˚ 나래 날개.
˚ 소슬하다 으스스하고 쓸쓸하다.
˚ 곬 한쪽으로 트여 나가는 방향이나 길.

내려앉아 양치를 하고 세수를 하였다. 나중에는 다시 이가 저린 물을 한입 물어 마시며 일어섰다. 속의 모든 게 씻기는 듯 시원하였다. 그리고 수염의 물을 닦으며 이렇게 생각하였다.

'비가 아무리 쏟아져도 어떤 한정을 넘는 법은 없다. 물이 분수없이 늘어 떠내려갔던 게 아니라 자갈이 밀려 내려와 물구멍이 좁아졌든지, 그렇지 않으면, 어느 받침돌의 밑이 물살에 궁글어˚ 쓰러졌던 그런 까닭일 게다. 미리 바닥을 치고 미리 받침돌만 제대로 보살펴 준다면 만년을 간들 무너질 리 없을 게다. 그저 늘 보살펴야 하는 거다. 사람이란 하늘 밑에 사는 날까진 하루라도 천리˚에 방심을 해선 안 되는 거다……'

˚ 궁글다 단단한 물체 속의 한 부분이 텅 비다.
˚ 천리 자연의 이치.

1 아버지와 아들 창섭이 어떻게 그려졌는지 비교하여 빈칸을 채워 봅시다.

	아버지	창섭
직업	농부	
사는 곳		도시(서울)
직업을 갖게 된 계기	할아버지, 아버지를 이어서	
돌다리, 나무다리 중 선택한다면?		

2 다음과 같은 아버지의 말과 생각에 미루어 돌다리의 상징적 의미를 파악해 봅시다.

"너두 그런 소릴 허는구나. 나무가 돌만 허다든? 넌 그 다리서 고기 잡던 생각두 안 나니? 서울로 공부 갈 때 그 다리 건너서 떠나던 생각 안 나니? 시쳇 사람들은 모두 인정이란 게 사람헌테만 쓰는 건 줄 알드라! 내 할아버니 산소에 상돌을 그 다리로 건너다 모셨구, 내가 천잘 끼구 그 다리루 글 읽으러 댕겼다. 네 어미두 그 다리루 가말 타구 내 집에 왔어. 나 죽건 그 다리루 건너다 묻어라……. 난 서울 갈 생각 없다."

'(…) 미리 바닥을 치고 미리 받침돌만 제대로 보살펴 준다면 만년을 간들 무너질 리 없을 게다. 그저 늘 보살펴야 하는 거다. 사람이란 하늘 밑에 사는 날까진 하루라도 천리에 방심을 해선 안 되는 거다…….'

나무다리	돌다리
설치가 비교적 쉬워 효율적이지만, 큰비에 떠내려갈 수 있는 약하고 일시적인 다리	

3 이 소설이 쓰인 1930~40년대 우리 사회는 급격한 근대화, 서구화를 맞이했으며 옛것을 버리고 새것을 받아들여야 한다는 사고가 나타났습니다. 아버지와 창섭의 가치관이 어떻게 다른지 땅을 대하는 태도를 중심으로 서술해 봅시다.

- 내 할아버님께서 손수 피땀을 흘려 모신 돈으루 장만허신 논들이야.
- 땅이란 천지 만물의 근거야.
- 힘들이는 사람에겐 힘들이는 만큼 땅은 반드시 후헌 보답을 주시는 거다.
- 돈에 팔 줄 아니? 사람헌테 팔 테다.

- 내 병원이 좋은 건물을 만나 커지는 거다.
- 아버님의 말년을 편안히 해 드리기 위해서도 땅은 전부 없애 버릴 필요가 있는 거다!

아버지
땅은 .... 라고 생각한다.
그러므로 아버지는 ....
.... 인 가치관을 갖고 있다.

창섭
땅은 .... 라고 생각한다.
그러므로 창섭은 ....
.... 인 가치관을 갖고 있다.

4 자신의 삶에서 가장 중요하게 생각하는 가치가 무엇이며, 이를 지키기 위해 어떤 노력을 했는지 말해 봅시다.

ooooooooooooooooo

레디메이드 인생

xxxxxxxxxxxxxx

채만식

蔡萬植(1902~1950) 소설가. 1902년 전라북도 옥구에서 태어났다. 중앙고보를 거쳐 일본 와세다 대학 영문과를 중퇴했다. 1925년 『조선문단』에 단편 「세 길로」가 추천되면서 등단해 우리 민족과 사회 현실을 제재로 삼아 풍자적인 작품을 주로 발표했다. 주요 작품으로 「레디메이드 인생」 「치숙」 「미스터 방」 「논 이야기」 등의 중단편소설과 『탁류』 『태평천하』 등의 장편소설이 있다.

대학을 졸업하고도 취직에 계속 실패하고 일자리를 찾아 서울 거리를 떠도는 청춘, 전공 서적을 잡혀 마련한 돈으로 밤늦게까지 술을 마시며 노닥거리는 젊은이들. 마치 오늘날의 이야기 같지만, 1934년에 발표된 채만식의 소설 「레디메이드 인생」에 묘사된 모습입니다. 작가 채만식은 「치숙」, 『태평천하』 등의 소설을 통해 식민지의 풍경을 사실적이면서도 풍자적으로 그렸습니다. 이 작품에서도 작가는 고등 교육을 받고도 실업자로 전락해 버린 인물 P를 내세워 암울한 일제 강점기가 낳은 인간 소외를 그리는 동시에 당대 지식인들의 무능과 허위의식을 지적하고 있습니다.

'레디메이드'(ready-made)란 '기성품'이라는 뜻으로 이미 만들어져서 팔릴 준비가 되어 있는 상품을 의미합니다. 소설의 주인공 P는 교육을 받고 사회에 나갈 준비를 갖췄지만 일자리를 얻지 못합니다. P의 동무들도 마찬가지입니다. M과 H는 각각 대학에서 정치 경제학과 법학을 전공했지만 취업을 하지 못하고, 애써 마련한 돈으로 늦은 밤까지 술집을 전전하며 시대와 신세를 한탄합니다. 그러던 어느 날 P의 아들 창선이 서울로 올라오자, P는 아들만은 자기처럼 살지 않기를 바라며 학교에 보내는 대신 기술을 배울 만한 일자리를 알아봐 줍니다. P는 자신도 아들도 모두 누군가에게 팔려 나가기만을 기다리는 인생, 즉 레디메이드 인생이 아닌가 씁쓸하게 자조합니다.

이 작품은 1930년대의 시대 현실과 소위 '인텔리'라고 일컬어지는 지식인의 무기력함을 생생히 그리고 있습니다. 당시와 현대 사회에는 어떤 공통점과 차이점이 있을까요? 그리고 등장인물이 처한 암울한 상황은 비단 일제 강점기라는 시대의 문제이기만 할까요? 여러분이 주인공 P라면 자기 삶을 위해 어떤 노력과 실천을 해야 할지, 또 아들을 어떠한 삶으로 인도할지 생각하며 작품을 감상해 봅시다.

1

"머 어데 빈자리가 있어야지."

K사장은 안락의자에 푹신 파묻힌 몸을 뒤로 벌떡 젖히며 하품을 하듯이 시원찮게 대답을 한다. 미상불* 그는 두 팔을 쭉 내뻗고 기지개라도 한번 쓰고 싶은 것을 겨우 참는 눈치다.

이 K사장과 둥근 탁자를 사이에 두고 공순히 마주 앉아 얼굴에는 '나는 선배인 선생님을 극히 존경하고 앙모합니다.* ' 하는 비굴한 미소를 띠고 있는, 구변* 없는 구변을 다하여 직업 동냥의 구걸 문구를 기다랗게 늘어놓던 P……. P는 그러나 취직 운동에 백전백패의 노졸(老卒)인지라 K씨의 힘 아니 드는 한마디의 거절에도 새삼스럽게 실망도 아니한다. 대답이 그렇게 나왔으니 이제 더 졸라도 별수가 없는 것이지만 허실 삼아 한마디 더 해 보는 것이다.

"글쎄올시다, 그러시다면 지금 당장 어떻게 해 주십사고 무리하게 졸를 수야 있겠습니까마는……. 그러면 이담에 결원이 있다

• 미상불(未嘗不) 아닌 게 아니라. 과연.
• 앙모하다 우러러 사모하다.
• 구변 언변. 말솜씨.

든지 하면 그때는 꼭⋯⋯."

이렇게 말하고 P는 지금까지 외면하였던 얼굴을 돌리어 K사장을 조심성 있게 바라보았다. 그러나 K사장은 위선 고개를 좌우로 두어 번 흔들고는 여전히 하품 섞인 대답을 한다.

"결원이 그렇게 나나 어데⋯⋯. 그리고 간혹 가다가 결원이 난다더래도 유력한 후보자가 몇십 명씩 밀려 있어서⋯⋯."

P는 아무 말도 아니하고 고개를 숙였다. 이제는 영영 틀어진 것이다. 안녕히 계십시오 하고 일어서는 것밖에는 별수가 없다.

별수가 없이 되었으니 "네 그렇습니까." 하고 선선히 일어서야 할 것이지만 지금까지 은근히 모시고 있던 태도에 비하여 그것이 너무 낯간지러운 표변*임을 알기 때문에 실망이나 하는 체하고 잠시 더 앉아 있는 것이다.

"거참 큰일들 났어."

K사장은 P가 낙심해하는 것을 보고 별로 밑천이 들지 아니하는 일이라서 알뜰히 걱정을 나누어 준다.

"저렇게 좋은 청년들이 일거리가 없어서 저렇게들 애를 쓰니."

P는 속으로 코똥*을 '흥' 하고 뀌었으나 아무 대답도 아니하였다. K사장은 P가 이미 더 조르지 아니하리라고 안심한지라 먼저 하품 섞어 '빈자리가 있어야지.' 하던 시원찮은 태도는 버리고 그가 늘 흉중에 묻어 두었다가 청년들에게 한바탕씩 해 들려주는 훈화를 꺼낸다.

---

* 표변 마음, 행동 따위가 갑작스럽게 달라짐.
* 코똥 '콧방귀'의 사투리.

"그렇지만 내가 늘 말하는 것인데…… 저렇게 취직만 하려고 애를 쓸 게 아니야. 도회지에서 월급 생활을 하려고 할 것만이 아니라 농촌으로 돌아가서……."

"농촌으로 돌아가서 무얼 합니까?"

K는 말중동을 갈라 불쑥 반문하였다. 그는 기왕 취직 운동은 글러진 것이니 속 시원하게 시비라도 해 보고 싶은 것이다.

"허! 저게 다 모르는 소리야……. 조선은 농업국이요, 농민이 전 인구의 팔 할이나 되니까 조선 문제는 즉 농촌 문제라고 볼 수가 있는데, 아 지금 농촌에서 할 일이 오직이나 많다구?"

"저는 그 말씀 잘 못 알아듣겠는데요. 저희 같은 사람이 농촌에 가서 할 일이 있을 것 같잖습니다."

"그럴 리가 있나! 가령 응…… 저……."

K사장은 응…… 저…… 하고 더듬으면서 끝내 대답을 하지 못한다. 그것은 무리가 아니다.

그가 구직하러 오는 지식 청년들에게 농촌으로 돌아가 농촌 사업을 하라는 것과(다음에 또 꺼내는 일거리를 만들라는 것은) 결코 현실에서 출발한 이론적 근거가 있는 것이 아니었었다. 그저 지식 계급의 구직꾼이 넘치는 것을 보고 막연히 '농촌으로 돌아가라.', '일을 만들어라.'라고 해 왔을 따름이다. 따라서 거기에 대한 구체적 플랜이 있는 것도 아니었었던 것이다. 한편으로는 한 행셋거리로, 또 한편으로는 구직꾼 격퇴의 수단으로 자룡이 헌 창 쓰듯 썼을 뿐이시 —

그리하여 그동안까지는 대개는 그 막연한 설교를 들은 성 만성 하고 물러가는 것이 그들의 행투였었는데, 오늘 이 P에게만은 그렇지가 아니하여 불가불 구체적 설명을 해 주어야 하게 말머리가 돌아선 것이다. 그래서 그는 떠듬떠듬 생각해 가면서 생각나는 대로 주워섬기는 것이다.

"가령 응…… 저…… 문맹 퇴치 운동도 있지. 농민의 구 할은 언문도 모른단 말이야! 그리고 생활 개선 운동도 좋고…… 헌신적으로."

"헌신적으로요?"

"그렇지……. 할 테면 헌신적으로 해야지."

"무얼 먹고 헌신적으로 그런 사업을 합니까? ……먹을 것이 있어서 그런 농촌 사업이라도 할 신세라면 이렇게 취직을 못 해서 애를 쓰겠습니까?"

"허! 그게 안된 생각이야……. 자기가 먹고살 재산이 있으면서 사회를 위해서 일도 아니하고 번들번들 논다는 것은 그것은 타락된 생각이야."

P는 K사장이 억담을 내세우는 것을 보고 속으로 싱그레니 웃었다.

"그렇지만 지금 조선 농촌에서는 문맹 퇴치니 생활 개선이니 합네 하고 손끝이 하얀 대학이나 전문학교 졸업생들이 몰려오는 것을 그다지 반겨하기는커녕 머릿살을 앓을 것입니다……. 농민이 우매하다든지 문화가 뒤떨어졌다든지 또 생활이 비참한 것의 근본 원인이 기역니은을 모른다든가 생활 개선을 할 줄 몰라서 그런 것이 아니니까요. 그리고 조선의 지식 청년들이 모다 그런

─────────────────

● 행투 행동에서 버릇처럼 일정하게 굳어진 본새나 방식.

인도주의자가 되여집니까?"

"되면 되지 안 될 건 무어야?"

"그건 인도주의란 그것이 한개* 공상이니까 그렇겠지요."

"허허…… 그러면 P군은 ××주의잔가?"

"되다가 찌부러진 찌스레깁니다. 철저한 ××주의자라면 이렇게 선생님한테 와서 취직 운동도 아니합니다."

"못써! 그렇게 과격한 사상으로 기울어서야 쓰나……. 정 농촌으로 돌아가기가 싫거든 서울서라도 몇 사람 맘 맞는 사람이 모여서 무슨 일을 — 조선에 신문이 모자라니 신문을 하나 경영하든지, 또 조고맣게 하자면 잡지 같은 것도 좋고, 또 영리 사업도 좋고……. 그러면 취직 운동하는 것보담 훨씬 낫잖은가?"

"좋 줄이야 압니다만 누가 돈을 내놓습니까?"

"그거야 성의 있게 하면 자연 돈도 생기는 거지."

P는 엉터리없는 수작을 더 하기가 싫어 웬만큼 말을 끊고 일어섰다.

속에 있는 말을 어느 정도까지 활활 해 준 것이 시원은 하나 또 취직이 글렀구나 생각하니 입 안에서 쓴침이 괴어 나온다.

복도에서 편집국장 C를 만났다. P는 C와 자별히 사이가 가까운 터였었다.

"사장 만나러 왔소?"

C가 묻는 것이다.

"아니."

• 한개 한낱. 기껏해야 대단한 것 없이 다만.

P는 거짓말을 하였다. 그는 지금 K사장을 만나 거절당한 이야기를 하기가 어쩐지 창피하기도 할 뿐 아니라, 또 전부터 C더러 K사장에게 자기의 취직 운동을 부탁해 왔던 터인데 직접 이렇게 찾아와서 만났다고 하기가 혐의쩍기도* 하여 시치미를 뚝 뗀 것이다.

"아주 단념하오."

C 자기에게 부탁한 취직 운동을 단념하란 말이다. 그러면 벌써 C가 K사장에게 이야기를 하였고 그 결과 일이 틀어진 것을 P는 모르고 와서 헛노릇을 한바탕한 것이다. P는 먼저 C를 만나 보지 아니하고 K사장을 만난 것을 후회하였다. C는 잠깐 멈췄던 말을 계속한다.

"어제 아침에 사장더러 P군의 사정이 퍽 난처하니 어떻게 생각해 봐 주면 좋겠다고 여러 말을 했다가 코 뗐소.* 신문사가 구제 기관이 아닌데 남의 사정 난처한 것을 어떻게 하라느냐고 그럽디다……. 하기야 그게 옳은 말이지만 —"

신문사가 구제 기관이 아니라고 한다는 그 말이 P의 머리에는 침 끝으로 찌르는 것같이 정신이 들게 울리었다.

"흥! 망할 자식들!"

P는 혼잣말로 이렇게 두덜거리며 C와 작별도 아니하고 밖으로 나와 버렸다.

* 혐의쩍다 마음에 내키지 않고 꺼림칙한 데가 있다.
* 코 떼다 무안을 당하거나 핀잔을 맞다.

2

 P는 광화문 네거리의 기념비각(紀念碑閣) 옆에서 발길을 멈추고 망설였다. 어디로 갈까 하는 것이다.

 봄 하늘이 맑게 개었다. 햇볕이 살이 올라 포근히 온몸을 싸고 돈다. 덕석° 같은 겨울 외투를 벗어 버리고 말쑥말쑥하게 새로 지은 경쾌한 춘추복의 젊은이들이 봄볕처럼 명랑하게 오고 가고 한다.

 멋쟁이로 차린 여자들의 목도리가 나비같이 보드랍게 나부낀다. 그 오동보동한 비단 다리를 바라다보노라니 P는 전에 먹던 치킨커틀릿 생각이 났다.

 창을 활활 열어젖힌 전차 속의 봄 사람들을 보니 P도 전차를 잡아타고 교외나 나가고 싶었다. 그러나 크림 맛을 못 본 지 몇 달이 된 낡은 구두, 고기작거린° 동복 바지, 양편 포켓이 오뉴월 쇠불알같이 축 처진 양복저고리, 땟국 묻은 와이셔츠와 배배 꼬인 넥타이, 엿장수가 2전어치 주마던 낡은 모자, 이렇게 아래로부터 훑어 올려보며 생각하니 교외의 산보는커녕 얼른 돌아가서 차라리 이불을 뒤쓰고 드러눕고만 싶었다.

 마침 기념비각 앞에 자동차 하나가 머무르더니 서양 사람 내외가 내린다. 그들은 사내가 설명을 하고 여자가 듣고 하면서 기념비각을 앞뒤로 구경한다. 여자는 사진까지 찍는다.

• 덕석 추울 때에 소의 등을 덮어 주는 멍석. 또는 '멍석'의 사투리.
• 고기작거리다 종이나 천 따위가 잔금이 생기게 자꾸 비벼지거나 접혀지다.

대원군이 만일 이 꼴을 본다면······. 이렇게 생각하매 P는 저절로 미소가 입가에 떠올랐다.

3

대원군은 한말(韓末)의 돈키호테였었다. 그는 바가지를 쓰고 벼락을 막으려 하였다. 바가지는 여지없이 부스러졌다. 역사는 조선이라는 조그마한 땅덩이나마 너무 오래 뒤떨어뜨려 놓지 아니하였다.

갑신정변에 싹이 트기 시작하여 가지고 일한 합방의 급격한 역사 변천을 거치어 자유주의의 사조는 기미년에 비로소 확실한 걸음을 내어 디디었다.

자유주의의 새로운 깃발을 내어 건 '시민'의 기세는 등등하였다.

"양반? 흥! 누구는 발이 하나길래 너희만 양발(반)이라느냐?"

"법률의 앞에서는 만인이 평등이다."

"돈······ 돈이 있으면 무어든지 할 수 있다."

신흥 부르주아지는 민주주의의 간판을 이용하여 노동자·농민의 등을 어루만지고 경제적으로 유력한 봉건 귀족과 악수를 하는 동시에 지식 계급을 대량으로 주문하였다.

유자천금(遺子千金)이 불여교자일권서(不如敎子一券書)*라는 봉건

---

* 유자천금(遺子千金)이 불여교자일권서(不如敎子一券書) 자식에게 많은 돈을 물려주는 것보다 한 권의 책을 가르치는 게 낫다.

시대의 진리가 자유주의의 세례를 받아 일단의 더 발전된 얼굴로 민중을 열광시키었다.

"배워라. 글을 배워라……. 지식만 있으면 누구나 양반이 되고 잘살 수가 있다."

이러한 정열의 외침이 방방곡곡에서 소스라쳐 일어났다.

신문과 잡지가 붓이 닳도록 향학열을 고취하고 피가 끓는 지사(志士)들이 향촌으로 돌아다니며 삼 촌(三寸)의 혀를 놀리어 권학(勸學)을 부르짖었다.

"배워라. 배워야 한다. 상놈도 배우면 양반이 된다."

"가르쳐라. 논밭을 팔고 집을 팔아서라도 가르쳐라. 그나마도 못 하면 고학이라도 해야 한다."

"공자 왈 맹자 왈은 이미 시대가 늦었다. 상투를 깎고 신학문을 배워라."

"야학을 실시하여라."

재등(齋藤) 총독*이 문화 정치의 간판을 내어 걸고 골골이 학교를 증설하였다.

보통학교의 교장이 감발*을 하고 촌으로 돌아다니며 입학을 권유하였다. 생도에게는 월사금*을 받기는커녕 교과서와 학용품을 대어 주었다.

민간의 유지는 돈을 걷어 학교를 세웠다. 민립 대학도 생기려

---

* 재등 총독 사이토 마코토(齋藤實, 1858~1936)를 말함. 1919년 제3대 조선 총독, 1929년 제5대 조선 총독을 지냄. 형식상의 문화 정치를 표방하여 한국 민족에 대해 회유책을 썼음.
* 감발 발감개.
* 월사금 예전에, 다달이 내던 수업료.

다가 말았었다. 청년회에서 야학을 설시하였다. 갈돕회˚가 생겨 갈돕 만주˚ 외우는 소리가 서울에 신풍경을 이루었고 일반은 고학생을 존경하였다.

여학생이라는 새 숙어가 생기고 신여성이라는 새 여인이 생겨났다.

이와 같이 조선의 관민이 일치되어 민중의 지식 정도를 높이는 데 진력을 하였다. 즉 그들 관민이 일치하여 계획한 조선의 문화 정도는 급도로 높아 갔다.

그리하여 민중의 지식 보급에 애쓴 보람은 나타났다.

면 서기를 공급하고 순사를 공급하고 군청 고원˚을 공급하고 간이 농업 학교 출신의 농사 개량 기수(技手)를 공급하였다.

은행원이 생기고 회사 사원이 생겼다. 학교 교원이 생기고 교회의 목사가 생겼다.

신문 기자가 생기고 잡지 기자가 생기었다. 민중의 지식 정도가 높았으니 신문 잡지 독자가 부쩍 늘고 의사와 변호사의 벌이가 윤택하여졌다.

소설가가 원고료를 얻어먹고 미술가가 그림을 팔아먹고 음악가가 광대의 천호(賤號)˚에서 벗어났다.

인쇄소와 책 장수가 세월을 만나고 양복점 구둣방이 늘비하여졌다.

˚ 갈돕회 국내와 일본 도쿄(東京)에서 유학하던 고학생들의 자치 단체.
˚ 갈돕 만주 갈돕회에서 팔던 만주. '만주'는 쌀, 밀가루 등의 반죽에 팥소 등을 넣어 만든 음식임.
˚ 고원(雇員) 관청에서 사무를 돕기 위해 두는 임시 직원.
˚ 천호 천시하여 부르는 이름.

연애결혼에 목사님의 부수입이 생기고 문화 주택을 짓느라고 청부업자가 부자가 되었다. 그리하여 부르주아지는 '가보'를 잡고 공부한 일부의 지식꾼은 진주(다섯 끗)를 잡았다.

그러나 노동자와 농민은 무대를 잡았다. 그들에게는 조선의 문화의 향상이나 민족적 발전이나가 도리어 무거운 짐을 지워 주었을지언정 덜어 주지는 아니하였다. 그들은 배(梨) 주고 속 얻어 먹은 셈이다.

(일제의 검열로 원문에서 20자가량 삭제됨. 이하 삭제는 모두 검열로 인한 것임.)

인텔리…… 인텔리 중에도 아무런 손끝의 기술이 없이 대학이나 전문학교의 졸업 증서 한 장을, 또는 그 조그마한 보통 상식을 가진 직업 없는 인텔리…… 해마다 천여 명씩 늘어가는 인텔리…… 뱀을 본 것은 이들 인텔리다.

부르주아지의 모든 기관이 포화 상태가 되어 더 수요가 아니 되니 그들은 결국 꼬임을 받아 나무에 올라갔다가 흔들리는 셈이다. 개밥의 도토리다.

인텔리가 아니 되었으면 차라리(7~8자가량 삭제됨.) 노동자가 되었을 것인데, 인텔리인지라 그 속에는 들어갔다가도 도로 달아 나오는 것이 99퍼센트다. 그 나머지는 모두 어깨가 축 처진 무직 인텔리요, 무기력한 문화 예비군 속에서 푸른 한숨만 쉬는 초상집의 주인 없는 개들이다. 레디메이드 인생이다.

• 가보 화투 따위의 노름에서 아홉 끗을 일컫는 말. 여기서는 많은 이익을 뜻함.
• 배 주고 속 얻어먹는다 자기의 배를 남에게 주고 다 먹고 난 그 속을 얻어먹는다는 뜻으로, 자기의 큰 이익은 남에게 주고 거기서 조그만 이익만을 얻음을 비유적으로 이르는 말.
• 인텔리 지식층.

4

"제길!"

P는 혼자 두덜거리며 지금까지 섰던 기념비각 옆을 떠났다.

(80자가량 삭제됨.)

P는 자기 자신이고 세상의 모든 일이고 모두 짜증이 나고 원수스러웠다.

광화문 큰 거리를 총독부 쪽으로 어슬어슬 걸어가노라니 그의 그림자가 짤막하게 앞에 누워 간다. P는 그 자기 그림자를 콱 밟고 싶었다. 그러나 발을 내어 디디면 그림자도 그만큼 앞으로 더 나가곤 한다. 이 그림자와 자기 자신에서 그리고 그림자를 밟으려는 자기 자신과 앞으로 달아나는 그림자에서 P는 자기의 이중 인격의 모순상(相)을 발견하였다.

동십자각˙ 옆에까지 온 P는 그 건너편 담뱃가가˙ 앞으로 갔다.

"담배 한 갑 주시요."

하고 돈을 꺼내려니까 담뱃가가 주인이,

"네, 마코˙ 니까?"

묻는다.

P는 담뱃가가 주인을 한 번 거듭떠보고 다시 자기의 행색을 내려 훑어보다가 심술이 버쩍 났다. 그래서 잔돈으로 꺼내려던 것을 일부러 1원짜리로 꺼내 드는데 담뱃가가 주인은 벌써 마코 한

• 동십자각(東十字閣) 경복궁의 정문인 광화문의 동쪽에 있는 망루.
• 담뱃가가(假家) '담뱃가게'의 원말.
• 마코 일제 강점기 때, 담배 상표 중 하나.

갑 위에다 성냥을 받쳐 내어 민다.

"해태* 주어요."

P는 돈을 들여 밀면서 볼먹은 소리를 질렀다. 그러나 담뱃가가 주인은 그저 무신경하게 "네." 하고는 마코를 해태로 바꾸어 주고 85전을 거슬러 준다.

P는 저편이 무렴해하지* 아니하는 것이 더욱 얄미웠다.

그는 해태 한 개를 꺼내어 붙여 물고 다시 전찻길을 건너 개천가로 해서 올라갔다. 이제는 포켓 속에 남은 것이 꼭 3원하고 동전 몇 푼이다. 엊그제 겨울 외투를 4원에 잡혀서 생긴 것이다.

방세와 전깃불값이 두 달 치나 밀리었다. 3원은 방세 한 달 치를 주고 1원에서 전등 삯 한 달 치를 주고도 싶었으나 그러고 나면 그 나머지로 설렁탕이나 호떡을 사 먹어도 하루밖에는 못 지낸다. 그래 그대로 넣어 두고 한 이틀 지내는 동안에 1원이 거진 달아났던 판인데 공연한 객기를 부리느라고 당치도 아니한 해태를 샀기 때문에 이제는 1원 돈은 완전히 달아나고 3원만 남은 것이다.

P는 포켓 속에 손을 넣고 잔돈과 지폐를 섞어 3원 남은 돈을 만지작거렸다. 그러면서 왼편 손으로는 손가락을 꼽아 가며 3원을 곱쟁이쳐 보았다.

6원, 12원, 24원, 48원, 96원, 192원, 8 모자라는 200원……400원, 800원, 1,600원, 3,200원, 6,400원, 1만 2,800원, 800원은

---

* 해태 일제 강점기 때. 담배 상표 중 하나.
* 무렴하다 염치가 없음을 느껴 마음이 부끄럽고 거북하다.

떼어 버리고 2만 4,000원, 4만 8,000원, 9만 6,000원, 19만 2,000원, 38만 4,000원, 76만 8,000원, 153만 6,000원······.

3원을 열여덟 번만 곱집으면 150만 원이 된다. 150만 원 그놈이 있으면······. 이렇게 생각하매 어깨가 으쓱해졌다.

3원의 열여덟 곱쟁이가 150만 원이니 퍽 쉬운 일이다······. 그놈만 있으면 100만 원을 들여서 50전짜리 십육 페이지 신문을 하나 했으면 위선 K사장의 엉엉 우는 꼴을 볼 수가 있을 것이다.

그러나 아쉬운 대로 15만 원만 있어도, 1만 5,000원 아니 1,500원만 있어도, 아니 150원만 있어도, 15원만 있어도 위선 방세와 전등 삯을 주고 한 달은 살아가겠다.

P는 한숨을 내쉬었다. 한 달? 한 달만 살고 나면 그다음은 어떻게 하나? ······그래도 몇백 원은 있어야지, 아니 몇천 원은, 아니 몇만 원은······.

P는 늘 하는 버릇으로 이런 터무니없는 공상을 되풀이하였다.

그는 최근 이러한 공상을 하면서부터 취직을 시들하게 여겼다.

취직이 된댔자 사오십 원이나 오륙십 원의 월급이다. 그것을 가지고 빠듯빠듯 살아간들 무슨 아기자기한 재미가 있을 턱도 없는 것이다.

가령 근실히 해서 월괘 저금° 같은 것도 하고 집도 장만하고 여편네도 생기고 사장이나 중역들의 눈에 들어 지위도 부장쯤으로는 올라가고, 그리하여 생활의 근거도 안정이 되고 하면 지금 같은 곤란은 당하지 아니하겠지만, 그러나 P에게는 아직도 젊은 때

° 월괘 저금 매달 정해 놓고 하는 저금. 월과 저금(月課貯金).

의 야심이 있어 그러한 고식된 안정이나 명색 없는 생활은 도리어 피하고 싶었던 것이다. 좀 더 남의 눈에 띄고 좀 더 재미있고 그리고 자유로운 생활 ─

물론 그는 지금이라도 누가 한 달에 30원만 줄 테니 와서 일을 해 달라면 마치 주린 개가 고기를 보고 덤비듯이 덮어놓고 덤벼들 것이다. 그러나 속으로는 그와 딴판으로 배포를 부리고 있는 것이다.

P가 삼청동으로 올라가느라고 건춘문 앞까지 이르렀을 때 저편에서 말쑥하게 봄 치장을 한 여자 하나가 마주 내려왔다.

역시 삼청동 근처에 사는 여자인지 P와는 가끔 마주치는 여자다.

P는 그 여자와 만날 때마다 일부러 눈 익혀 보지 않는 체는 하면서도 실상은 고비샅샅* 관찰을 하였고, 그리고 속으로는 연애라도 좀 했으면 하던 터이었다. 무엇보다도 동그스름한 얼굴에 이목구비가 모두 모지지 아니하고 얼굴의 윤곽이 둥글듯이 모가 나지 아니한 것, 그래서 맘자리도 그렇게 둥글려니 하는 것이 P의 마음을 끈 것이다.

그 여자는 자주 만나는 이 헙수룩한 양복쟁이 ─P를 먼빛으로도 알아보았는지 처녀다운 조심스런 몸매로 길을 가로 비껴 가까이 왔다.

P는 고개를 꼿꼿이 쳐들고 앞만 쳐다보면서도 속으로는

'저 여자가 지금 내 옆으로 다가와서 조그만 소리로 정답게 구애를 한나면? 사뭇 들여 안긴다면? ……어쩔꼬?'

---

* 고비샅샅 구석구석마다 샅샅이.

이런 생각을 하면서 히죽이 웃는데 여자는 벌써 지나쳐 버렸다.

"흥! 어쩌긴 무얼 어째? ……이년아, 일없다는데 왜 이래! 하고 발길로 칵 차 내던지지."

하고 P는 어깨를 으쓱하였다.

삼청동 꼭대기에 있는 집 ─ 집이 아니라 사글세로 든 행랑방 ─ 에 돌아왔다. 객지에 혼자 있으니 웬만하면 하숙에 있을 것이로되 방값이 밀리고 그것에 졸릴 것이 무서워 P는 방을 얻어 가지고 있던 것이다.

먹는 것이야 수중에 돈이 있는 데에 따라 호떡도 설렁탕도 백화점의 런치도, 그러잖고 몇 끼씩 굶기도 하여 대중이 없었다.

볕 구경을 잘 못 해서 겨울에도 곰팡이가 슬고 이불을 며칠씩 그대로 펴 두는 방바닥에서는 먼지가 풀신풀신 올랐다.

하도 어설퍼 앉으려고도 아니하고 방 가운데 우두커니 서서 있노라니까 안방 문 여닫는 소리가 들리며 주인 노파가 나와서 캑 하고 기침을 한다. P는 또 방세 졸릴 일이 아득하였다.

그러나 노파는 방세보다도 위선 편지 한 장을 들이밀어 준다. 고향의 형에게서 온 것이다.

편지를 뜯어 읽고 난 P는 말가웃(一斗半)*이나 되게 큰 한숨을 푸 내쉬었다. 그러고는 편지를 박박 찢어 버렸다.

• 말가웃 한 말 반쯤의 분량.

5

편지의 요건은 P의 아들에 관한 것이다.

P에게는 연전*에 갈린 아내와 사이에 생긴 창선이라는 아들이 있다. 금년에 아홉 살이다.

아내와 갈릴 때에 저편에서 다만 어린애만이라도 주었으면 그 것을 데리고 길러 가는 재미로 혼자 사는 세상에 낙을 붙이겠다 고 사정하였다. 그리고 적어도 중학까지는 마치게 하겠다는 것 이었다.

그렇게 했으면 P도 한 짐을 덜었을 것이다. 그러나 그는 듣지 아니하였다.

어릴 적부터 소박데기 어미의 손에서 아비의 원망과 푸념을 들 어 가면서 자란 자식은 자란 뒤에 그 아비에게 호감을 가지지 못 한다. P는 자식을 꼭 찾고 싶은 것은 아니나 아무튼 장성하면 아 비라고 찾아올 터인데 그때에 P는 이미 늙고 자식은 팔팔하게 젊은 놈이 옛날에 제 어미를 소박한 아비라서 아니꼽게 군다면 그것은 차마 못 당할 노릇이다.

이러한 생각으로 P는 창선이를 내주지 아니한 것이다. 그러나 빼앗아 놓고 보니 이제 겨우 네댓 살밖에 아니 먹은 것을 자기 손으로 어찌할 수가 없다. 그리하여 할 수 없이 어렵사리 지내는 그 형에게 맡기어 놓고 다시 서울로 올라온 것이다. 보통학교에 다닐 나이가 되면 서울로 데려오겠다고 해 두고.

---

* 연전(年前) 몇 해 전.

P의 형은 작년에 조카를 보통학교에 입학시키었다. 그러나 극빈 축에 드는 집안인지라 몇 푼 아니 되는 월사금과 학비를 대지 못하여 중도에 퇴학시켰다. 애초에 입학시킬 상의로 P에게 편지를 했을 때에 P는 공부 같은 것은 시켰자 소용이 없으니 차라리 뼈가 보드라운 때부터 생일(노동)을 시키라고 하였다. P의 형은 그러나 백부의 도리로나 집안의 체면으로나 창선이를 생일을 시킬 수가 없었다. 차라리 자기 손에 두어 헐벗기고 헐입히면서 공부도 시키지 못하느니 제 아비인 P더러 데려가라고 작년부터 편지를 하던 것이다.

금년도 입학 시기가 당하매 P의 형은 P에게 누차 편지를 하였다. 금년에 입학을 시키지 못하면 명년에는 학령이 초과되어 들여 주지 아니할 것이니 어서 데려다가 공부를 시키라는 것이다.

"그 어린것이 굶기를 먹듯 하고 재주는 있으면서 남의 집 아이들이 학교에 다니는 것을 부러워하는 꼴은 차마 애처로와 볼 수가 없다. 차라리 이 꼴 저 꼴 보지 아니하는 것이 속이나 편하겠다."

이번 편지에는 이러한 구절이 있고 끝에 가서,

"여비가 몇 원 변통되면 차를 태우고 전보를 칠 테니 정거장에 나와 데려가거라. 나도 웬만하면 객지에 혼자 있는 너에게 어린 자식을 떠맡기듯이 보내겠느냐마는 잘못하다가 그것을 굶겨 죽이겠기에 생각다 못하여 단행하는 것이다."

이러한 말이 씌어 있었다.

P는 박박 찢은 편지를 돌돌 뭉쳐 방구석에 내던지고 한숨을 푸 내쉬었다.

이제는 자식을 데리고 있기가 피할 수 없이 되었는데, 어떻게 했으면 좋을까 하는 것이다. 그는 형이 원망스럽고 아니꼬웠다.

굳이 제 아비를 따라 보낸다는 것이 아니라 부득부득 공부를 시키려는 것 때문이다. 기왕 서울로 보내나 시골서 데리고 있으나 고생시키기는 일반이니 차라리 시골서 일찍부터 생일이나 시켰으면 P에게는 여러 가지로 좋을 것이었다.

"흥! 체면! 공부! 죽여도 인테리는 만들잖는다."

P는 혼자 이렇게 두덜거렸다.

"집에서 온 편지유? 무슨 걱정이 생겼수?"

말거리를 찾지 못하여 머뭇거리고 섰던 안방 노인이 동정이나 하는 듯이 이렇게 묻는다.

"아니요."

P는 마지못해 코대답*을 하였다.

"필경 무슨 걱정이 생긴 게구려!"

노인은 자기의 말거리를 만들려고 아니라는데도 이렇게 걱정을 내어놓는다.

"그게 모다 가난한 탓이지……. 저렇게 젊고 똑똑한 이가 저게 모다 가난한 탓이야! 어데 구실(직업) 자리 말한다더니 아직 아니 됐수?"

"네, 아직……."

---

* 코대답 탐탁지 않거나 대수롭지 않게 여겨 건성으로 하는 대답.

"거 큰일 났구려! 어서 돼야 할 텐데⋯⋯. 나도 꼭 죽겠수⋯⋯. 이 늙은것이! ⋯⋯돈 좀 마련되잖았수?⋯⋯"

"네 , 아직 좀⋯⋯."

"저걸 어쩌나! 오늘은 물값이야 전깃불값이야 사뭇 받으러 달려들 텐데!"

"메칠만 더 미루십시요. 설마하니 마나님이야 아니 드리겠습니까⋯⋯."

"아무렴! 실수야 없을 줄 알지만 내가 하도 옹색하니깐 그러는 거지⋯⋯."

P는 노인이 지껄이게 두어두고 혼자 생각하였다. 전에 아는 집에서 셋방을 얻어 들었을 때에는 두 달이고 석 달이고 세가 밀려야 조르는 법이 없었다.

밀려도 조르지 아니하는 아는 집⋯⋯. 이것이 P는 도리어 미안해서 이곳으로 옮겨 온 것이다. 옮겨 와 가지고 막상 졸림질을 당하니 미안해도 졸리지는 아니하던 옛집이 그리워지는 것이다.

노인이 문을 가로막고 서서 수다스런 소리로 더 지껄이려고 하는데 마침 P의 동무 M과 H가 찾아왔다.

"어데 나가나?"

M이 그러잖아도 벌씸한˚ 코를 한 번 더 벌씸하고 사이 벌어진 앞니를 내어 보이며 싱끗 웃는다.

몸집은 M과 같이 통통하지만 키가 적어 M의 뒤에 가려 섰던 H가 옆으로 나서며

˚ 벌씸하다 코 따위의 탄력 있는 물체가 자꾸 크게 벌어졌다 우므러졌다 하다.

"안녕합시요."

하고 인사를 한다.

P는 싱긋이 웃었다. 이 M과 H는 같은 하숙에 있는데 두 사람은 곧잘 같이 돌아다닌다. 같이 가는 것을 나란히 세워 놓고 보면 하나는 키가 커서 우뚝하고 하나는 키가 작아서 납작 붙어 가는 것 같다.

얼굴도 M은 우둘부둘한 게 정객˚ 타입으로 생기었고 ── 잘못하면 복싱 링에 내세워도 좋겠고 ── H는 안존한˚ 게 사무원 타입이다.

일상의 언행을 보아도 H는 무슨 이야기가 자기 전문인 법률에 관한 것에 다들면 육법전서의 조목을 따르르 외우면서 이러고 저러고 하다고 설명을 하고 M은 동경서 학생 ××에 제휴를 했던 만큼, 그리고 전문이 정경과인 만큼 좌익 진영에서 쓰는 어투가 그대로 나온다.

"여전히 모다 동색(冬色)이 창연하군!"

P는 두 사람의 특특한 겨울 양복을 보고, 그리고 자기의 행색을 내려 보며 웃었다.

M이 신을 벗고 들어와 먼지 앉은 책상 위에 걸어앉으며,˚

"춘래불사춘˚일세."

하고 한마디 외운다. H도 따라 들어와 한편에 앉으며 한마디 한다.

- 정객 직업적으로 정치 활동을 하는 사람.
- 안존하다 성품이 얌전하고 조용하다.
- 걸어앉다 높은 곳에 궁둥이를 붙이고 두 다리를 늘어뜨리고 앉다.
- 춘래불사춘(春來不似春) 봄이 왔지만 봄 같지 않음.

"아직 괜찮아……. 거리에서 보니까 동복 입은 사람이 많데……."

"괜찮기는 무어 괜찮아……. 우리가 길로 돌아다니니까 사방에서 아이구 아야! 소리가 들리데."

"왜?"

"봄이 발밑에서 짓밟히느라고."

"하하하하."

세 사람은 소리를 내어 웃었다.

"참 시험 본 것 어떻게 되었소?"

P는 H가 일전에 총독부에서 본 고원 채용 시험을 생각하고 물어보았다.

"말두 마시우……. 이제는 꼭 들어앉어 공부나 해 가지고 변호사 시험이나 치겠소."

사람이 별로 변통성도 없고 그렇다고 여기저기 반연°도 없어 취직이 여의하게 되지 못하는 것을 볼 때에 P는 가엾은 생각이 늘 들곤 하였다.

"가만있게……. 어서 변호사 시험만 파스하게. 그러면 이제 내가 백만 원짜리 주식회사를 조직해 가지고 자네를 법률 고문으로 모셔 옴세."

이것은 M이 늘 농 삼아 하는 농담이다. M도 일 년 동안이나 취직 운동을 하면서 지냈건만 그는 되레 배포가 유하다. 조금 더 재빠르게 했으면 M은 벌써 취직이 되었을는지도 모르나 그는 타고난 배포와 그리고 남에게 아유구용°을 하기 싫어하는 성질로

° 반연(攀緣) 무엇에 이르기 위한 연줄.

말하자면 취직 전선의 낙오자다.

별로 만나야 할 일도 없다. 그러나 제각기 혼자 있으면 우울해지니까 이렇게 서로 찾으며 자주 만나게 된다.

만나 앉아서 이야기라도 지껄이면 그동안만은 명랑하여진다. 지금 서울 안에 P니 M이니 H니와 매일 만나 하는 일 없이 돌아다니고 주머니 구석에 돈푼 있으면 서로 털어 선술잔이나 먹고 하는 룸펜˚의 패가 수없이 많다.

무어나 일을 맡기었으면 불이 번쩍 일게 해낼 팔팔한 젊은 사람들이다. 그렇건만 그들은 몸을 비비 꼬고 있다.

아무 데도 용납지 못하는 사람들이다. ××적 ××에서 그들을 불러들이기에는 ××적 ××의 주관적 정세가 너무도 미약하다. 그것은 그들의 몇 부분이 동경서 학생으로 있을 시절에는 그 속에서 활발하게 ××을 계속하던 것이 조선에 나오면서 탈리되는˚ 것으로 보아 그러한 해석을 내리지 아니할 수가 없다.

그렇다고 부르주아의 기성 문화 기관에 들어가자니 그곳에서는 수요를 찾지 아니한다. 레디메이드로 된 존재들이니 아무 때라도 저편에서 필요해야만 몇씩 사들여 간다.

M이 마코를 꺼내 놓고 붙여 문다. P는 포켓 속에 들어 있는 해태를 차마 내놓기가 낯이 따가워 M의 마코를 집어 당겼다.

(80자가량 삭제됨.)

P는 설명을 시작한다. P 자신 그러한 장난 비슷한 공상은 하면

˚ 아유구용(阿諛苟容) 남에게 아첨하여 구차스럽게 굶.
˚ 룸펜(Lumpen) 부랑자 또는 실업자를 이르는 말.
˚ 탈리되다 벗어나 따로 떨어지게 되다.

서 일단 해 보라고 하면 주저할 것이지만 어쨌거나 그랬으면 통쾌하리라는 것이다.

"먼점 경무국에 들어가서 아주 까놓고 이야기를 한단 말이야. 우리가 지금 대상으로 하는 것은 총독부가 아니라 조선의 소위 민간측 유지들이니까 간섭을 말아 달라고."

"그러면 관허(官許)° 메이데이°로구만."

"그래 관허도 좋아……. 그래 가지고는 기에다가는 무어라고 쓰느냐 하면 '우리에게 향학열을 고취한 놈이 누구냐?'……어때?"

"좋지!"

"인테리에게 직업을 대라…… 이렇게 노래를 지어 부르거든."

(10자가량 삭제됨.)

"응…… 유지와 명사의 가면을 박탈시키라고…… 한 몇십 명이 그렇게 데모를 한단 말이야!"

"하하하하."

M은 이렇게 웃고 H는 시원찮게 핀잔을 준다.

"드끄럽소 여보……. 아 글쎄 멀끔멀끔한 양복쟁이들이 종로 네거리로 기를 받고 그렇게 다녀 봐! 애들이 와서 나 광고지 한 장 주, 하잖나."

"하하하하."

"허허허허."

창밖에서 냉이 장수가 싸구려 소리를 외치고 지나간다. M이

• 관허 정부에서 특정한 사람에게 특정한 일을 허가함.
• 메이데이(May Day) 매년 5월 1일에 여는 국제적 노동제.

그에 응하여

"이크! 봄을 떰펑하는구나!"

"흥, 경제학자라 달르군……. 참 우리 하숙에서는 채소를 좀 멕여 주어야지!"

"밥값을 잘 내 보지."

"그도 그렇지만."

"나는 석 달 치 밀렸네."

"나도 그렇게 될걸."

"그러니까 나처럼 이렇게 아파트 생활을 해요."

이것은 P의 말이다. 아파트라고 말해 놓고도 서글퍼서 허허 웃었다.

"조선식 아파트! 그렇지만 우리가 아파트 생활을 했다면 아마 두어 달 전에 굶어 죽었을걸."

"나는 돈을 보면 초면 인사를 해야 되겠네……. 본 지가 하도 오라서 낯을 잊었어."

"여보게."

하고 M이 의젓하게 H를 달군다.

"돈 구경한 지 오래됐다지?"

"응."

"존 수가 있네."

"뭣?"

"자네 잭 품 심사(三四) 구락부*에 보내세."

• 구락부 '클럽'(club)을 일본어식으로 읽은 음역어.

"싫으이."

"자네 돈 구경하고…… 구경하고 나서 그놈으로 한잔 먹고……."

"한잔 말이 났으니 말이지 요즘 같으면 술이나 실컷 먹고 주정이라도 했으면 속이 시언하겠네."

"그러니까 말이야……. 가세. 가서 다섯 권만 잽혀."

"일없다."

"내가 찾어 주지."

"흥."

"정말이야."

"싫여."

6

그날 밤.

P와 M은 H를 졸라 그의 법률책을 잡혀 돈 6원을 만들어 가지고 나섰다.

선술집에 가서 엔간히 취하도록 먹은 뒤에 C라는 까페에 가서 술 두 병을 놓고 자정이 되도록 노닥거렸다.

그곳에서 나올 때는 6원 돈이 2원 남았다. 2원의 처치를 생각하던 세 사람은 일제히 동관˚으로 가기로 하였다.

세 사람이 모두 다리가 비틀거렸다. 그중에도 P는 더욱 취하

˚ 동관 예전에, 경복궁의 동쪽에 있다고 하여 '창덕궁'을 속되게 이르던 말.

였다.

늴리리 가락으로 들어박힌 갈봇집.*

다 쓰러져 가는 초가집을 세 사람이 아는 집 들어서듯이 쑥쑥 들어서니,

"들어옵시요."

"어서 옵시요."

라고 머리 딴 계집애와 배가 북통 같은 애 밴 계집이 마루로 나선다.

P가 무심결에 해태 곽을 꺼내어 붙여 무니까 머리 딴 계집애가 P의 목을 걸싸안고 볼에다 입을 쪽 맞추더니

"나도 하나."

하고 손을 벌린다. P는 기가 막혀 담배 곽을 내미는데 H와 M은 박수를 하며,

"부라보!"

하고 굉장하게 큰 소리로 외친다.

건넌방에 들어가 앉으니 마루에서 따그락따그락 소리가 난다.

배부른 계집은 푸대접을 받고 머리 딴 계집애가 H와 M의 손으로 옮아 다니면서 주물린다. 깩깩 소리를 지르고 엄살을 한다. 말을 붙이고 대답을 주고받고 하는 것이 H와 M은 전에 한번 와 본 집인 듯하다.

술상이 들어왔다.

잔은 사발만 한데 술 주전자는 눈알만 하다. 술을 부어 놓으니

• 갈봇집 성매매 업소를 속되게 이르는 말.

M이 척 받아 놓고는 노래를 투정한다. 계집애는 그보다 더 약아 제가 그 술을 쪽 들여 마시고는 빈 잔만 M의 입에 대어 준다.

P는 개숫물같이 밍밍한 술을 두어 잔 받아먹는 동안에 비위가 콱 거슬려서 진정하느라고 드러누웠다.

H가 계집애를 무릎에 올려놓고 신이 나게 노래를 부른다. 물론 고저도 장단도 맞지 아니하는 노래다.

M이 애 밴 계집을 실컷 시달려 주다가 머리 딴 계집애를 빼앗아 가더니 귀에 대고 무어라고 속삭거린다. 그러면서 둘이서 연해 P를 건너다보며 싱긋벙긋 웃는다.

조금 있다가 계집애가 P에게로 오더니 귀에다 입을 대고 속삭인다.

"저이가 나더러 당신하고 오늘 저녁……. 응 어때?"

"그래라."

P는 불쑥 성난 것처럼 대답했다.

"아이! 승거워!"

계집애는 P를 한 번 꼬집어 주고 다시 M에게로 달아났다.

M에게로 가서 또 무어라고 속삭거리더니 재차 와 가지고는 귓속말을 한다.

"자고 가, 응."

"그래 글쎄."

"꼭."

"응."

"정말."

"응."

술은 네 주전자가 들어왔는데 세 사람 손님은 두서너 잔씩밖에
아니 먹었다. 그 나머지는 다 저희가 먹었다. 계집애가 술이 곤죽
이 되게 취해 가지고 해롱해롱 까분다.

술값을 치르는 것을 보고 P도 따라 일어섰다. M이 몸뚱이로
슬쩍 밀어서 방 안으로 들여보내고 뒤에서 계집애가 양복 뒷깃
을 잡아당긴다.

"그래라. 자고 간다."

P는 방 가운데 벌떡 드러누웠다.

"너희 집이 어디냐?"

계집애가 옆에 와서 앉는 것을 보고 P가 물었다.

"××도 ××."

"언제 왔니?"

"작년에."

P는 몸을 일으켰다. 또 속이 왈칵 뒤집혀 좀 더 진정하려고 하
는 생각인데 계집애가 콱 밀어뜨린다.

"나이 몇 살이냐?"

"열여덟."

"부모는?"

"부모가 있으면 여기서 이 짓을 해?"

"왜 이 짓이 나쁘냐?"

"흥…… 나도 사람이야."

"에수! 나는 네가 신선인 줄 알았더니 인제 알고 보니까 사람
이로구나!"

"드끄러!"

계집애는 눈을 쭉 흘기고는 갑자기 웃으면서 P의 목을 그러안는다.

"자고 가, 응."

"우리 마누라한테 자볼기° 맞고 쫓겨난다."

"그러면 내한테 와서 나하고 살지…… 여기 내 빚 80원만 물어주면……."

"80원이냐?"

"응."

"가겠다."

P가 또 일어나려는 것을 계집이 껴안고 놓지 아니한다.

"자고 가……. 내가 반했어."

"아서라."

"정말!"

"놓아."

"아니야, 안 놓아. 자고 가요 응…… 자고…… 나 돈 좀 주어."

"돈? 내가 돈이 있어 보이니?"

"돈 소리가 절렁절렁 나는데?"

미상불 P의 포켓 속에서는 아까부터 잔돈 소리가 가끔 잘랑거렸다.

"자고 나 돈 조꼼 주고 가 응."

"얼마나?"

"암만도 좋아……. 50전도, 아니 20전도."

• 자볼기 자막대기로 때리는 볼기.

계집애의 말이 떨어지기도 전에 P는 불에 덴 것같이 벌떡 일어섰다. 일어서면서 그는 포켓 속에 손을 넣어 있는 대로 돈을 움켜쥐어 방바닥에 홱 내던졌다. 1원짜리 지전 두 장과 백동전이 방바닥에 요란스럽게 흐트러진다.

"아따 돈!"

해 던지고는 P는 뛰어나왔다. 그의 눈에는 눈물이 괴었다.

7

P는 정조(貞操)적으로 순진한 사나이가 아니다. 열네 살 때에 소꿉질 같은 장가를 갔고 그 뒤 동경 가서 있을 동안에 거기 여자와 살림도 하였다.

조선에 돌아와 직업을 가지고 있는 사이에 기생과 사귀어 한동안 죽을 둥 살 둥 모르게 지내기도 하였다.

그 밖에도 정을 두어 지낸 여자가 두엇 더 있다. 그러나 삼십이 되도록 지금까지 유곽˚을 가거나 은근짜˚ 집을 가거나 동관의 색주가˚ 집에 가서 잠자리를 한 일은 없다.

그것은 P의 괴벽이다. 어떠한 여자를 막론하고 그가 정이 들지 아니한 여자면 절대로 관계를 아니한다는 것이다.

그 대신 한번 P의 눈에 들고 따라서 정이 들면 아무것도 돌아

˚유곽 많은 여성을 둔 성매매 업소. 또는 그런 업소가 모여 있는 곳.
˚은근짜 몰래 성을 파는 여자를 속되게 이르는 말.
˚색주가 술을 파는 성매매 업소.

보지 아니하고 심각한 열정에 맡기어 완전히 그 여자를 움켜쥐어 버리며 또한 그 여자에게 전부를 내주어 버린다. 그리하여 그는 늘 All or nothing을 말한다.

이것이 처세상 퍽 이롭지 못한 것을 P도 잘 안다. 또 공연한 승벽˙이요 고집인 줄 알건만 그는 그것을 고치지 못한다.

이날 밤에도 그는 그 계집애를 조금도 어떻게 하겠다는 생각은 나지 아니하였다.

술 취한 끝에 속이 괴로우니까 진정을 하자는 판인데 "50전 아니 20전도 좋아." 하는 소리에 버쩍 흥분이 된 것이다.

너무도 인간이 단작스럽고˙ 악착스러운 것 같았다. P가 노상 보고 듣는 세상이 돈을 중간에 놓고 악착스럽게 아등바등하는 것임을 모르는 바는 아니나 정조 대가로 일금 20전을 요구하는 것은 처음 보았다.

P는 그러한 여자가 정조를 파는 데 무신경한 것도 잘 알고 있으며, 따라서 그것이 비도덕이니 어쩌니 하는 것도 아니다.

그의 관점과 해석은 그런 것보다 더 나아간 입장에 있었다.

그러나 '20전만 주어도' 소리에는 이것저것 생각하고 헤아릴 나위도 없었다. 더럽고 얄미우면서 그러면서도 눈물이 괴었다. 3원쯤 되는 전 재산을 털어 내던지고 정신없이 뛰어나온 것이다.

술 취한 P를 혼자 남겨 둔 H와 M은 골목에 기다리고 서서 있었다. P가 뛰어나오는 것을 보고 그들은 우선 농을 건넨다.

˙승벽 남과 겨루어 이기기를 좋아하는 성미나 버릇. 호승지벽(好勝之癖).
˙단작스럽다 하는 짓이 보기에 치사하고 더러운 데가 있다.

"한턱하오."

"장가간 턱하게."

P는 고개를 흔들었다. 그리고 멍하니 서서 생각을 하였다.

다분의 가면 밑에서 꿈틀거리는 인도주의에 몹시 증오를 느끼는 P는 이날 밤 자기의 행동을 어떻게 해석할지 몰라 괴로워하였다.

내일을 굶어야 할 그 돈이지만 돈이 아까운 것이 아니다. 정조 값으로 20전을 주어도 좋다는데 왜 정조는 퇴하고 돈만 있는 대로 다 떨어 주었는가? 왜 눈에 눈물은 괴었는가?

8

P는 머리가 떵하고 속이 뉘엿거리어 정신을 차릴 수가 없었다. 그는 두 친구에게 인사도 변변히 하지 아니하고 코를 벤 듯이 삼청동으로 올라왔다. 어서 바삐 좀 드러눕고만 싶었던 것이다.

아무리 방구들*은 차고 지저분하게 늘어놓았어도 제 처소는 반가운 것이다. 더구나 몸이 괴로울 때는!

P는 누더기 양복이나마 벗으려고도 아니하고 그대로 펴 두었던 이부자리 속에 몸을 파묻었다. 드러누우니 취기가 새삼스레 더하여 영영 옷 벗을 생각도 잊어버리고 그대로 잠이 들었다.

얼마를 자고 났는지 괴로워 부대끼다 못하여 잠이 깨었을 때는

• 방구들 온돌.

목이 타는 듯이 말랐다.

　물은 없다. 물이 없어 못 먹느니라 생각하니 목은 더 말랐다.

　밤은 어느 때나 되었는지 짐작할 수가 없다. 전등은 그대로 켜져 있다. 밖에서는 사람 지나다니는 발자국 소리도 들리지 아니한다. 전차 갈리는 소리도 들리지 아니하고 가끔가다가 자동차의 경적이 딴 세상의 소리같이 감감하게 들리어 온다.

　밤이 깊지 아니했으면 잠긴 안대문을 두드려 주인 노인에게라도 물을 청하겠지만 이 깊은 밤에 그리하기도 미안하다. 그것도 방세나 여일하게° 내었을세말이지 얼굴 대하기를 이편에서 피하는 판에 차마 못 할 일이다.

　물지게 장수의 삐득거리는 소리가 들리나 하고 귀를 기울였으나 감감히 소리가 없다.

　목은 더욱더욱 말라 들어온다. 입술이 바싹 마르고 입 안이 침기가 없고 목구멍이 바삭바삭 소리가 날 듯이 마르고, 그러고는 창자 속까지 말라 내려가는 듯하다.

　방금 미칠 듯하다.

　눈앞에 용용하게° 흘러가는 푸른 한강이 어릿어릿하고 쏴 쏟아지는 수통 꼭지가 보이는 듯하다.

　P는 배고픈 고비는 많이 겪어 보았으나 이대도록° 도 목마른 참은 당하기 처음이다.

　배는 고프면 기운이 없고 착 가라앉을 뿐이었지만 목이 극도로

● 여일하다 처음부터 끝까지 한결같다.
● 용용하다 흐르는 모양이 조용하고 질펀하다.
● 이대도록 '이다지'의 잘못. 이러한 정도로. 또는 이렇게까지.

마름에는 금시 미치고 후덕후덕 날뛸 것 같다.

일어나서 삼청동 꼭대기로 올라가면 산골짜기의 물도 있고 또 우물도 있기는 하다. 그러나 이 어두운 밤에 어디가 어딘지 보이지 아니할 테고 또 우물에는 두레박도 없을 것이다.

겨우겨우 참아 가며 몇 시간을 삐대었다. 실상 한 시간도 못 되는 동안이지만 P에게는 여러 시간인 듯만 싶었다.

그런 뒤에 겨우 물지게 소리를 듣고 그는 수통 있는 곳을 찾아 뛰어나갔다.

사정 이야기도 변변히 하지 아니하고 쏟아지는 수통 꼭지에 매달리어 한 동이는 되리시피 냉수를 들이켰다. 물장수가 어이가 없어 멀끔히 치어다보고만 있다가 P의 꾸벅하고 돌아서는 등 뒤에다 혀를 끌끌 찬다.

밥보다도 더 다급하게 그립던 물을 실컷 들이켜고 나니 찌뿌둥하게 엉킨 듯 불쾌하던 취기도 저으기* 걷히고 정신이 말쑥하여졌다.

P는 새삼스럽게 양복을 벗어 던지고 다시 자리에 파묻혔다. 이제는 잠이 싹 리나 달아나고 눈이 초랑초랑하여진다. 그러면서 어젯밤 일이 머리에 떠오른다.

그것은 마치 못 먹을 것을 먹은 것처럼 께름칙한 기억이다. 아무렇게나 씻어 넘겨 버리재도, 그러나 머리 한구석에 박혀 가지고 사라지려 하지 아니하는 어룽(반점)과 같다. 어떻게 해서라도 시원스러운 해석을 내리고라야 마음이 놓일 것 같다.

---

* 저으기 '적이'의 잘못. 꽤 어지간한 정도로.

정조 대가로 일금 20전을 부르는 여자…….

방금 세상에는 한 번 정조를 빼앗긴 것으로 목숨을 버려 자살하는 여자가 있다. 그러는 한편 '20전도 좋소.' 하는 여자가 있다.

여자의 정조가 그것을 잃었다고 자살을 하도록 그다지도 고귀한 것이라면 '20전에도 팔겠소.' 하는 여자가 눈을 멀끔멀끔 뜨고 살아 있는 사실은 무엇으로 설명할 것인가?

또 정조를 '20전에도 팔겠소.' 하는 여자가 있도록 그것이 아무렇지도 아니한 것이라면 그것을 한 번 빼앗긴 때문에 생명을 내버리는 여자가 있는 것은 무엇으로 설명할 것인가?

이 두 여자가 모두 건전한 양심의 소유자라고 볼 수는 없다.

그러나 그 가운데 나무라기로 들면 차라리 정조를 빼앗긴 것으로 자살한 여자를 나무랄 것이지 '20전에 팔겠소.' 하는 여자를 나무랄 수가 없다.

열여섯 살부터 시작하여 이래 삼 년이나 색주가 집으로 굴러다니는 여자다.

언제 누구에게 귀 떨어진 도덕관념이나 정당한 인생관을 얻어들은 적이 없을 것이다.

술잔을 들고 앉아 한 잔이라도 오는 손님에게 더 먹이어 한 푼어치라도 주인의 수입을 도와주면 칭찬이 오니 그만이다.

"고년 어여뿌다. 나하고 ××."

하고 손님이 말하면 그에 좇아 비록 조발(早發)*일지언정 생리적 만족을 얻는 한편 그야말로 단돈 20전이라도 벌면 그만이다.

---

* 조발 어떤 꽃이 다른 꽃보다 일찍 핌.

옆에서 그것을 시키기는 할지언정 그것이 나쁘다고 가르쳐 주는 사람이 있을 턱이 없는 것이다. 사실 일반 매춘부가 정조적으로 양심을 가진 듯이 보인다는 것은 그 대부분이 되레 한 가식에 지나지 못하는 것이다.

그것은 그들에게 있어서 일종의 정당성을 가진 노동인 것이다.

그러니까 그것을 보고 불쌍하다고 여기고 동정을 하는 것은 위문이 폐문이다.

지금 세상은 정당한 성도덕(性道德)이 서서 있는 때도 아니다.

그것은 한 세대에 여러 가지의 시대사조가 얼크러져 있는 때문이다. 그러니까 여자의 정조에 대하여도 일률적으로 선악과 시비를 가릴 수는 없는 것이다.

하룻밤 몸값을 ‘20전도 좋소.’ 하는 여자, 그에게는 다른 사람이 갖는 성도덕도 없고 따라서 자신을 타락이라서 슬퍼하지도 아니한다.

그 여자 자신을 나무랄 필요도 없는 것이요, 동정을 할 머리도 없는 것이다. 그 여자 자신은 결코 불쌍한 사람이 아니다.

예수의 사랑(?)도 아무리 그 사랑이 크고 넓다 했을지언정 그것은 ‘불쌍한 사람’, ‘죄지은 사람’에게 미칠 수 있는 것이다.

‘불쌍하지 아니한’, ‘죄짓지 아니한’ 동관의 색주가 계집에게는 누구의 동정이나 사랑도 일없는 것이다.

“뭣? 관념적이라고?”

• 위문이 폐문이다 위로하기 위해 방문한 것이 도리어 상대에게 폐가 된다.
• 머리 까닭이나 필요.

그렇다. 관념적이라도 할 수 없다. 그러나 그것은 그 여자의 주관을 객관화한 것이다. 그러니까 그것은 한 엄연한 현실이다.

(30자가량 삭제됨.)

또 그 병적 현실에 메스를 대는 것은 집단의 역사적 문제이지만 룸펜 인텔리의 결벽과 흥분쯤으로는 문제도 되지 아니한다.

다만 취객이 3원 각수[*]를 던져 주었음으로 해서 그 여자는 감격 없는 기쁨을 맛보았을 뿐일 것이다.

'이게 웬 떡이냐……. 어제저녁에 꿈이 괜찮더니 이런 땡을 잡을 영으루 그랬구나……. 웬 얼간망둥이[*]냐.'

그 계집애는 응당 그렇게밖에는 더 생각되지 아니하였을 것이다. 그것이 결코 무리가 없는 당연한 일이다.

P는 여기까지 생각하고 입맛 쓴 고소를 띠었다.

"흥! 되지 못하게……. 장님이 눈병 앓는 사람더러 불쌍하다고 한 셈인가."

P는 돌아누우면서 혀를 끌끌 찼다.

9

일천구백삼십사 년의 이 세상에도 기적이 있다.

그것은 P가 굶어 죽지 아니한 것이다. 그는 최근 일주일 동안

• 각수(角數) 돈을 '원' 단위로 셀 때, '원' 단위 아래에 남는 몇 전이나 몇십 전을 이르는 말.
• 얼간망둥이 얼간이.

돈이 생긴 데가 없다. 잡힐 것도 없었고 어디서 벌이를 한 적도 없다.

그렇다고 남의 집 문 앞에 가서 밥 한술 주시오 하고 구걸한 일도 없고 남의 것을 훔치지도 아니하였다.

그러나 그동안 굶어 죽지 아니하였다. 야위기는 하였지만 그래도 멀쩡하게 살아 있다. P와 같은 인생을 이 세상에 하나도 없이 싹 치운다면 근로하는 사람이 조금은 편해질는지도 모른다.

P가 소부르주아˙ 축에 끼이는 인텔리가 아니요 노동자였더라면 그동안 거지가 되었거나 비상수단을 썼을 것이다. 그러나 그에게는 그러한 용기도 없다. 그러면서도 죽지 아니하고 살아 있다. 그렇지만 죽기보다도 더 귀찮은 일은 그를 잠시도 해방시켜 주지 아니한다.

그의 아들 창선이를 올려 보낸다고 어제 편지가 왔고 오늘은 내일 아침에 경성역에 당도한다는 전보까지 왔다.

오정 때 전보를 받은 P는 갑자기 정신이 난 듯이 쩔쩔매고 돌아다니며 돈 마련을 하였다. 최소한도 20원은…… 하고 돌아다닌 것이 석양 때 겨우 15원이 변통되었다.

종로에서 풍로니 냄비니 양재기니 숟갈이니 무어니 해서 살림 나부랭이를 간단하게 장만하여 가지고 올라오는 길에 전에 잡지사에 있을 때 안 ××인쇄소의 문선˙ 과장을 찾아갔다.

월급도 일없고 다만 일만 가르쳐 주면 그만이니 어린아이 하나

˙ 소부르주아 노동자와 자본가의 중간 계급에 속하는 소시민.
˙ 문선(文選) 활판 인쇄에서 원고 내용대로 판에 넣을 활자를 골라 뽑는 일.

를 써 달라고 졸라 대었다.

A라는 그 문선과장은 요리조리 칭탈˚을 하던 끝에 ─ 그는 P가 누구 친한 사람의 집 어린애를 천거하는˚ 줄 알았던 것이다 ─

"보통학교나 마쳤나요?"

하고 물었다.

"아니요."

P는 솔직하게 대답하였다.

"나이 몇인데?"

"아홉 살."

"아홉 살?"

A는 놀라 반문을 하는 것이다.

"기왕 일을 배울 테면 아주 어려서부터 배워야지요."

"그래도 너무 어려서 원……. 뉘 집 애요?"

"내 자식 놈이랍니다."

P는 그래도 약간 얼굴이 붉어짐을 깨달았다. A는 이 말에 가장 놀라운 일을 보겠다는 듯이 입만 벌리고 한참이나 P를 물끄러미 바라다본다.

"왜? 내 자식이라고 공장에 못 보내란 법 있답디까?"

"아니, 정말 그래요?"

"정말 아니고?"

"괜히 실없는 소리! ……자제라고 해야 들여 줄 테니까 그러

● 칭탈(稱頉) 무엇 때문이라고 핑계를 댐.
● 천거하다 사람을 소개하거나 추천하다.

시지?"

"아니, 그건 그렇잖애요. 내 자식 놈야요."

"그럼 왜 공부를 시키잖구?"

"인쇄소 일 배우는 것도 공부지."

"그건 그렇지만 학교에 보내야지."

"학교에 보낼 처지도 못 되고 또 보낸댔자 사람 구실도 못 할 테니까……."

"거참 모를 일이요……. 우리 같은 놈은 이 짓을 해 가면서도 자식을 공부시키느라고 애를 쓰는데 되려 공부시킬 줄 아는 양반이 보통학교도 아니 마친 자제를 공장엘 보내요?"

"내가 학교 공부를 해 본 나머지 그게 못쓰겠으니까 자식은 딴 공부를 시키겠다는 것이지요."

"글쎄 정 그러시다면 내가 내 자식 진배없이 잘 데리고 있으면 서 일이나 착실히 가르쳐 드리리다마는……. 원 너무 어린데 애 차랍잖애요?"

"애차라운 거야 애비 된 내가 더하지오만 그것이 제게는 약이 니까……."

P는 당부와 치하를 하고 인쇄소를 나왔다. 한 짐 벗어 놓은 것 같이 몸이 가뜬하고 마음이 느긋하였다.

그는 집으로 올라가는 길에 싸전에 쌀 한 말을 부탁하고 호배 추*도 몇 통 사들였다. 그렁저렁 5원을 썼다.

10원 남은 숭에 쭈인 노인에게 6원을 내어 주니 입이 귀밑까

---

* 호배추 중국종의 배추. 또는 재래종에 대하여 개량한 결구배추를 이르는 말.

지 찢어진다. 그 끝에 P가 사온 호배추를 내어 주며 김치를 담가
달라고 하니 선선히 응낙한다. 그리고 자식을 데리고 자취를 하
겠다니까 깍두기야 간장이야 된장 같은 것을 아까운 줄 모르고
날라다 주곤 한다.

10

　이튿날 전에 없이 첫새벽에 일어난 P는 서투른 솜씨로 화롯밥
을 지어 놓고 정거장으로 나갔다.

　그의 형에게서 온 편지에 S라는 고향 사람이 서울 올라오는 길
에 따라 보낸다고 했으니까 P는 창선이보다도 더 낯이 익은 S를
찾았다.

　과연 차가 식식거리고 들어서매 인간을 뱉어 내놓는 찻간에서
S가 창선이를 데리고 두리번거리며 내려왔다.

　어디서 생겼는지 새까만 '고쿠라' 양복을 입고 이화표 붙은 학
생 모자를 쓰고 거기다가 보따리를 하나 지고 무엇 꾸린 것을 손
에 들고 차에서 내리는 어린아이……. 저게 내 자식이니라 생각
하니 P는 어쩐지 속으로 얼굴이 붉어지며 한편 가엾기도 하였다.

　S가 두 손에 짐을 가득 들고 두리번거리다가 가까이 온 P를 보
고 반겨 소리를 지른다. 창선이가 모자를 벗고 학교식으로 경례
를 한다. 얼굴을 자세히 보니 네댓 살 적에 보던 것보다 더한층

• 고쿠라 두꺼운 무명 직물을 뜻하는 일본어.

저의 외가를 닮았다. P는 그것이 몹시 불만하였다.

"그새 재미나 좋았나?"

S의 하는 첫인사다.

"멀 그저 그렇지……. 괜한 산 짐을 지고 오느라고 애썼네."

P는 이렇게 인사 겸 치하를 하였다.

"원 천만에! ……그 애가 나이는 어려도 어떻게 속이 찼는 지……. 너 늬 아버지 알아보겠니?"

S는 창선이를 돌아보며 웃는다. 창선이는 고개를 숙이고 수줍은지 아무 대답도 아니한다.

P는 S와 창선이를 데리고 구름다리로 올라왔다.

"저의 외할머니가 저 양복이야 떡이야 모다 해 가지고 자네 댁에까지 오셨더라네……. 오서서 어제 떠나는데 정거장까지 나오셨는데 여러 가지 신신당부를 하시데……. 자네에게 전하라고."

S는 P가 그다지 듣고 싶지도 아니한 이야기를 뒤따라오며 늘어놓는다. 그의 가슴에는 옛날의 반감이 솟쳐 올랐다.

"별걱정 다 하든 게로군……. 내 자식 내가 어련히 할까 버 쫓아다니며 그래!"

"그래도 노인들이라 어데 그런가……. 객지에서 혼자 있는데 데리고 있기 정 불편하거든 당신에게로 도루 보내게 하라고 그러시데……."

"그 집에 내 자식이 무슨 상관이 있어서 보내라는 거야? ……보낼 테닌 그때 대려왔을라구……."

P는 그것이 모두 그와 갈린 아내의 조종인 줄 알기 때문에 더구나 심정이 났다. 화가 나는 대로 하면 어린아이가 입고 온 양복

도 벗겨 내던지고 싶었으나 꿀꺽 참았다.

11

일찍 맛보아 보지 못한 새살림을 P는 시작하였다.

창선이가 도착한 날 밤.

창선이는 아랫목에서 삭삭 잠을 자고 있다. 외롭게 꿈을 꾸고
있으려니 생각하매 전에 없던 애정이 솟아오르는 듯하였다.

이튿날 아침 일찍 창선이를 데리고 ××인쇄소에 가서 A에게
맡기고 안 내키는 발길을 돌이켜 나오는 P는 혼자 중얼거렸다.

"레디메이드 인생이 비로소 겨우 임자를 만나 팔리었구나."

1 **이 작품의 내용을 등장인물 중심으로 파악해 봅시다.**

P	농촌의 가난한 집안 출신으로 고등교육을 받은 지식인. 일찍 결혼하고 이혼하여 가족으로는 .... 직업은 ....
K	직업은 .... 일자리를 구하러 오는 지식인 청년들에게 ....
H	P와 M의 친구로 .... 을 전공했지만 취업을 하지 못함. 자신의 .... 을 잡혀 변통한 돈을 P, M과 함께 술집에서 탕진함.
( )	P와 H의 친구로 정치 경제학을 전공했지만 취업을 하지 못함. P, H와 함께 술집에 감.
( )	나이는 .... P의 아들로 아빠와 엄마가 이혼한 뒤 시골에 사는 큰아버지의 손에 길러짐. 보통학교도 다니지 못하다가 아버지가 있는 서울로 올라오게 됨. 아버지 의 손에 이끌려 학교 대신 ....

2 다음 상황에서 드러나는 일제 강점기 지식인들의 태도를 비판적으로 서술해 봅시다.

> 신문사 K사장은 일자리를 구하러 온 P에게 농촌에 가서 할 일을 찾으라고 말했어. 하지만 P가 자기 같은 사람이 농촌에 가서 무슨 일을 하느냐 물으니 아무 대답도 못 하지 뭐야.

➡

> 담배를 사러 간 P는 가게 주인이 값싼 담배를 내놓으려 하자 비싼 담배를 달라고 했어. 정작 자기는 방세와 세금도 밀린 상황인데 말이야.

➡

3 P는 아들 창선을 학교에 보내는 대신 인쇄소에 맡깁니다. 그 이유가 무엇이고 P의 속마음은 어떨지 헤아려 봅시다.

> 나는 오늘 아들 창선이를 인쇄소에 데려다주고 왔다.
> 왜냐하면 _____
>
> _____
>
> _____
>
> 아이를 맡기고 오니 내 마음은 _____
>
> _____
>
> _____

4 작가는 작중 인물의 이름을 P, K, M, H, S 등의 알파벳 이니셜로 제시하다가 P의 아들에게만 '창선'이라는 구체적인 이름을 붙입니다. 그 이유를 생각해 봅시다.

_____

_____

_____

_____

_____

채만식 「명일」, 현진건 「술 권하는 사회」

　채만식의 또 다른 소설 「명일」에는 「레디메이드 인생」의 P와 퍽 닮은 인물이 나옵니다. P가 아들을 인쇄소에 맡기고 나오며 "레디메이드 인생이 비로소 겨우 임자를 만나 팔리었구나."라고 읊조린다면, 「명일」에서 범수는 땅 팔아 공부해도 별수 없다고 후회하며 아들을 자동차 공장에 취직시킵니다. 채만식은 이 두 작품을 통해 1930년대 일제 치하에서 지식인들이 품었던 위기감을 다루면서 지식인의 자기비판과 자조, 무기력함 또한 동시에 풍자합니다.

　마찬가지로 일제 강점기를 살았던 작가 현진건은 「술 권하는 사회」에서 경제적으로 무능한 지식인의 모습을 그립니다. 주인공은 일본 동경으로 유학을 다녀왔고, 주인공의 아내는 남편이 유학에서 돌아오기만 하면 무엇이든 잘될 것이라 믿으며 그리움과 경제적 어려움을 견뎌 왔습니다. 그러나 일본에서 돌아온 남편은 일자리를 구하지 못하고, 날마다 한숨만 쉬며 몸도 점차 쇠약해져 갑니다. 그리고 거의 매일 밤 늦도록 술을 마시고 고주망태가 되어 집으로 돌아옵니다. 새벽 2시가 넘어 몸을 가누지 못할 정도로 많이 취하여 돌아온 남편은 아내에게 조선 사회가 자신에게 술을 권한다고 말합니다. 아내는 "그 몹쓸 사회가 왜 술을 권하는고!" 하고 쓸쓸해하지요.

　앞서 읽어 보았듯이 채만식의 「레디메이드 인생」에서도 P와 동무들은 술집을 전전합니다. 이들은 왜 자신이 해야 할 일, 할 수 있는 일을 찾지 못하고 방황할까요? 그리고 현실이 아무리 각박할지언정 술과 같은 유흥에 기대어 방황하는 지식인들의 모습이 정말 옳은 것일까요? 한편, 이 작품들은 모두 남성 지식인의 소외와 방황을 그리고 있기에 그 시대 여성들의 삶이 어떠했는지 헤아려 보는 것도 의미가 있습니다. 「레디메이드 인생」과 「명일」, 「술 권하는 사회」를 함께 읽으며 생각해 보면 좋겠습니다.

ooooooooooooooooo

봄·봄

xxxxxxxxxxxxxx

김유정

金裕貞(1908~1937) 소설가. 강원도 춘천에서 태어났다. 휘문고보를 거쳐 연희전문학교를 중퇴했다. 1935년 『조선일보』 신춘문예에 「소낙비」가, 『조선중앙일보』에 「노다지」가 당선되어 등단했으며, 29세의 나이로 요절하기까지 풍자와 해학이 생동하는 주옥같은 단편소설들을 남겼다. 주요 작품으로 「산골 나그네」 「금 따는 콩밭」 「만무방」 「봄·봄」 「동백꽃」 등이 있다.

강원도 춘천에는 우리나라 최초로 철도역에 실존 인물의 이름을 붙인 '김유정역'이 있습니다. 춘천에서 태어난 작가 김유정을 기념하는 역이지요. 김유정은 「금 따는 콩밭」, 「만무방」, 「봄·봄」, 「동백꽃」 등 풍자와 해학의 전통을 잇는 걸작들을 남겼습니다. 그의 소설은 고단하고 비참한 농촌 생활을 배경으로 삼으면서도 순진하고 어리숙한 인물들의 토속적이고 투박한 언어를 생생하고 정감 있게 옮겨 놓아 무척 재미있게 읽힙니다.

　일제의 수탈이 심화되고 농촌 경제가 황폐화된 1930년대 농촌에서 지주와 마름의 횡포는 더욱 극심해졌습니다. 1934년에 있었던 소작 쟁의만 해도 7천 5백 건이 넘는다니, 계층 간 갈등이 얼마나 심했는지를 알 수 있습니다. 아무리 농사를 지어도 가난에서 벗어날 수 없던 소작인들은 「만무방」에서처럼 자기가 농사지은 논의 벼를 훔치기도 하고, 「금 따는 콩밭」에서처럼 금맥을 찾아 삶의 터전을 파헤치기도 합니다.

　「봄·봄」은 1930년대 심각하고 무거웠던 농촌의 현실을 해학적 문체로 가볍고 재미나게 펼쳐 냅니다. 봄은 겨우내 묵혀 두었던 땅을 갈아 씨를 뿌리고, 모판에 모종을 키워 모내기를 준비하는 등 생동감이 넘치는 계절이지요. 할 일은 많지만 야릇한 꽃향기와 따스한 봄볕에 청춘들의 마음이 싱숭생숭해지기도 합니다. 「봄·봄」의 주인공 '나'도 마찬가지입니다. '나'는 사랑을 쟁취하기 위해 꾀병을 부리고, 장인의 바짓가랑이를 잡아채기도 합니다. 이를 통해 김유정은 고단한 현실과 부푼 희망이라는 역설적인 상황을 효과적으로 드러내지요. 혼인 빙자 노동력 착취에 걸려든 '나'와 데릴사위제의 허점을 이용해 무임금 머슴을 부리는 장인의 한판 승부. 과연 '나'는 점순이와 성례를 치를 수 있을까요? 어수룩하지만 뚝심 있는 1인칭 주인공의 내레이션이 주는 효과를 생각하며 '나'의 소박하고 진솔한 이야기를 들어 봅시다.

"장인님! 인젠 저⋯⋯."

　내가 이렇게 뒤통수를 긁고 나이가 찼으니 성례°를 시켜 줘야 하지 않겠느냐고 하면 그 대답이 늘

　"이 자식아! 성례구 뭐구 미처 자라야지!"

하고 만다.

　이 자라야 한다는 것은 내가 아니라 장차 내 아내가 될 점순이의 키 말이다.

　내가 여기에 와서 돈 한 푼 안 받고 일하기를 삼 년하고 꼬박이 일곱 달 동안을 했다. 그런데도 미처 못 자랐다니까 이 키는 언제야 자라는 겐지 짜장° 영문 모른다. 일을 좀 더 잘해야 한다든지 혹은 밥을 (많이 먹는다고 노상 걱정이니까) 좀 덜 먹어야 한다든지 하면 나도 얼마든지 할 말이 많다. 하지만 점순이가 아직 어리니까 더 자라야 한다는 여기에는 어째 볼 수 없이 고만 벙벙하고 만다.

　이래서 나는 애최 계약이 잘못된 걸 알았다. 이태면 이태, 삼 년이면 삼 년, 기한을 딱 작정하고 일을 해야 원 할 것이다.° 덮어놓

● 성례(成禮) 혼인의 예식을 지냄.
● 짜장 과연 정말로.
● 원 할 것이다 '원래는 그래야 할 것이다'로 추정됨.

고 딸이 자라는 대로 성례를 시켜 주마 했으니 누가 늘 지키고 섰는 것도 아니고, 그 키가 언제 자라는지 알 수 있는가. 그리고 난 사람의 키가 무럭무럭 자라는 줄만 알았지 붙박이 키에 모로만 벌어지는 몸도 있는 것을 누가 알았으랴. 때가 되면 장인님이 어련하랴 싶어서 군소리 없이 꾸벅꾸벅 일만 해 왔다. 그럼 말이다, 장인님이 제가 다 알아차려서

"어 참, 너 일 많이 했다. 고만 장가들어라."

하고 살림도 내주고 해야 나도 좋을 것이 아니냐. 시치미를 딱 떼고 도리어 그런 소리가 나올까 봐서 지레 펄펄 뛰고 이 야단이다. 명색이 좋아 데릴사위지 일하기에 싱겁기도 할뿐더러 이건 참 아무것도 아니다.

숙맥이 그걸 모르고 점순이의 키 자라기만 까맣게 기다리지 않았나.

언젠가는 하도 갑갑해서 자를 가지고 덤벼들어서 그 키를 한번 재 볼까 했다마는 우리는 장인님이 내외*를 해야 한다고 해서 마주 서 이야기도 한마디 하는 법 없다. 우물길에서 어쩌다 마주칠 적이면 겨우 눈어림으로 재 보고 하는 것인데 그럴 적마다 나는 저만치 가서

"제—미 키두!"

하고 논둑에다 침을 퉤 뱉는다. 아무리 잘 봐야 내 겨드랑(다른 사람보다 좀 크긴 하지만) 밑에서 넘을락 말락 밤낮 요 모양이다. 개돼지는 푹푹 크는데 왜 이리도 사람은 안 크는지, 한동안

---

* 내외(內外) 남의 남녀 사이에 서로 얼굴을 마주 대하지 않고 피함.

머리가 아프도록 궁리도 해 보았다. 아하, 물동이를 자꾸 이니까 뼈다귀가 옴츠러드나 보다 하고 내가 넌즛넌즛이 그 물을 대신 길어도 주었다. 뿐만 아니라 나무를 하러 가면 서낭당에 돌을 올려놓고

"점순이의 키 좀 크게 해 줍소사. 그러면 담엔 떡 갖다 놓고 고사드립죠니까."

하고 치성도 한두 번 드린 것이 아니다. 어떻게 돼먹은 킨지 이래도 막무가내니…….

그래 내 어저께 싸운 것이지 결코 장인님이 밉다든가 해서가 아니다.

모를 붓다가° 가만히 생각을 해 보니까 또 싱겁다. 이 벼가 자라서 점순이가 먹고 좀 큰다면 모르지만 그렇지도 못할 걸 내 심어서 뭘 하는 거냐. 해마다 앞으로 축 거불지는° 장인님의 아랫배(가 너무 먹은 걸 모르고 내병°이라나, 그 배)를 불리기 위하여 심곤 조금도 싶지 않다.

"아이구 배야!"

난 몰 붓다 말고 배를 쓰다듬으면서 그대로 논둑으로 기어올랐다. 그리고 겨드랑에 꼈던 벼 담긴 키°를 그냥 땅바닥에 털썩, 떨어치며 나도 털썩 주저앉았다. 일이 암만 바빠도 나 배 아프면 고만이니까. 아픈 사람이 누가 일을 하느냐. 파릇파릇 돋아 오른 풀

• 모를 붓다 못자리를 만들어 볍씨를 뿌리다.
• 거불지다 둥글고 두두룩하게 툭 비어져 나오다.
• 내병 속병. 위장병.
• 키 곡식 따위를 까불러 쭉정이나 티끌을 골라내는 도구.

한 숲°을 뜯어 들고 다리의 거머리를 쓱쓱 문대며 장인님의 얼굴을 쳐다보았다.

논 가운데서 장인님도 이상한 눈을 해 가지고 한참 날 노려보더니

"너 이 자식, 왜 또 이래 응?"

"배가 좀 아파서유!"

하고 풀 위에 슬며시 쓰러지니까 장인님은 약이 올랐다. 저도 논에서 철벙철벙 둑으로 올라오더니 잡은 참 내 먹살을 움켜잡고 뺨을 치는 것이 아닌가.

"이 자식아, 일허다 말면 누굴 망해 놀 셈속이냐. 이 대가릴 까놀 자식!"

우리 장인님은 약이 오르면 이렇게 손버릇이 아주 못됐다. 또 사위에게 이 자식 저 자식 하는 이놈의 장인님은 어디 있느냐. 오죽해야 우리 동리에서 누굴 물론하고 그에게 욕을 안 먹는 사람은 명이 짧다 한다. 조그만 아이들까지도 그를 돌아 세 놓고 욕필이(본이름이 봉필이니까), 욕필이 하고 손가락질을 할 만치 두루 인심을 잃었다. 허나 인심을 정말 잃었다면 욕보다 읍의 배 참봉댁 마름°으로 더 잃었다. 번히 마름이란 욕 잘하고, 사람 잘 치고, 그리고 생김 생기길 호박개° 같아야 쓰는 거지만 장인님은 외양이 똑 됐다. 작인°이 닭 마리나 좀 보내지 않는다든가 애벌논° 때

° 숲 '술'의 사투리. 풀이나 머리털 따위의 부피나 분량.

° 마름 지주를 대리하여 소작지를 관리하는 사람.

° 호박개 뼈대가 굵고 털이 북실북실한 개.

° 작인 소작인. 다른 사람의 농지를 빌려 농사를 짓고 그 대가를 지급하는 사람.

° 애벌논 첫 김매기를 한 논. 여기서는 '논을 처음 맬'의 뜻.

품을 좀 안 준다든가 하면 그해 가을에는 영락없이 땅이 뚝뚝 떨어진다. 그러면 미리부터 돈도 먹이고 술도 먹이고 안달재신으로 돌아치던 놈이 그 땅을 슬쩍 돌라안는다. 이 바람에 장인님 집 빈 외양간에는 눈깔 커다란 황소 한 놈이 절로 엉금엉금 기어들고, 동리 사람은 그 욕을 다 먹어 가면서도 그래도 굽실굽실하는 게 아닌가.

그러나 내겐 장인님이 감히 큰소리할 계제가 못 된다.

뒷생각은 못 하고 뺨 한 개를 딱 때려 놓고는 장인님은 무색해서 덤덤히 쓴침만 삼킨다. 난 그 속을 퍽 잘 안다. 조금 있으면 갈도 꺾어야 하고 모도 내야 하고, 한창 바쁜 때인데 나 일 안 하고 우리 집으로 그냥 가면 고만이니까. 작년 이맘때도 트집을 좀 하니까 늦잠 잔다고 돌멩이를 집어 던져서 자는 놈의 발목을 삐게 해 놨다. 사날씩이나 건성 끙끙 앓았더니 종당에는 거반 울상이 되지 않았는가.

"얘, 그만 일어나 일 좀 해라, 그래야 올 갈에 벼 잘되면 너 장가 들지 않니?"

그래 귀가 번쩍 뜨여서 그날로 일어나서 남이 이틀 품 들일 논을 혼자 삶아 놓으니까 장인님도 눈깔이 커다랗게 놀랐다. 그럼 정말로 가을에 와서 혼인을 시켜 줘야 온 경위가 옳지 않겠나. 볏섬을 척척 들여쌓아도 다른 소리는 없고 물동이를 이고 들어오

• 안달재신 몹시 속을 태우며 여기저기로 다니는 사람.
• 돌라안다 남의 것을 빼돌려 가지다.
• 갈 갈참나무의 잎.
• 논을 삶다 논밭의 흙을 써레로 썰고 나래로 골라 무르고 보드랍게 만들다.

는 점순이를 담배통으로 가리키며

"이 자식아, 미처 커야지 조걸 데리구 무슨 혼인을 한다구 그러니 온!"

하고 남 낯짝만 붉게 해 주고 고만이다. 골김에° 그저 이놈의 장인님 하고 댓돌에다 메꽂고 우리 고향으로 내뺄까 하다가 꾹꾹 참고 말았다.

참말이지 난 이 꼴 하고는 집으로 차마 못 간다. 장가를 들러 갔다가 오죽 못났어야 그대로 쫓겨 왔느냐고 손가락질을 받을 테니까.

논둑에서 벌떡 일어나 한풀 죽은 장인님 앞으로 다가서며

"난 갈 테야유, 그동안 사경° 쳐 내슈 뭐."

"너 사위로 왔지 어디 머슴 살러 왔니?"

"그러면 얼찐° 성렐 해 줘야 안 하지유, 밤낮 부려만 먹구 해 준다 해 준다……."

"글쎄, 내가 안 하는 거냐, 그년이 안 크니까."

하고 어름어름 담배만 담으면서 늘 하는 소리를 또 늘어놓는다.

이렇게 따져 나가면 언제든지 늘 나만 밑지고 만다. 이번엔 안 된다 하고 대뜸 구장°님한테로 단판 가자고 소맷자락을 내끌었다.

"아 이 자식이 왜 이래 어른을."

• 골김에 비위에 거슬리거나 마음이 언짢아서 성이 난 김에.
• 사경 주인이 머슴에게 주는 한 해 농사일의 대가.
• 얼찐 얼른.
• 구장 예전에, 시골 동네의 우두머리를 이르던 말.

안 간다고 뻗디디고 이렇게 호령은 제 맘대로 하지만 장인님 제가 내 기운은 못 당한다. 막 부려 먹고 딸은 안 주고, 게다 땅땅 치는 건 다 뭐야.

그러나 내 사실 참 장인님이 미워서 그런 것은 아니다.

그 전날 왜 내가 새고개 맞은 봉우리 화전밭을 혼자 갈고 있지 않았느냐. 밭 가생이로 돌 적마다 야릇한 꽃내가 물컥물컥 코를 찌르고 머리 위에서 벌들은 가끔 붕붕 소리를 친다. 바위틈에서 샘물 소리밖에 안 들리는 산골짜기니까 맑은 하늘의 봄볕은 이불 속같이 따스하고 꼭 꿈꾸는 것 같다. 나는 몸이 나른하고 몸살(을 아직 모르지만 병)이 나려고 그러는지 가슴이 울렁울렁하고 이랬다.

"어러이! 말이! 맘 마 마……."

이렇게 노래를 하며 소를 부리면 여느 때 같으면 어깨가 으쓱으쓱한다. 웬일인지 밭 반도 갈지 않아서 온몸의 맥이 풀리고 대고 짜증만 난다. 공연히 소만 들입다 두들기며 ―

"안야! 안야! 이 망할 자식의 소(장인님의 소니까) 대리*를 꺾어 들라."

그러나 내 속은 정말 안야 때문이 아니라 점심을 이고 온 점순이의 키를 보고 울화가 났던 것이다.

점순이는 뭐 그리 썩 이쁜 계집애는 못 된다. 그렇다고 또 개떡이냐 하면 그런 것도 아니고 꼭 내 아내가 돼야 할 만치 그저 툽툽하게 생긴 얼굴이다. 나보디 십 년이 아래니까 올에 열여섯인

• 대리 '다리'의 사투리.

데 몸은 남보다 두 살이나 덜 자랐다. 남은 잘도 헌칠히들 크건만 이건 위아래가 몽톡한 것이 내 눈에는 헐없이˙ 감참외˙ 같다. 참외 중에는 감참외가 젤 맛 좋고 이쁘니까 말이다. 둥글고 커단 눈은 서글서글하니 좋고, 좀 짓처 찢어졌지만 입은 밥술이나 혹혹히 먹음 직하니 좋다. 아따, 밥만 많이 먹게 되면 팔자는 고만 아니냐. 한데 한 가지 파˙가 있다면 가끔가다 몸이 (장인님은 이걸 채신˙이 없이 들까분다고 하지만) 너무 빨리빨리 논다. 그래서 밥을 나르다가 때 없이 풀밭에다 깨빡을 쳐서˙ 흙투성이 밥을 곧잘 먹인다. 안 먹으면 무안해할까 봐서 이걸 씹고 앉았노라면 으적으적 소리만 나고 돌을 먹는 겐지 밥을 먹는 겐지…….

그러나 이날은 웬일인지 성한 밥째로 밭머리에 곱게 내려놓았다. 그리고 또 내외를 해야 하니까 저만큼 떨어져 이쪽으로 등을 향하고 옹크리고 앉아서 그릇 나기를 기다린다.

내가 다 먹고 물러섰을 때 그릇을 와서 챙기는데 그런데 난 깜짝 놀라지 않았느냐. 고개를 푹 숙이고 밥함지˙에 그릇을 포개면서 나더러 들으라는지 혹은 제 소린지

"밤낮 일만 하다 말 텐가!"

하고 혼자서 쫑알거린다. 고대 잘 내외하다가 이게 무슨 소린가 하고 난 정신이 얼떨떨했다. 그러면서도 한편 무슨 좋은 수나 있

˙ 헐없이 영락없이.
˙ 감참외 참외의 하나. 속이 잘 익은 감같이 붉고 맛이 좋음.
˙ 파(破) 사람의 결점.
˙ 채신 '처신'을 낮잡아 이르는 말.
˙ 깨빡을 치다 깻박치다. 그릇 따위를 떨어뜨려 속에 있던 것이 산산이 흩어지게 만들다.
˙ 밥함지 밥을 담는 데 쓰는 나무그릇.

는가 싶어서 나도 공중을 대고 혼잣말로

"그럼 어떻게?"

하니까

"성례시켜 달라지 뭘 어떻게."

하고 되알지게 쏘아붙이고 얼굴이 발개져서 산으로 그저 도망질을 친다.

나는 잠시 동안 어떻게 되는 심판*인지 맥을 몰라서 그 뒷모양만 덤덤히 바라보았다.

봄이 되면 온갖 초목이 물이 오르고 싹이 트고 한다. 사람도 아마 그런가 보다 하고 며칠 내에 부쩍 (속으로) 자란 듯싶은 점순이가 여간 반가운 것이 아니다.

이런 걸 멀쩡하게 아직 어리다고 하니까…….

우리가 구장님을 찾아갔을 때 그는 싸리문 밖에 있는 돼지우리에서 죽을 퍼 주고 있었다. 서울엘 좀 갔다 오더니 사람은 점잖아야 한다고 윗수염이(얼른 보면 지붕 위에 앉은 제비 꼬랑지 같다.) 양쪽으로 뾰족이 뻗치고 그걸 애햄 하고 늘 쓰담는 손버릇이 있다. 우리를 멀뚱히 쳐다보고 미리 알아챘는지

"왜 일들 허다 말구 그래?"

하더니 손을 올려서 그 애햄을 한 번 후딱 했다.

"구장님! 우리 장인님과 츰에 계약하기를…….."

먼저 덤비는 장인님을 뒤로 떠다밀고 내가 허둥지둥 달려들다가 가민히 생각하고

• 심판 '셈판'의 사투리. 어떤 일이 벌어진 형편이나 원인.

"아니 우리 빙장"님과 츰에."

하고 첫 번부터 다시 말을 고쳤다. 장인님은 빙장님 해야 좋아하고 밖에 나와서 장인님 하면 괜스레 골을 내려고 든다. 뱀도 뱀이라야 좋냐구, 창피스러우니 남 듣는 데는 제발 빙장님, 빙모"님 하라고 일상 말조짐"을 받아 오면서 난 그것도 자꾸 잊는다. 당장도 장인님 하다 옆에서 내 발등을 꾹 밟고 곁눈질을 흘기는 바람에야 겨우 알았지만……

구장님도 내 이야기를 자세히 듣더니 퍽 딱한 모양이었다. 하기야 구장님뿐만 아니라 누구든지 다 그럴 게다. 길게 길러 둔 새끼손톱으로 코를 후벼서 저리 탁 튀기며

"그럼 봉필 씨! 얼른 성렐 시켜 주구려, 그렇게까지 제가 하구 싶다는걸."

하고 내 짐작대로 말했다. 그러나 이 말에 장인님이 삿대질로 눈을 부라리고

"아 성례구 뭐구 기집애 년이 미처 자라야 할 게 아닌가?"

하니까 고만 멀쑥해서 입맛만 쩍쩍 다실 뿐이 아닌가.

"그것두 그래!"

"그래, 거진 사 년 동안에도 안 자랐다니 그 킨 은제 자라지유? 다 구만두구 사경 내슈."

"글쎄, 이 자식아! 내가 크질 말라구 그랬니, 왜 날 보구 떼냐?"

"빙모님은 참새만 한 것이 그럼 어떻게 앨 낳지유?"(사실 장모

• 빙장 원래는 다른 사람의 장인을 일컫는 말. 여기서는 말하는 이의 장인을 뜻함.
• 빙모 장모.
• 말조짐 말조심.

252 • 봄·봄

님은 점순이보다도 귓배기 하나가 작다.)

장인님은 이 말을 듣고 껄껄 웃더니 (그러나 암만해도 돌 씹은 상이다.) 코를 푸는 척하고 날 은근히 곯리려고 팔꿈치로 옆갈비께를 퍽 치는 것이다. 더럽다. 나도 종아리의 파리를 쫓는 척하고 허리를 구부리며 어깨로 그 궁둥이를 쾅 떠밀었다. 장인님은 앞으로 우찔근하고 싸리문께로 쓰러질 듯하다 몸을 바로 고치더니 눈총을 몹시 쏘았다. 이런 쌍년의 자식, 하곤 싶으나 남의 앞이라서 차마 못 하고 섰는 그 꼴이 보기에 퍽 쟁그라웠다.•

그러나 이 말에는 별반 신통한 귀정•을 얻지 못하고 도로 논으로 돌아와서 모를 부었다. 왜냐면 장인님이 뭐라고 귓속말로 수군수군하고 간 뒤다. 구장님이 날 위해서 조용히 데리고 아래와 같이 일러 주었기 때문이다.(뭉태의 말은 구장님이 장인님에게 땅 두 마지기 얻어 부치니까 그래 꾀었다고 하지만 난 그렇게 생각 않는다.)

"자네 말두 하기야 옳지. 암, 나이 찼으니까 아들이 급하다는 게 잘못된 말은 아니야. 허지만 농사가 한창 바쁠 때 일을 안 한다든가 집으로 달아난다든가 하면 손해죄루 그것두 징역을 가거든! (여기에 그만 정신이 번쩍 났다.) 웨 요전에 삼포말서 산에 불 좀 놓았다구 징역 간 거 못 봤나. 제 산에 불을 놓아두 징역을 가는 이땐데 남의 농사를 버려 주니 죄가 얼마나 더 중한가. 그리고 자넨 정장•을(사경 받으러 정장 가겠다 했다.) 간대지만 그러면 괜

• 쟁그랍다 미운 사람이 실수하여 몹시 고소하다.
• 귀정 그릇되었던 일이 바른길로 돌아옴. 여기서는 '판결'을 뜻함.
• 정장 관청에 소장을 냄.

시리 쬘 들쓰고 들어가는 걸세. 또 결혼두 그렇지. 법률에 성년이란 게 있는데 스물하나가 돼야지 비로소 결혼을 할 수가 있는 걸세. 자넨 물론 아들이 늦일 걸 염려지만 점순이루 말하면 인제 겨우 열여섯이 아닌가. 그렇지만 아까 빙장님의 말씀이 올 갈에는 열 일을 제치고라두 성례를 시켜 주겠다 하시니 좀 고마울 겐가. 빨리 가서 모 붓던 거나 마저 붓게, 군소리 말구 어서 가!"

그래서 오늘 아침까지 끽소리 없이 왔다.

장인님과 내가 싸운 것은 지금 생각하면 전혀 뜻밖의 일이라 안 할 수 없다. 장인님으로 말하면 요즈막 작인들에게 행세를 좀 하고 싶다고 해서

"돈 있으면 양반이지 별게 있느냐!"

하고 일부러 아랫배를 툭 내밀고 걸음도 뒤틀리게 걷고 하는 이판이다. 이까짓 나쯤 뚜들기다 남의 땅을 가지고 모처럼 닦아 놓았던 가문을 망친다든지 할 어른이 아니다. 또 나로 논지면• 아무쪼록 잘 봬서 점순이에게 얼른 장가를 들어야 하지 않느냐.

이렇게 말하자면 결국 어젯밤 뭉태네 집에 마을• 간 것이 썩 나빴다. 낮에 구장님 앞에서 장인님과 내가 싸운 것을 어떻게 알았는지 대고 빈정거리는 것이 아닌가.

"그래 맞구두 그걸 가만둬?"

"그럼 어떡허니?"

"임마, 봉필일 모판에다 거꾸루 박아 놓지 뭘 어떡해?"

• 논지면 말하자면.
• 마을 이웃에 놀러 다니는 일.

하고 괜히 내 대신 화를 내 가지고 주먹질을 하다 등잔까지 쳤다. 놈이 본시 괄괄은 하지만 그래 놓고 나더러 석윳값을 물라고 막 지다위®를 붓는다. 난 어안이 벙벙해서 잠자코 앉았으니까 저만 연신 지껄이는 소리가 —

"밤낮 일만 해 주구 있을 테냐?"

"영득이는 일 년을 살구두 장갈 들었는데 넌 사 년이나 살구두 더 살아야 해?"

"네가 세 번째 사위 줄이나 아니? 세 번째 사위."

"남의 일이라두 분하다 이 자식아, 우물에 가 빠져 죽어."

나중에는 겨우 손톱으로 목을 따라고까지 하고 제 아들같이 함부로 혹닥이었다.® 별의별 소리를 다 해서 그대로 옮길 수는 없으나 그 줄거리는 이렇다.

우리 장인님이 딸이 셋이 있는데 맏딸은 재작년 가을에 시집을 갔다. 정말은 시집을 간 것이 아니라 그 딸도 데릴사위를 해 가지고 있다가 내보냈다. 그런데 딸이 열 살 때부터 열아홉, 즉 십 년 동안에 데릴사위를 갈아들이기를, 동리에선 사위 부자라고 이름이 났지마는 열네 놈이란 참 너무 많다. 장인님이 아들은 없고 딸만 있는 고로 그담 딸을 데릴사위를 해 올 때까지는 부려 먹지 않으면 안 된다. 물론 머슴을 두면 좋지만 그건 돈이 드니까, 일 잘하는 놈을 고르느라고 연방 바꿔 들였다. 또 한편 놈들이 욕만 줄창 퍼붓고 심히도 부려 먹으니까 뱉이 상해서 달아나기도 했

• 지다위 남에게 등을 대고 의지하거나 떼를 씀.

• 혹닥이다 세차게 다그치며 들볶다.

겠지. 점순이는 둘째 딸인데 내가 일테면 그 세 번째 데릴사위로 들어온 셈이다. 내 담으로 네 번째 놈이 들어올 것을 내가 일도 참 잘하고 그리고 사람이 좀 어수룩하니까 장인님이 잔뜩 붙들고 놓질 않는다. 셋째 딸이 인제 여섯 살, 적어도 열 살은 돼야 데릴사위를 할 테므로 그동안은 죽도록 부려 먹어야 된다. 그러니 인제는 속 좀 차리고 장가를 들여 달라고 떼를 쓰고 나자빠져라, 이것이다.

나는 건으로˙ 엉, 엉 하며 귓등으로 들었다. 뭉태는 땅을 얻어 부치다가 떨어진 뒤로는 장인님만 보면 공연히 못 먹어서 으릉거린다. 그것도 장인님이 저 달라고 할 적에 제집에서 위한다는 그 감투(예전에 원님이 쓰던 것이라나, 옆구리에 뽕뽕 좀먹은 걸레)를 선뜻 주었더면 그럴 리도 없었던 걸…….

그러나 나는 뭉태란 놈의 말을 전수이˙ 곧이듣지 않았다. 꼭 곧이들었다면 간밤에 와서 장인님과 싸웠지 무사히 있었을 리가 없지 않은가. 그러면 딸에게까지 인심을 잃은 장인님이 혼자 나빴다.

실토이지 나는 점순이가 아침상을 가지고 나올 때까지는 오늘은 또 얼마나 밥을 담았나 하고 이것만 생각했다. 상에는 된장찌개하고 간장 한 종지, 조밥 한 그릇, 그리고 밥보다 더 수부룩하게 담은 산나물이 한 대접, 이렇다. 나물은 점순이가 틈틈이 해오니까 두 대접이고 네 대접이고 멋대로 먹어도 좋으나 밥은 장

˙건으로 **건성으로.**
˙전수이 **모두 다.**

인님이 한 사발 외엔 더 주지 말라고 해서 안 된다. 그런데 점순이가 그 상을 내 앞에 내려놓으며 제 말로 지껄이는 소리가

"구장님한테 갔다 그냥 온담 그래!"

하고 엊그제 산에서와 같이 되우* 쫑알거린다. 딴은 내가 더 단단히 덤비지 않고 만 것이 좀 어리석었다, 속으로 그랬다. 나도 저쪽 벽을 향하여 외면하면서 내 말로

"안 된다는 걸 그럼 어떡헌담!"

하니까

"쇰*을 잡아채지 그냥 뒤, 이 바보야?"

하고 또 얼굴이 빨개지면서 성을 내며 안으로 샐쭉하니 튀 들어가지 않느냐. 이때 아무도 본 사람이 없었게 망정이지 보았다면 내 얼굴이 에미 잃은 황새 새끼처럼 가엾다 했을 것이다.

사실 이때만치 슬펐던 일이 또 있었는지 모른다. 다른 사람은 암만 못생겼다 해도 괜찮지만 내 아내 될 점순이가 병신으로 본다면 참 신세는 따분하다. 밥을 먹은 뒤 지게를 지고 일터로 가려하다 도로 벗어 던지고 바깥마당 공석* 위에 드러누워서 나는 차라리 죽느니만 같지 못하다 생각했다.

내가 일 안 하면 장인님 저는 나이가 먹어 못 하고 결국 농사 못 짓고 만다. 뒷짐으로 트림을 꿀꺽, 하고 대문 밖으로 나오다 날 보고서

"이 자식아! 너 웨 또 이러니?"

• 되우 아주 몹시.
• 쇰 '수염'의 사투리.
• 공석 아무것도 담지 않은 빈 섬. '섬'은 곡식 따위를 담기 위하여 짚으로 엮어 만든 자루.

"관객˚이 났어유, 아이구 배야!"

"기껀 밥 처먹구 나서 무슨 관객이야, 남의 농사 버려 주면 이 자식아 징역 간다 봐라!"

"가두 좋아유, 아이구 배야!"

참말 난 일 안 해서 징역 가도 좋다 생각했다. 일후˚ 아들을 낳아도 그 앞에서 바보, 바보 이렇게 별명을 들을 테니까 오늘은 열쪽이 난대도 결정을 내고 싶었다.

장인님이 일어나라고 해도 내가 안 일어나니까 눈에 독이 올라서 저편으로 횡허케 가더니 지게막대기를 들고 왔다. 그리고 그걸로 내 허리를 마치 돌 떠넘기듯이 쿡 찍어서 넘기고 넘기고 했다. 밥을 잔뜩 먹고 딱딱한 배가 그럴 적마다 퉁겨지면서 밸창˚이 꼿꼿한 것이 여간 켕기지 않았다. 그래도 안 일어나니까 이번에는 배를 지게막대기로 위에서 쿡쿡 찌르고 발길로 옆구리를 차고 했다. 장인님은 원체 심청˚이 궂어서 그러지만 나도 저만 못하지 않게 배를 채었다. 아픈 것을 눈을 꽉 감고 넌 해라 난 재미난 듯이 있었으나 볼기짝을 후려갈길 적에는 나도 모르는 결에 벌떡 일어나서 그 수염을 잡아챘다마는 내 골이 난 것이 아니라 정말은 아까부터 뷕˚ 뒤 울타리 구멍으로 점순이가 우리들의 꼴을 몰래 엿보고 있었기 때문이다. 가뜩이나 말 한마디 톡톡히 못 한다고 바보라는데 매까지 잠자코 맞는 걸 보면 짜장 바보로 알 게

● 관객 관격. 음식이 급하게 체하여 난 병.
● 일후 뒷날.
● 밸창 배알, 창자를 이르는 비속한 말.
● 심청 '심술'의 사투리.
● 뷕 '부엌'의 준말.

아닌가. 또 점순이도 미워하는 이까짓 놈의 장인님, 나곤 아무것
도 안 되니까 막 때려도 좋지만 사정 보아서 수염만 채고(제 원
대로 했으니까 이때 점순이는 퍽 기뻤겠지.) 저기까지 잘 들리
도록

"이걸 까셀라˚ 부다!"

하고 소리를 쳤다.

　장인님은 더 약이 바짝 올라서 잡은 참 지게막대기로 내 어깨
를 그냥 내리갈겼다. 정신이 다 아찔하다. 다시 고개를 들었을 때
그때엔 나도 온몸에 약이 올랐다. 이 녀석의 장인님을, 하고 눈에
서 불이 퍽 나서 그 아래 밭 있는 낭˚ 아래로 그대로 떠밀어 굴려
버렸다. 조금 있다가 장인님이 씩씩하고 한번 해보려고 기어오
르는 걸 얼른 또 떠밀어 굴려 버렸다.

　기어오르면 굴리고 굴리면 기어오르고 이러길 한 너덧 번을 하
며 그럴 적마다

"부려만 먹구 웨 성례 안 하지유!"

　나는 이렇게 호령했다. 하지만 장인님이 선뜻 오냐 낼이라도
성례시켜 주마 했으면 나도 성가신 걸 그만두었을지 모른다. 나
야 이러면 때린 건 아니니까 나중에 장인 쳤다는 누명도 안 들을
터이고 얼마든지 해도 좋다.

　한번은 장인님이 헐떡헐떡 기어서 올라오더니 내 바짓가랑이
를 요렇게 노리고서 단박 움켜잡고 매달렸다. 악, 소리를 치고 나

˚ 까세다 세차게 치다.
˚ 낭 '둔덕'의 사투리. 논밭들이 두두룩하게 언덕진 곳.

는 그만 세상이 다 팽그르 도는 것이

"빙장님! 빙장님! 빙장님!"

"이 자식! 잡어먹어라, 잡어먹어!"

"아! 아! 할아버지! 살려 줍쇼, 할아버지!"

하고 두 팔을 허둥지둥 내절 적에는 이마에 진땀이 쭉 내솟고 인 젠 참으로 죽나 보다 했다. 그래도 장인님은 놓질 않더니 내가 기어이 땅바닥에 쓰러져서 거진 까무러치게 되니까 놓는다. 더럽다, 더럽다. 이게 장인님인가, 나는 한참을 못 일어나고 쩔쩔맸다. 그러다 얼굴을 드니(눈에 참 아무것도 보이지 않았다.) 사지가 부르르 떨리면서 나도 엉금엉금 기어가 장인님의 바짓가랑이를 꽉 움키고 잡아낚았다.

내가 머리가 터지도록 매를 얻어맞은 것이 이 때문이다. 그러나 여기가 또한 우리 장인님이 유달리 착한 곳이다. 어느 사람이면 사경을 주어서라도 당장 내쫓았지 터진 머리를 불솜°으로 손수 지져 주고, 호주머니에 희연° 한 봉을 넣어 주고 그리고

"올 갈엔 꼭 성례를 시켜 주마, 암말 말구 가서 뒷골의 콩밭이나 얼른 갈아라."

하고 등을 뚜덕여 줄 사람이 누구냐.

나는 장인님이 너무나 고마워서 어느덧 눈물까지 났다. 점순이를 남기고 인젠 내쫓기려니 하다 뜻밖의 말을 듣고

"빙장님! 인제 다시는 안 그러겠어유!"

• 불솜 상처를 소독하기 위하여 불에 그슬린 솜방망이.
• 희연 일제 강점기 때, 담배 상표 중 하나.

이렇게 맹서를 하며 부랴사랴° 지게를 지고 일터로 갔다.

그러나 이때는 그걸 모르고 장인님을 원수로만 여겨서 잔뜩 잡아당겼다.

"아! 아! 이놈아! 놔라, 놔, 놔."

장인님은 헛손질을 하며 솔개미°에 챈 닭의 소리를 연해 질렀다. 놓긴 왜, 이왕이면 호되게 혼을 내 주리라 생각하고 짓궂이 더 당겼다마는 장인님이 땅에 쓰러져서 눈에 눈물이 피잉 도는 것을 알고 좀 겁도 났다.

"할아버지! 놔라, 놔, 놔, 놔놔."

그래도 안 되니까

"애 점순아! 점순아!"

이 악장°에 안에 있었던 장모님과 점순이가 헐레벌떡하고 단숨에 뛰어나왔다.

나의 생각에 장모님은 제 남편이니까 역성°을 할는지도 모른다, 그러나 점순이는 내 편을 들어서 속으로 고소해서 하겠지. 대체 이게 웬 속인지(지금까지도 난 영문을 모른다.) 아버질 혼내주기는 제가 내래 놓고 이제 와서는 달려들며

"에그머니! 이 망할 게 아버지 죽이네!"

하고 내 귀를 뒤로 잡아당기며 마냥 우는 것이 아니냐. 그만 여기에 기운이 탁 꺾이어 나는 얼빠진 등신이 되고 말았다. 장모님도

° 부랴사랴 매우 부산하고 급하게 서두르는 모양.
° 솔개미 '솔개'의 사투리.
° 악장 악을 쓰며 싸움.
° 역성 옳고 그름에는 관계없이 무조건 한쪽 편을 들어 주는 일.

덤벼들어 한쪽 귀마저 뒤로 잡아채면서 또 우는 것이다.

이렇게 꼼짝 못 하게 해 놓고 장인님은 지게막대기를 들어서 사뭇 내리조겼다.゜ 그러나 나는 구태여 피하려지도 않고 암만해도 그 속 알 수 없는 점순이의 얼굴만 멀거니 들여다보았다.

"이 자식! 장인 입에서 할아버지 소리가 나오도록 해?"

゜ 내리조기다 '냅다 두들기거나 때리다'라는 뜻의 사투리.

1 이 작품을 읽고 시간 순서에 따라 아래의 사건을 재배열해 봅시다.

> ① 데릴사위로 점순이 집에 들어옴.
> ② 장인의 수염을 잡아챘다가 일이 커져 두들겨 맞음.
> ③ 점순이의 키가 크기를 바라며 물을 대신 길어 주기도 함.
> ④ 모를 붓다가 꾀병을 부려 장인에게 뺨 한 대를 맞음.
> ⑤ 뭉태네 집에 가서 장인을 헐뜯는 소리를 들음.
> ⑥ 점순이에게 '바보'라는 소리를 들음.
> ⑦ 구장 어른에게 봄 농사를 잘 지으라는 말을 들음.
> ⑧ 올가을에 성례를 시켜 준다는 장인의 말에 신이 나서 콩밭을 갈러 감.

__①__ ➡ _____ ➡ _____ ➡ _____ ➡ __⑤__ ➡ _____ ➡ _____ ➡ _____

2 다음 구절을 통해 추측할 수 있는 시대상을 서술해 봅시다.

> 번히 마름이란 욕 잘하고, 사람 잘 치고, 그리고 생김 생기길 호박개 같아야 쓰는 거지만 장인님은 외양이 똑 됐다. 작인이 닭 마리나 좀 보내지 않는다든가 애벌논 때 품을 좀 안 준다든가 하면 그해 가을에는 영락없이 땅이 뚝뚝 떨어진다. 그러면 미리부터 돈도 먹이고 술도 먹이고 안달재신으로 돌아치던 놈이 그 땅을 슬쩍 돌라안는다. 이 바람에 장인님 집 빈 외양간에는 눈깔 커다란 황소 한 놈이 절로 엉금엉금 기어들고, 동리 사람은 그 욕을 다 먹어 가면서도 그래도 굽실굽실하는 게 아닌가.

3 「봄·봄」의 계절적 배경인 봄은 마음이 들뜨는 동시에 농사 준비로 바쁜 시기입니다. 소설 앞부분에서 드러난 등장인물의 속마음을 정리해 보고 갈등의 양상을 확인해 봅시다.

점순이	장인
'나'가 얼른 성례를 허락받으면 좋겠다. 그런데 '나'는 바보같이 아버지의 허락을 기다리고만 있다.	

나

4 소설의 마지막 부분을 희곡으로 각색한다고 할 때, 인물의 성격이 드러나도록 괄호 안에 적절한 지시문을 넣어 봅시다.

> 장인   (미간을 찡그린 채로 지게막대기를 두 손으로 모아 쥐고 사위의 머리를 여러 번 내리친다. 분해서 못살겠다는 목소리로) 이 자식! 장인 입에서 할아버지 소리가 나오도록 해?
> 사위   (점순이에게 시선을 고정한 채 넋이 빠진 듯 가만히 맞고만 있다.)
>
> 암전.
> 무대 밝아지면 마루 위에 장인과 사위가 앉아 있다. 장인은 사위의 터진 머리를 불솜으로 지져 준 후, 담배 한 봉을 호주머니에 슬며시 넣어 준다.
>
> 장인   (   ) 올 갈엔 꼭 성례를 시켜 주마. 암말 말구 가서 뒷골의 콩밭이나 얼른 갈아라.
> 사위   (   ) 빙장님! 인제 다시는 안 그러겠어유!
>
> 사위, 바쁘게 지게를 지고 흥에 겨운 걸음으로 마당을 빠져나간다.

김유정 「동백꽃」

　김유정의 또 다른 소설 「동백꽃」에도 '점순이'가 등장합니다. 아마도 당시에는 이 이름이 꽤나 흔했나 봅니다. 「봄·봄」과 「동백꽃」의 점순이는 둘 다 '나'에게 적극적입니다. 「동백꽃」에서 점순이는 주인공 '나'에게 감자를 내밀며 먼저 수작을 걸어옵니다. 생색을 내며 큰 소리로 이렇게 말하지요. "느 집인 이거 없지?" 그러고는 남들이 보기 전에 얼른 먹어 버리라고 합니다. 하지만 '나'는 고개도 돌리지 않고 "난 감자 안 먹는다. 니나 먹어라."라며 단칼에 거절합니다. 이 장면에서 점순이의 얼굴을 클로즈업한다면 어떤 표정일지 상상이 되나요? 「동백꽃」에서 주인공 소년 소녀의 투덕거림은 알싸하면서도 향긋한 내음을 풍기며 독자들을 미소 짓게 만듭니다. 그런데 소년은 왜 이렇게까지 모질게 점순이의 호의를 거절할까요? 설마 진짜 감자를 싫어해서라고 생각하는 사람은 없겠죠?

　「봄·봄」과 「동백꽃」에서 점순이는 마름의 딸입니다. 1910년대 일제가 토지 조사 사업을 벌이면서 실제 토지를 일궈 왔던 농민 수백만 명이 토지에 대한 권리를 잃고 소작인으로 전락했습니다. 소작인은 일 년 단위로 소작권이 제한되어 지주와 마름에게 종속당하고 생계를 위협받았습니다. 특히 지주를 대신해 소작인을 직접 관리하던 마름은 소작인들에게 밉고 두려운 존재였습니다. 마름의 딸 점순이는 마을 권력자의 딸로서, 요즘으로 치자면 '금수저'에 가까웠을 겁니다.

　「동백꽃」에서 '나'는 마름의 심기를 거슬렀다가는 경작권을 잃을 수도 있는 소작농의 아들입니다. 「봄·봄」에서 '나'는 노동력을 영악하게 착취하는 마름의 집에 데릴사위로 들어온 무임금 일꾼이고요. 「봄·봄」과 「동백꽃」은 둘 다 어리숙한 '나'의 시점에서 상황을 서술하고 있습니다. 상대방의 심리를 파악하지 못하는 '나'의 제한적 시점이 주는 재미가 크지요. 김유정 특유의 한국적인 해학과 웃음을 느낄 수 있는 작품입니다.

ooooooooooooooooo

허생전

xxxxxxxxxxxxxx

박지원

朴趾源(1737~1805) 조선 후기의 문장가, 실학자. 호는 연암(燕巖). 정조 4년(1780)에 건륭제의 70세 생일을 축하하기 위한 사절단의 수행원으로 청나라에 다녀와 『열하일기』를 저술하여 유려한 문장과 진보적 사상으로 이름을 떨쳤다. 북학론을 주장하였고 국민의 생활을 이롭게 하는 실학을 강조하였다. 문집에 『연암집』이 있다.

「허생전」은 정조 4년(1780년)에 청나라를 다녀온 박지원이 쓴 『열하일기』에 수록된 단편소설입니다. 「호질」, 「양반전」과 더불어 박지원의 대표작으로 꼽히지요. 박지원은 『열하일기』에서 청나라의 신문물을 소개하고 조선이 배워야 할 점들을 담았습니다. 당시 조정에서는 병자호란을 겪은 뒤 청나라를 오랑캐라고 칭하는 등 배청론이 우세했던 터라, 유학자들에게 『열하일기』는 비판의 대상이 되었습니다. 하지만 세간에서는 생생한 기록과 새로운 생각, 개성 있는 문체로 인기를 끌었다고 합니다. 특히 문체로 말하자면, 정조가 문체반정을 통해 『열하일기』의 문체를 잡문체라 규정하고 기존의 고전 문체를 회복해야 한다고 했을 정도이니, 박지원이 얼마나 새롭고 파격적인 문체를 구사했는지는 짐작하고도 남을 일이지요.

박지원은 홍대용, 박제가와 함께 청의 문물을 배워야 한다는 북학론을 주장하고 이용후생을 강조한 실학자입니다. 그는 상업을 중시한 중상주의를 펼쳤고, 배와 수레를 이용해 유통 경제를 활성화해야 한다고 주장했습니다. 「허생전」은 그의 이런 면모가 반영된 작품입니다. 허생이 엄청난 부를 이루게 된 것이 장사를 통해서였다는 점, 부를 이룬 허생이 가난한 백성들을 구제했다는 점, 변 씨에게 외국과 나라 안에 배와 수레가 다니지 않아 나라 경제가 허약하다고 말한 점, 청의 문물을 배우고 청과 교역해야 한다고 이완에게 충고한 점 등이 그러합니다.

박지원은 청나라를 오랑캐로 멸시하는 것은 잘못이며 오랑캐에게서도 배울 것이 있으면 배워야 한다고 하였습니다. 조선이 사대부들의 세상이었음을 생각할 때, 매우 실리적이고 현실적이며 혁명적이었다고 할 수 있겠지요. 그의 이런 생각이 오늘날 우리에게 시사하는 바는 무엇일까요? 현대를 살아가는 우리는 과연 관습적인 사고나 행동에서 얼마나 자유로워졌을까요?

허생(許生)은 묵적동(墨積洞)에 살았다. 묵적동에서 곧장 남산 아래로 이르는 곳에 우물이 있고, 우물가에는 오래된 살구나무가 서 있었다. 살구나무를 향해서 사립문이 열려 있고, 몇 칸 안 되는 초가집은 비바람도 제대로 가리지 못했다. 그러나 허생은 독서를 좋아하고, 그 아내가 삯바느질을 하여 겨우 입에 풀칠을 하고 살았다.

　하루는 아내가 배가 몹시 고파서 눈물을 흘리며,

　"임자는 평생 과거에 응시하지도 않으면서 책을 읽어서 무엇 하려고 그러시오?"

하니 허생이 웃으며 말했다.

　"내가 책을 읽는 것이 아직 미숙해서 그렇다오."

　"그렇다면 장인바치 일이라도 하지 그러시오?"

　"장인바치 일은 본래 배우지 못했으니, 어찌하란 말인가?"

　"그럼 장사가 있잖습니까?"

　"장사야 본시 밑천이 드는 법인데, 어찌하란 말인가?"

　그 아내가 왈칵 화를 내고 버럭 소리를 질렀다.

• 묵적동 오늘날 서울 중구 충무로와 필동에 걸쳐 있던 동네.
• 장인바치 손으로 물건을 만드는 일에 종사하는 사람인 '장인'을 낮잡아 이르는 말.

"밤낮으로 책을 읽더니 고작 배운 게 '어찌하란 말인가'라는 말뿐이오? 장인바치 일도 못 한다, 장사도 못 한다면, 어째서 도적질은 못 하는 게요?"

허생이 읽던 책을 덮고는 일어서면서,

"애석하도다. 내 본래 책 읽기를 십 년을 기약했더니, 이제 칠 년 만에 그만 접어야 하다니."

하고 문을 나서서 가 버렸다.

허생은 평소에 알고 지내는 사람도 없고 해서, 곧바로 번화한 운종가(雲從街)°로 나아가 시장 사람들에게 물었다.

"한양에서 누가 가장 부자입니까?"

변 씨(卞氏)라고 말해 주는 사람이 있어서, 허생은 드디어 그 집을 찾아갔다. 허생은 변 씨를 만나 길게 읍을 하고는,

"내가 집이 가난하여 조그마한 것을 시험해 보려는 것이 있으니, 그대에게 돈 만 금°을 빌릴까 하오."

하니 변 씨는 '그러시오.' 하고는 그 자리에서 만 금을 내주었다. 허생은 끝내 고맙다는 인사도 하지 않고 나가 버렸다.

변 씨 집의 자제들과 와 있던 손님들이 허생의 몰골을 보니, 이건 영락없는 비렁뱅이였다. 허리를 두른 실띠는 술이 빠졌고, 갖신의 뒤축은 자빠졌으며, 갓은 찌그러지고 도포는 그을려 행색이 꾀죄죄한 데다가, 코에서는 맑은 콧물이 줄줄 흘렀다. 허생이 가고 나자 모두들 대경실색하여 물었다.

• 운종가 지금의 서울 종로 세종로에서 종로 6가까지의 거리.
• 만 금 1만 냥. 1냥을 현재 물가로 환산하면 대략 5만원이므로, 1만 금은 대략 5억 원에 해당하는 금액임.

"대인께선 저이를 아십니까?"

"모른다네."

"아니, 지금 평생 알지도 못하는 사람에게 갑자기 만 금의 돈을 함부로 던져 버리시고도 그 이름조차 묻지 않으시다니, 대체 이게 무슨 영문입니까?"

"자네들이 알 수 있는 일이 아니네. 무릇 남에게 무얼 빌리러 오는 사람은 반드시 자기 생각과 뜻을 대단히 떠벌리고 자신의 신의를 먼저 보이려고 자랑하지만, 안색은 부끄러움에 비굴하고 말은 중언부언하게 마련이라네. 그런데 그 손님은 비록 행색은 꾀죄죄하나, 하는 말은 간단하고 눈빛은 오만하게 뜨며 얼굴에 부끄러워하는 기색이 전혀 없으니, 필시 재물을 가지고 만족하는 그런 속물은 아닐 것이네. 그가 시험해 보자는 것이 작은 일이 아닐 것이매, 나 역시 손님에게 시험해 보려는 것이 있네. 주지 않으려면 그만이겠지만 이미 만 금을 주었는데 성명은 물어서 무엇 하겠는가?"

한편, 만 금을 빌린 허생은 다시 집으로 돌아가지 않고, 그길로 바로 경기도 안성(安城)으로 내려가 거기에 머물며 거처를 마련하였다. 안성 지방이 경기도와 충청도의 경계이고, 삼남* 지방의 길목이 된다고 생각했기 때문이다. 거기서 대추, 밤, 감, 배, 석류, 귤, 유자 등의 과일들을 모두 시세의 곱절 가격으로 모조리 사들였다.

허생이 과일을 사재기하는 바람에 과일이 동이 나서 나라 안에

• 삼남(三南) 충청도, 전라도, 경상도 세 지방을 통틀어 이르는 말.

서는 잔치나 제사를 지낼 수 없었다. 얼마 지나자 허생에게 곱절의 가격으로 팔았던 장사치들이 도리어 열 배의 가격으로 되사가게 되었다. 허생이 한숨을 쉬며 탄식하였다.

"겨우 만 금으로 한 나라를 휘청하게 만들었으니, 나라의 경제 규모를 짐작할 만하다."

허생은 다시 칼, 호미, 베, 명주, 무명을 사 가지고 제주도로 들어가서 그곳의 말총을 다 거두어들였다.

"몇 해가 지나면 나라 사람들이 머리를 싸매지 못할 것이다."

과연 얼마 있다가 망건˙값이 열 배로 치솟았다.

허생이 늙은 뱃사공을 찾아서 물었다.

"바다 밖에 사람이 살 만한 빈 섬이 있던가?"

"있습지요. 언젠가 태풍에 표류하여 곧장 서쪽으로 사흘을 가서 한밤중에 어떤 빈 섬에 닿았습니다. 따져 보니까 중국의 사문(沙門, 샤먼夏門)과 일본의 장기도(長崎島, 나가사키)의 중간쯤 될 겁니다. 꽃나무가 절로 피며, 과일이 절로 익어 있고, 사슴들이 떼를 지어 다니고, 물고기는 사람을 봐도 놀라질 않았습지요."

허생이 크게 기뻐하며,

"자네가 나를 그곳으로 데려다준다면 부귀를 함께 누리게 해 줌세."

하니 사공이 그 말을 따르기로 하였다.

드디어 바람을 타고 동남 방향으로 가서 섬에 들어가게 되었

˙망건 상투를 튼 사람이 머리카락이 흘러내리지 않도록 두르는 그물처럼 생긴 물건. 보통 말총이나 머리카락으로 만듦.

다. 허생은 섬의 높은 곳에 올라서 사방을 둘러보고는 그만 실망하여 탄식하였다.

"땅이 고작 천 리가 못 되니, 무슨 큰일을 할 수 있겠는가? 땅은 기름지고 샘물은 달콤하여 그저 돈 많은 늙은이 노릇이나 할 수 있겠구먼."

그러자 사공이 물었다.

"텅 빈 섬에 사람이라곤 없는데 도대체 누구와 함께 살아간다는 말이시오?"

"덕만 있다면 사람이란 절로 모이게 마련이네. 덕이 없을까 걱정해야지, 어찌 사람이 없음을 근심하겠는가?"

그때 전라도 변산반도에는 도적 떼 수천이 우글거리고 있었다. 그 지방의 고을과 군에서 군졸을 풀어서 체포하려고 했으나 잡을 수가 없었다. 도적 떼도 감히 나돌아 다니며 노략질을 함부로 할 수가 없어서 바야흐로 굶주림에 허덕였다. 허생이 도적의 소굴로 들어가서 괴수*를 달랬다.

"천 명이 천 금을 털어서 나누면 한 사람 앞으로 얼마의 돈이 돌아가는가?"

"한 사람에 한 냥씩 돌아가지요."

"자네들에게 아내가 있는가?"

"없답니다."

"가진 밭뙈기라도 있는가?"

도적들이 코웃음을 쳤다.

---

* 괴수 못된 짓을 하는 무리의 우두머리.

"아니, 밭 있고 아내가 있다면 무엇 때문에 괴롭게 도적이 된단 말이오?"

"자네들이 그렇게 잘 안다면 어째서 장가를 들어 집을 짓고, 소를 사서 밭을 갈 생각은 하지 않는 겐가? 그리되면 살아서 도적 놈이란 이름도 없을 것이고, 집에 살면서 부부의 즐거움도 있을 것이며, 나돌아 다녀도 관에 붙잡힐 염려가 없을 것이고, 길이길이 의식의 풍요함을 누릴 수 있지 않겠는가?"

"어찌 그런 생활을 원하지 않겠소이까? 다만 돈이 없어서 못 하고 있을 뿐입죠."

허생이 웃으며 말했다.

"자네들이 명색 도적질을 하는 도둑놈이련만 어찌 돈 없다는 걱정을 다 하누? 내가 자네들을 위해 돈을 마련해 줄 것이네. 내일 바닷가를 바라보게나. 바람에 붉은 깃발이 펄럭이는 배가 모두 돈을 실은 배일 터이니, 어디 자네들 마음껏 한번 가져가 보게."

허생이 도적들과 약조를 하고 떠나자, 도적들이 모두 '미친놈'이라고 비웃었다.

다음 날이 되어 바닷가에 허생이 돈 삼십만 냥을 싣고 나타나자, 모두들 크게 놀라 허생에게 줄을 지어 절을 하였다.

"오직 장군의 명령대로 따르겠소이다."

"있는 힘대로 지고 가게나."

그리하여 도적들이 돈을 짊어졌으나, 사람마다 고작 백 금*을 넘지 못했다. 허생이

---

* 백 금 1백 냥. 1푼짜리 상평통보 1만 개로, 이를 무게로 환산하면 대략 40킬로그램에 해당함.

"너희들 힘이란 게 고작 백 금을 들기에도 부족하거늘, 어찌 도적질이라도 변변히 할 수 있겠는가? 지금 너희들은 비록 평민이 되려고 해도 이름이 이미 도적의 명부에 올라 있으니 어디 갈 곳도 없을 것이다. 내가 여기서 너희들을 기다릴 터이니, 각자 백 금씩 가지고 가서 아내 한 사람과 소 한 마리씩 장만해 오너라."

하자, 군도들이 모두 좋다고 승낙하며 흩어졌다.

그동안 허생은 이천 명이 한 해 동안 먹을 양식을 장만해 그들을 기다렸다. 도적들이 기한된 날짜에 모두 도착해 뒤에 처진 사람이 하나도 없었다. 드디어 모두 배에 싣고, 빈 섬으로 들어갔다. 허생이 도적을 모두 쓸어 가자 나라 안에는 도적 걱정이 없어졌다.

한편 섬으로 들어간 허생과 도적들은 나무를 찍어서 집을 짓고, 대나무를 엮어서 울타리를 만들었다. 땅 기운이 온전하다 보니 온갖 곡식이 심는 대로 크고 무성하게 자라고, 김을 매거나 쟁기질을 하지 않아도 한 줄기에 아홉 이삭이 달렸다. 삼 년 먹을 식량을 비축해 두고 나머지는 모두 배에 싣고 장기도(長崎島)로 가서 팔았다. 장기도는 일본에 속한 고을로, 삼십일만 호가 되는 큰 지방인데 바야흐로 큰 기근이 들어 있었다. 그리하여 굶주린 사람들을 진휼하고˚ 은 백만 냥을 얻게 되었다.

허생이 탄식하면서,

"이제야 나의 자그마한 시험을 마치게 되었구나."

하고는 남녀 이천 명을 모두 모아 놓고 명을 내렸다.

˚ 진휼하다 흉년을 당하여 가난한 백성을 도와주다.

"내가 처음 너희들과 이 섬에 들어올 때의 계획으로는 먼저 너희들을 풍부하게 만들어 놓은 다음에 따로 문자를 만들고, 의관 제도를 새로이 제정하려고 하였느니라. 그런데 여기 땅이 좁고 내 덕이 얇으니, 나는 이제 여기를 떠나련다. 아이들이 태어나 숟가락을 잡게 되면 오른손으로 잡도록 가르치고, 하루라도 나이가 많은 사람이 먼저 먹도록 양보하게 하라."

그러고는 다른 배를 모두 불살라 버리고,

"나가는 사람이 없으면 들어오는 사람도 없을 테지."

하고 은자 오십만 냥을 바닷속에 던지며,

"바다가 마르면 얻는 사람이 생기겠지. 백만 냥이나 되는 돈은 나라 안에서도 놓아둘 곳이 없거늘, 하물며 이 작은 섬에서야."

했다. 글을 아는 사람은 모두 배에 실어서 함께 섬을 빠져나오며,

"이 섬에 화근을 없애려 함이네."

라고 하였다.

뭍으로 나온 허생은 나라 안을 두루 돌아다니며 가난하고 의지할 곳이 없는 사람들을 구제하였다. 돈을 그렇게 써도 아직 은자 십만 냥이 남았다.

"이 돈이면 변 씨에게 빌린 돈을 갚을 수 있겠군."

허생이 변 씨를 찾아가서 보고는,

"나를 기억하시겠소이까?"

하고 묻자 변 씨는 깜짝 놀라며 말했다.

"그대의 얼굴색이 조금도 나아지지 않은 걸 보니, 혹 만 금을 다 털어먹은 건 아니오?"

허생이 웃으며 말했다.

"재물을 가지고 얼굴이 번드르르해지는 일이야, 당신 같은 장사치들의 일일 뿐이오. 만 금이란 돈이 어찌 사람의 도(道)를 살찌우기야 하겠소?"

이에 은 십만 냥을 변 씨에게 주며,

"내가 잠시 굶주림을 참지 못하여 책 읽기를 마저 끝내지 못하고, 그대에게 만 금을 빌렸던 것이 부끄럽소이다."

하니 변 씨는 깜짝 놀라서 일어나 절을 하고 십만 냥을 다 받을 수 없다고 사양하며, 십분의 일만 이자로 쳐서 받겠다고 하였다. 허생이 버럭 화를 내며,

"당신은 어째서 나를 장사꾼으로 취급하려는 게요?"

하고는 옷자락을 뿌리치고는 휙 가 버렸다.

변 씨가 몰래 그의 뒤를 밟아서 쫓아가니, 허생이 남산 아래로 향하더니 작은 오두막집으로 들어가는 것이 멀리 보였다. 한 늙은 할미가 우물가에서 빨래를 하고 있기에, 변 씨가 물어보았다.

"저기 보이는 오두막이 누구의 집이오?"

"허 생원 댁이랍니다. 가난한 형편에 글 읽기를 좋아했는데, 어느 날 아침 훌쩍 집을 나가더니 돌아오지 않은 지 벌써 오 년이나 됩니다. 부인이 혼자 집에 있으면서 허 생원이 집 나간 날짜에 제사를 지낸답니다."

변 씨는 그제야 그의 성씨가 허씨라는 것을 알고 탄식하며 돌아갔다.

이튿날 변 씨는 허생에게 받은 은자를 모두 가지고 가서 그에게 돌려주었다. 허생은 사양하였다.

"내가 부자가 되려고 했다면 백만 금을 버리고 이까짓 십만 금

을 취하려고 하겠소? 내가 지금부터는 그대의 도움을 받아 가며 살아갈 터이니, 그대가 나를 자주 들여다보고 먹는 입을 따져서 양식을 보내 주고, 몸을 헤아려 옷감이나 보내 주구려. 한평생 그렇게 살아간다면 충분할 것이니, 어찌 재물로 정신을 괴롭히고 싶겠소이까?"

변 씨가 백방으로 허생을 달래 보았지만 끝내 어찌할 수가 없었다. 변 씨는 그때부터 허생의 양식과 옷가지가 떨어질 만한 때를 헤아렸다가 자신이 직접 찾아가서 가져다주었다. 그러면 허생도 흔연히 받아들였고, 만약 조금이라도 많이 가져오면 언짢아하면서,

"그대는 어째서 내게 재앙을 안겨 주려는 것이오?"
하였다.

술을 가지고 가면 더욱 기뻐하며 서로 권커니 잣거니 하며 취하도록 마셨다. 이렇게 몇 년을 지내자 두 사람의 정분이 날로 두터워졌다.

어느 날 변 씨가 조용한 틈을 타서 어떻게 오 년 만에 백만 금을 벌어들였는지 물어보았다. 허생이 대답하였다.

"그것이야 아주 알기 쉬운 일이오. 조선이란 나라는 배가 외국으로 통하지 못하고, 수레가 나라 안을 다니질 못하기 때문에, 모든 물품이 이 안에서 생산되고 이 안에서 소비됩니다.

대저 천 금이란 돈은 작은 돈이므로 물건을 모두 사들일 수 없지만, 이를 열로 쪼개면 백 금이 열 개가 되어서 열 가지 물건이야 충분히 살 수가 있겠지요. 물건의 단위가 가벼우면 굴리기 쉽기 때문에 설령 한 가지 물건이 밑진다 하더라도 나머지 아홉 개

의 물건으로 재미를 볼 수 있답니다. 이런 장사 방법은 정상적으로 이익을 취하는 방법이고, 작은 장사꾼이나 하는 수단이지요.

그러나 만 금이란 돈은 물건을 모조리 사재기할 수 있으니, 수레에 있는 것은 수레 전부를, 배에 있는 것은 배 전부를, 한 고을에 있는 것은 고을 전부를 마치 촘촘한 그물로 모두 훑어 내는 것처럼 싹쓸이할 수 있지요. 뭍에서 생산되는 만 가지 물건 중에서 한 가지를 몰래 사재기하고, 바다의 만 가지 어족 중에서 한 가지를 슬며시 사재기하고, 약재 만 가지 중에서 하나를 몰래 독점하면, 그 한 가지 물건이 남몰래 잠겨 있는 동안에 모든 장사치들의 물건이 말라 버리게 되지요.

이런 사재기 방법은 인민을 해치는 길이 될 것이니, 후세의 당국자들이 만약 내가 써먹었던 이런 사재기를 한다면 반드시 나라를 병들게 하고 말 것이오."

"처음에 그대는 내가 돈을 꾸어 줄 것을 어떻게 알고서 나를 찾아와서 돈을 빌리려고 했던 겁니까?"

"꼭 그대만 내게 돈을 빌려줄 뿐 아니라 만 금을 가진 사람이라면 누구라도 모두 빌려주었을 것이오. 내 스스로 요량해˙ 보아도 내 재주가 백만 금이란 거금을 충분히 치부할˙ 수 있겠습니다만, 그러나 되고 안 되고는 하늘에 달린 것이니, 낸들 어찌 미리 알 수 있겠습니까? 그러므로 나를 능히 활용하는 사람은 복이 있는 사람일 것이고, 그 부자는 반드시 더 큰 부자가 될 겁니다. 이는

˙ 요량하다 앞일을 잘 헤아려 생각하다.
˙ 치부하다 재물을 모아 부자가 되다.

하늘이 명하는 것이지요. 그러니 돈을 빌려주지 않을 수 있겠습니까?

만 금을 얻고 나서는 그 사람의 복에 의지해서 장사를 했기 때문에 하는 일마다 성공을 했던 겁니다. 만약 내가 내 돈을 가지고 사사로이 뭔가를 하려고 했다면 그 성패는 역시 알 수 없었겠지요."

"시방 사대부들이 남한산성에서 오랑캐에게 당했던 치욕을 씻어 내려고 하니, 지금이야말로 뜻있는 선비들이 팔을 걷어붙이고 지혜를 떨쳐 볼 때입니다. 당신은 그런 재주를 가지고 어찌 괴롭게 어둠에 파묻혀서 일생을 마치려고 합니까?"

"자고로 어둠에 파묻혔던 분들이 어디 한두 분이었소? 졸수재 조성기˚ 같은 분은 적국에 사신으로 보낼 만한 인물이었건만 평생 벼슬 없이 베잠방이를 걸친 채 늙어 죽었고, 반계 유형원˚ 같은 분은 군량미를 조달할 능력이 있었건만 바다 한 귀퉁이에서 일생을 배회하였습니다. 지금 나라의 정치를 도모한다는 인물들을 알 만하지 않겠습니까? 나 같은 사람이야 그저 장사나 잘하는 사람입니다. 장사를 해서 번 은자로는 구왕(九王)˚의 모가지라도 사기에 충분한 돈이지만, 그러나 바다에 던져 버리고 온 까닭은 이 나라 안에서는 도대체 쓸 데가 없기 때문이었지요."

변 씨는 '휴우' 하고 크게 탄식을 하고는 돌아갔다.

˚ 조성기 조선 숙종 때의 학자. 관직에 나서지 않고 학문에 전념했으며, 저서에 『졸수재집』이 있음.
˚ 유형원 조선 중기의 실학자. 벼슬을 하지 않았으며, 저서에 실학 사상이 담긴 『반계수록』이 있음.
˚ 구왕 청나라 태조의 열네 번째 아들이며 청나라 3대 황제인 세조의 숙부로 정권의 실세였음. 병자호란 때 조선에 온 바 있음.

변 씨는 본시 정승 이완*과 각별하게 지내는 사이였다. 이 공(公)은 당시 어영청* 대장으로 있었는데, 언젠가 변 씨와 이야기를 하다가 지금 여항*이나 일반 민가에 혹 쓸 만한 재주가 있어 대사를 함께 도모할 인물이 있는가를 물은 적이 있었다. 변 씨가 허생의 이야기를 하였더니, 이 공은 깜짝 놀라며 물었다.

"기이한 일이로세. 정말 그런 인물이 있단 말인가? 그래 이름은 뭐라던가?"

"소인이 그와 삼 년을 함께 지냈지만, 여태껏 이름도 모르고 있답니다."

"그이는 필시 이인(異人)*일 걸세. 자네와 같이 가 보도록 하세."

밤중에 이 대장은 아랫사람을 물리치고 변 씨와 둘이 걸어서 허생의 집에 당도하였다. 변 씨는 이 공을 문밖에 기다리게 하고, 혼자 먼저 들어가서 허생을 만나 보고 이곳에 찾아온 연유를 이야기했다. 허생은 짐짓 못 들은 척하며,

"그만, 자네가 차고 온 술병이나 이리 풀어 놓으시게."

하고는 서로 즐겁게 마셨다. 변 씨는 이 공을 밖에서 기다리게 해 놓은 것이 민망하여 여러 차례 말을 꺼내 보았으나, 허생은 대꾸도 하지 않았다. 밤이 깊어지자 허생이 말했다.

"손님을 불러도 되겠소."

이 대장이 방에 들어왔으나, 허생은 편안하게 앉아서 일어나지

- 이완 조선 중기의 무관. 병자호란 때 공을 세웠으며, 효종 재위 시절 어영청 대장으로 일하였음.
- 어영청 조선 시대에 둔 다섯 군영의 하나. 국왕 호위와 수도 방위를 주요 업무로 하였음.
- 여항 백성의 살림집이 많이 모여 있는 곳.
- 이인 재주가 신통하고 비범한 사람.

도 않았다. 이 대장은 몸 둘 바를 모르고 엉거주춤하다가 겨우 나라에서 어진 인재를 구하려는 뜻을 설명하였다. 허생이 손을 내저으며 말했다.

"밤은 짧은데 말이 너무 길어서 듣기에 아주 지루하구먼. 그래, 너는 지금 무슨 벼슬을 하느냐?"

"어영청 대장입니다."

"그렇다면 너는 바로 나라에서 신임받는 신하가 아니더냐. 내가 응당 재야˙에 숨어 있는 와룡 선생˙을 천거할 터이니, 네가 임금께 아뢰어 그에게 삼고초려(三顧草廬)˙할 수 있게 하겠는가?"

이 대장은 머리 숙여 골똘히 생각하더니 한참 만에 대답했다.

"어렵겠습니다. 그다음의 것을 듣고자 합니다."

"나는 '그다음'이란 말은 아직 배우지 못했도다."

이 대장이 그래도 굳이 묻자 허생은 말했다.

"명나라 장군과 병사들은 조선이 예전에 입은 은혜가 있다고 여겨서 그 자손들이 되놈의 나라에서 몸을 빼어 우리나라로 많이 건너왔으나, 이리저리 떠돌며 홀몸으로 외롭게 지내고 있는 이가 많다. 네가 임금께 아뢰어 종실˙의 여자들을 뽑아서 두루 시집을 보내고, 훈척˙과 권귀˙들의 집을 몰수하여 그들의 살림집으로 내어 줄 수 있게 하겠느냐?"

˙ 재야(在野) 초야에 파묻혀 있다는 뜻으로, 공직에 나아가지 않고 민간에 있음을 이르는 말.

˙ 와룡 선생(臥龍先生) 중국 삼국 시대 촉한의 정치가이자 군사 전략가인 제갈량을 이르는 말.

˙ 삼고초려 인재를 맞아들이기 위하여 참을성 있게 노력함. 중국 삼국 시대에, 촉의 유비가 은거하고 있던 제갈량의 초가로 세 번이나 찾아갔다는 데서 유래함.

˙ 종실 임금의 친족.

˙ 훈척 나라를 위하여 드러나게 세운 공로가 있는 임금의 친척.

˙ 권귀 지위가 높고 권세가 있는 사람.

이 대장이 고개를 숙이고 한참 있다가 대답하였다.

"그것도 어렵겠습니다."

"아니, 이것도 어렵다 저것도 어렵다 한다면 대관절 무슨 일이 가능하겠느냐? 아주 쉬운 일이 있으니, 네가 능히 할 수 있겠느냐?"

"말씀해 주시기 바랍니다."

"대저 천하에 대의를 외치려면 먼저 천하의 호걸들과 사귀어 결탁하지 않고는 되지 않는 법이고, 남의 나라를 정벌하려면 먼저 첩자를 쓰지 않으면 성공을 거둘 수 없는 법이다. 지금 만주족이 갑자기 천하의 주인이 되었으나, 아직 중국을 완전히 손아귀에 넣어 친하게 지내지 못하는 형편이니, 조선이 다른 나라보다 먼저 항복하였으니 저들에게 신뢰를 받을 것이다. 만약 당나라, 원나라 때의 예전 일처럼 우리 자제들을 청나라에 파견하여 학교에 입학하고 벼슬도 할 수 있게 하고, 장사치들의 출입도 금하지 말도록 저들에게 간청한다면, 저들도 자기네에게 친근하고자 하는 우리를 보고 반드시 기뻐하여 이를 허락할 것이다.

이렇게 되면 나라의 자제들을 엄선하여 머리를 깎아 변발˙을 하게 하고 오랑캐 복장을 입히고 선비들은 빈공과˙에 응시하고, 일반 사람들은 멀리 강남까지 장사를 하게 만들어서 그들의 허실을 엿보고 한족의 호걸들과 결탁하게 한다면, 천하를 도모할 수 있을 것이며 나라의 치욕도 씻을 수 있을 것이다. 만약 명나라

˙변발 몽골인이나 만주인의 풍습으로, 남자의 머리를 뒷부분만 남기고 나머지 부분을 깎아 뒤로 길게 땋아 늘임. 또는 그런 머리.

˙빈공과 중국 당나라 때에, 관리를 뽑기 위해 외국인에게 보게 하던 시험.

황족의 후손인 주 씨(朱氏)를 찾되 구하지 못하면, 천하의 제후들을 인솔해서 하늘에 임금이 될 만한 사람을 천거하게 하라. 잘만 되면 대국의 스승이 될 것이며, 못되어도 성씨가 다른 제후 국가 중에서는 제일 큰 나라로서의 지위는 잃지 않을 것이다.”

이 대장이 낙심하고 허탈해서 말했다.

“사대부들이 모두 예법을 삼가 지키고 있거늘, 누가 기꺼이 머리를 깎고 오랑캐 옷을 입으려고 하겠습니까?”

허생이 대갈일성˚하며,

“도대체 사대부라는 게 뭐 하는 것들이냐. 오랑캐 땅에서 태어난 주제에 자칭 사대부라고 뽐내고 앉았으니, 이렇게 어리석을 데가 있느냐? 입는 옷이란 모두 흰옷이니 이는 상주들이 입는 옷이고, 머리는 송곳처럼 뾰족하게 묶었으니 이는 남쪽 오랑캐의 방망이 상투이거늘, 무슨 놈의 예법이란 말인가?

번오기˚는 개인적 원한을 갚기 위해 자신의 머리를 아끼지 않고 내주었고, 무령왕˚은 자기 나라를 강하게 만들기 위해 오랑캐 복장을 입는 것을 부끄럽게 여기지 않았다.

지금 명나라를 위해서 복수를 하려고 하면서도 그까짓 머리털 하나를 아까워한단 말이냐. 장차 말을 달려 칼로 치고 창으로 찌르며 활을 당기고 돌을 던져야 하는 판에 그따위 너풀거리는 소매를 바꾸지 않고서, 그걸 자기 딴에 예법이라고 한단 말이냐?

• 대갈일성(大喝一聲) 크게 외쳐 꾸짖는 한마디의 소리.
• 번오기 중국 전국 시대의 장수. 본래 진나라의 장수였으나 연나라로 망명하였음. 진나라에 품은 원한이 있어, 진시황을 암살하려는 자객 형가를 돕고자 자신의 목숨을 내놓았음.
• 무령왕 중국 전국 시대 조나라의 왕.

내가 지금까지 너에게 세 가지 계책을 일러 주었거늘, 도대체 너는 한 가지도 가능한 일이 없다고 하니, 그러면서도 신임을 받는 신하라고 말할 수 있겠느냐? 그래, 신임받는 신하라는 게 고작 이런 것이냐. 이런 놈은 목을 잘라야 옳을 것이니라."

하고 좌우를 둘러보며 칼을 찾아서 찌르려고 하였다. 이 대장은 깜짝 놀라서 일어나 뒷문으로 뛰쳐나가 재빠르게 달아났다.

이튿날 다시 찾아갔더니 집은 이미 텅 비어 있고, 허생은 간 곳이 없었다.

〔김혈조 옮김〕

1 이 작품의 공간적 배경을 중심으로 주요 사건을 정리해 봅시다.

묵적골	글공부만 하고 돈벌이는 하지 않는다고 타박을 받음.
변 씨의 집	
안성	
제주도	
동남쪽 섬	
변 씨의 집	
묵적골	이완을 만나 인재 등용책을 제안하고는 자취를 감춤.

2 허생은 변 씨에게 돈을 빌려 매점매석으로 큰돈을 법니다. 이를 통해 짐작할 수 있는 당시 사회의 경제적 상황을 서술해 봅시다.

3 허생과 이완의 대화를 살펴보고 다음 활동을 해 봅시다.

(1) 허생이 이완에게 제시한 세 가지 정책을 정리해 봅시다.

① 첫 번째 정책

② 두 번째 정책

③ 세 번째 정책

(2) 다음과 같은 이완의 말에 주목하여 이완이 허생의 제안을 받아들이지 못한 이유를 생각해 봅시다.

> "사대부들이 모두 예법을 삼가 지키고 있거늘, 누가 기꺼이 머리를 깎고 오랑캐 옷을 입으려고 하겠습니까?"

4 박지원은 조선 후기 수레의 통용과 상업 활동 장려 등을 통해 부국강병을 이루고 백성의 삶을 개선해야 한다고 주장했으며, 이를 북학론이라 합니다. 밑줄 친 부분이 가리키는 당대의 정치적 주장이 무엇인지 알아보고, 허생이 이를 비판한 이유를 생각해 봅시다.

> 번오기는 개인적 원한을 갚기 위해 자신의 머리를 아끼지 않고 내주었고, 무령왕은 자기 나라를 강하게 만들기 위해 오랑캐 복장을 입는 것을 부끄럽게 여기지 않았다.
>
> 지금 명나라를 위해서 복수를 하려고 하면서도 그까짓 머리털 하나를 아까워한단 말이냐. 장차 말을 달려 칼로 치고 창으로 찌르며 활을 당기고 돌을 던져야 하는 판에 그따위 너풀거리는 소매를 바꾸지 않고서, 그걸 자기 딴에 예법이라고 한단 말이냐?

특정 시대를 배경으로 실재했던 역사적 인물이나 사건을 소재로 삼은 소설을 '역사소설'이라고 합니다. 역사소설의 묘미는 지나간 시대의 경험을 오늘 우리 앞에 새롭게 내어놓는 데 있습니다. 어떠한 인물이나 시대의 경험이 과거의 것에 그치지 않고 시대를 초월한 보편적 인간의 경험으로 확대되는 것이지요. 한편 소설이 역사와 다른 점은 소설적 상상력을 바탕으로 한다는 것인데, 역사소설에서 그 상상력은 작가의 가치관이나 역사관과도 관련이 깊습니다. 그러니 역사소설을 읽을 때는 단순한 역사적 사실을 넘어 작가의 상상을 따라가면서 오늘날 우리의 시각으로 이해하는 일이 중요합니다.

김훈의 장편소설 『남한산성』은 인조 14년(1636년) 12월부터 이듬해 초까지 이어진 병자호란을 배경으로 합니다. 청나라 군대에 둘러싸인 고립무원의 남한산성에서 관료들은 각자의 뜻을 고집하며 상대를 헐뜯는 말싸움으로 분열합니다. 이들은 백성들의 비참한 삶에는 아랑곳하지 않습니다. 흡사 형식적인 예에 얽매여 허생의 쇄신안을 받아들이지 못하는 이완처럼 구태에 젖은 모습이지요. 그런 관료들을 두고도 제힘으로 꿋꿋이 살아가는 백성들을 보면 국가란 무엇이고, 국민이란 어떤 존재인지를 생각하게 됩니다.

그런가 하면 이 작품에는 허생처럼 나라의 운명과 백성의 삶을 고민하는 인물이 두 명 등장합니다. 예와 명분을 중시하여 청에 맞서 죽음을 불사하고 싸우기를 주장하는 김상헌, 그리고 승리할 수 없는 싸움을 하느니 청과 화친을 맺어 훗날을 도모하자는 최명길이 그들입니다. 이 둘 사이의 갈등과 대립은, 일신의 안위에 여념이 없는 다른 관료들의 모습과 대비되며 단연 돋보입니다. 과연 허생이라면 이때 어떤 선택을 할까요? 여러분이라면 어떨까요? 군더더기 없기로 소문난 김훈 작가 특유의 냉정하고 묵직하며 날카로운 문장들과 함께 소설 『남한산성』을 감상해 보세요.

ooooooooooooooooo

춘향전

×××××××××××××××

지은이 모름

'고전'은 오랫동안 많은 사람에게 널리 읽히고 모범이 될 만한 문학이나 예술 작품입니다. 우리 문학에서 고전소설이라 하면, 오래전에 지어졌으나 시대를 초월하여 높이 평가받고 사랑받는 작품을 말하지요. 「춘향전」이 대표적입니다. 「춘향전」은 근원이 되는 설화에서 시작하여 판소리, 판소리계 소설, 신소설로 이어져 왔습니다. 오늘날에도 영화나 드라마 등으로 다양하게 각색될 정도이니, 우리나라 사람들이 정말 좋아하는 이야기임이 분명하지요. 여러분 중에도 아마 「춘향전」의 줄거리를 모르는 사람은 없을 거예요. 양반 자제 이몽룡과 기생 출신의 어머니를 둔 성춘향의 사랑과 이별, 재회의 과정을 그리며 인간 내면에 존재하는 다양한 욕망을 표현한 작품입니다.

「춘향전」의 표면적인 주제는 진실한 사랑입니다. 광한루에서 처음 만난 이몽룡과 성춘향은 서로 첫눈에 반하여 날이 어두워지기만 하면 몰래 만나 사랑을 나눕니다. 사랑에 빠져 본 사람이라면 아마 이 청춘 남녀에 깊이 공감할 수 있을 겁니다. 어딜 가도, 무얼 해도 머릿속이 온통 그로 가득 차 그 사람만 떠오르지요.

한편 이 작품은 신분제 때문에 마음만으로는 사랑을 이룰 수 없었던 조선 시대의 현실도 적나라하게 보여 줍니다. 오래전부터 이 작품이 끈질기게 구전되어 왔다는 사실은, 당시 사람들이 신분의 굴레를 벗어난 자유로운 연애를 얼마나 갈구했는지를 방증합니다. 그리고 변학도에 맞서 마지막까지 절개를 지키는 춘향의 모습은 부패한 양반 사회에 대한 피지배층의 비판과 풍자, 저항을 담고 있다고 볼 수 있지요. 이처럼 「춘향전」은 겉으로는 단순한 사랑 이야기이지만, 이면적으로는 신분을 벗어난 인간 해방을 그리고 있습니다.

사랑의 설렘, 자유와 평등을 향한 갈구, 정의를 향한 갈망 등 「춘향전」은 인간 내면의 보편적 욕망을 문학으로서 충실히 실현해 줍니다. 이 점이 바로 「춘향전」이 오늘날까지 많은 사람들에게 사랑받는 이유겠지요.

조선 시대 전라도 남원의 퇴기 월매는 아기를 소원하다가 성 참판과의 사이에서 딸 춘향을 낳는다. 춘향은 어려서부터 용모가 아름답고 시와 그림에 능했다. 춘향이 열여섯 살 되던 해, 남원 부사로 부임한 아버지를 따라 이몽룡이 한양에서 내려온다. 이몽룡은 단옷날 광한루에서 그네를 타러 온 춘향을 만나 첫눈에 반하고, 그날로 춘향의 집으로 찾아가 월매 앞에서 백년가약을 맺는다. 그러던 어느 날, 이몽룡은 부친을 따라 다시 한양으로 떠난다. 홀로 남은 춘향은 새 남원 부사로 온 변학도에게 수청을 강요당하지만, 이를 거부해 옥에 갇힌다. 한편 이몽룡은 과거에 급제해 전라도 어사가 되어 남원으로 향하며, 춘향이 겪은 고초와 변 사또의 횡포를 알게 된다. 이몽룡은 어사 신분을 숨긴 채 걸인처럼 행세하며 월매와 함께 옥에 갇힌 춘향을 보러 간다.

그때 마침 통행금지가 풀리는 쇠북* 소리가 뎅뎅 들려왔다. 향단이는 미음상을 머리에 이고 등불을 들고, 어사또는 뒤를 따라 옥 눈산에 이르니 인기척이 전혀 없고 지키던 옥사정*도 보이지

---

* 쇠북 '종(鐘)'의 옛말.

않았다.

이때 춘향이는 비몽사몽간에 서방님이 오셨는데 머리에는 금관을 쓰고 몸에는 붉은 비단옷을 입었다. 반가운 마음에 와락 목을 끌어안고 온갖 정회를 풀며 눈물로 서방님의 옷자락을 적시고 있는 중이었다.

"춘향아!"

하고 부른들 대답이 있을쏘냐. 어사또 하는 말이,

"크게 한번 불러 보소."

"모르는 말씀이오. 여기서 동헌˚이 어딘데 소리를 크게 냈다가 사또가 깨면 곤란하니 잠깐 기다리시오."

"뭐 어때, 사또가 어떻다고? 내가 불러 볼 테니 가만있소. 춘향아!"

큰 소리에 깜짝 놀라 춘향이가 몸을 일으키며,

"허허, 이 목소리가 잠결인가, 꿈결인가? 그 목소리 괴이하다."

멍하니 앉았으니 어사또 기가 막혀,

"내가 왔다고 말 좀 하소."

"갑자기 그런 말을 했다가는 기절할 테니 좀 가만히 계시오."

장모 사위가 실랑이를 벌이는 사이 춘향이 저희 모친의 음성을 듣고는 깜짝 놀란다.

"아니, 어머니, 어찌 오셨소? 몹쓸 딸자식 때문에 이리 다니시다가는 몸 상하기 쉽소. 이후에는 다시 오지 마옵소서."

˚ 옥사정 옥을 지키던 사람.
˚ 동헌 지방 관아에서 공무를 처리하던 중심 건물.

"내 염려는 말고 정신 차리거라. 왔다."

"오다니 누가 와요?"

"그냥 왔다."

"갑갑해 나 죽겠소. 일러 주오. 꿈속에서 임을 만나 온갖 정회를 풀었는데 혹시 서방님 기별 왔소? 언제 오신다는 소식 왔소? 벼슬 얻어 내려온단 공문이 왔소? 아이고 답답해라."

"네 서방인지 남방인지 거지 하나가 내려왔다."

"애고, 이게 웬 말인가. 서방님이 오시다니 꿈속에서 보던 임을 생시에 본단 말인가."

어디서 힘이 났는지 목에 채인 큰칼˚을 들고 무릎걸음으로 달려와 문틈으로 이몽룡의 손을 잡고는 숨이 막혀 한동안 말도 못 하다가 겨우 정신을 차려,

"애고, 이게 누구시오? 아마도 꿈이로다. 그리워도 보지 못하는 임을 이리 쉽게 만날 수 있는가? 이제 죽어도 한이 없네. 어찌 그리 무정한가? 팔자가 기구한 우리 모녀 서방님을 이별한 후 자나 누우나 임 그리워 갈수록 한이 되었더니 내 신세 이리되어 매에 감겨 죽게 되었는데 날 살리려 오셨소?"

한참을 이렇게 혼자 반기다가 눈물을 씻고 나서 임의 형상을 자세히 보니 어찌 아니 한심하랴.

"여보, 서방님, 내 몸 하나 죽는 것은 서럽지 않겠지만 서방님이 이 지경이니 웬일이오?"

"오냐, 춘향아, 서러워 마라. 사람 목숨이 하늘에 달렸는데 설

˚ 큰칼 중죄인의 목에 씌우던 형벌 기구.

마 네가 죽겠느냐?"

춘향이 서럽고 답답하여 멍하니 앉았다가 저희 모친을 불러 하소연을 한다.

"한양성 서방님을 칠 년 가뭄에 비 기다리듯 기다린들 나와 같이 기다렸으랴. 심은 나무가 꺾어지고 공든 탑이 무너졌네. 가련하다, 이내 신세, 하릴없이 되었구나. 어머님, 나 죽은 후에라도 원이나 없게 해 주오. 나 입던 비단 장옷 봉황 장롱 안에 들었으니 그 옷 내어 팔아다가 한산의 가는 모시로 바꾸어서 물색 곱게 서방님 도포 짓고, 흰 비단 긴 치마를 있는 대로 팔아다가 신발·갓·망건 사 드리고, 은비녀·밀화장도·옥가락지 함 속에 들었으니 그것도 팔아다가 속저고리·속바지 허술치 않게 해 주오. 머지않아 죽을 년이 세간 두어 무엇 할까? 용 장롱, 봉황 장롱 빼닫이를 되는대로 팔아다가 특별히 상을 차려 좋은 진지 대접해 주오. 나 죽은 후에라도 나 없다 마시고 날 본 듯 서방님을 잘 섬기소서."

이번에는 도련님의 손을 쥐고 유언하듯 당부한다.

"서방님, 내 말 새겨들으시오. 내일이 사또 생일이라 술이 취해 망령이 나면 나를 불러 또 때릴 것인데, 맞은 다리에 장독˙이 났으니 수족인들 놀릴 수 있으랴. 이제 더 맞으면 살아날 가망이 전혀 없으니, 구름같이 헝클어지고 늘어진 머리 이렁저렁 걷어 얹고 이리 비틀 저리 비틀 올라가서 매 맞아 죽거들랑 삯꾼인 체 달려들어 둘러업고 우리 둘이 처음 만나 놀던 부용당의 적막하

˙ 장독(杖毒) 매를 심하게 맞아 생긴 상처의 독.

고 고요한 데 눕혀 놓고 서방님이 손수 나를 염습하되˙ 내 혼백 위로하여 입은 옷은 벗기지 말고 양지쪽에 묻었다가 서방님이 나중에 귀하게 되어 벼슬에 오르시거든 잠시도 두지 말고 육진의 좋은 베로 다시 염습하여 조촐한 상여 위에 덩그렇게 실은 후에 북망산천˙ 찾아갈 때, 앞 남산 뒤 남산 다 버리고 한양성으로 올려다가 서방님 선산발치˙에 묻어 주고 비문에 새기기를 '수절원사 춘향지묘˙'라고 여덟 자만 새겨 주오.

　망부석이 아니 될까? 서산에 지는 해는 내일 다시 오련마는 불쌍한 춘향이는 한번 가면 어느 때나 다시 올까? 가슴에 맺힌 원한이나 풀어 주오. 애고애고 내 신세야, 불쌍한 울 어머니 나를 잃고 가산을 탕진하면 하릴없이 걸인 되어 이 집 저 집 구걸타가 언덕 밑에서 조속조속 졸다가 자진하여 죽게 되면 지리산 갈가마귀 두 날개를 떡 벌리고 두둥실 날아들어 '까옥까옥' 두 눈을 다 파먹은들 어느 자식 있어 '후여' 하고 날려 주리? 애고애고."

　춘향이 또 서럽게 울자 어사또,

　"울지 마라. 하늘이 무너져도 솟아날 구멍이 있느니라. 네가 나를 어찌 알고 이렇듯이 서러워하느냐?"

하고는 춘향과 작별하고 춘향 집으로 돌아왔다.

　춘향은 어두침침한 한밤중에 서방님을 번개같이 얼른 보고는 옥방에 홀로 앉아 신세를 생각하니 입에서 탄식과 눈물이 절로

• 염습하다 죽은 사람의 몸을 씻긴 뒤 수의를 갈아입히고 염포로 묶다.
• 북망산천(北邙山川) 무덤이 많은 곳이나 사람이 죽어서 묻히는 곳을 이르는 말.
• 선산발치 조상의 무덤이 있는 산기슭.
• 수절원사 춘향지묘(守節怨死春香之墓) '절개를 지키다 억울하게 죽은 춘향의 묘'라는 뜻.

나왔다.

"하늘이 사람을 낼 때 후한 운명 박한 운명이 따로 없다는데, 내 신세는 무슨 죄로 이팔청춘에 임 보내고 모진 목숨 아직 살아 이 형벌 이 형장이 웬일인가. 옥중 고생 서너 달에 밤낮없이 임 오시기만 바랐더니, 이제는 임의 얼굴 보았으나 광채 없이 되었구나. 죽어 저승에 돌아간들 여러 신령 앞에 무슨 말로 자랑할꼬. 애고애고 내 신세야."

섧게 울다 절로 지쳐 반쯤이나 죽은 듯이 쓰러져 버렸다.

어사또 춘향 집에서 나와 그날 밤을 지새우려고 문안 문밖 여기저기 동정을 살필 때, 마침 질청˙에 가서 들어 보니 이방이 아랫사람을 불러 분부하는 말이,

"이보게, 들으니 요번에 새로 난 어사또가 서대문 밖 이씨라는데 아까 등불 들고 춘향 모 앞세우고 해진 옷에 부서진 갓을 쓰고 가던 손님이 아무래도 수상하니 내일 본관 사또 잔치 끝에 아무 탈 없게 일체를 분별하고 십분 조심조심하게."

어사 그 말 듣고는,

'그놈들 알기는 아는구만.'

속으로 중얼거리며, 또 장청˙에 가서 들으니 행수 군관 하는 말이,

"여러 군관님네들, 아까 옥방을 다녀간 걸인이 실로 괴이하네.

˙ 질청(秩廳) 군사 업무를 맡아보던 관아에서 하급 관리인 구실아치가 일을 보던 곳.
˙ 장청(將廳) 관아에서 장교가 근무하던 곳.

아마도 어사인 게 분명하니 용모 적은 기록을 내놓고 자세히들 보시오."

어사또 듣고는,

'그놈들 하나하나가 귀신이로구나.'

속으로 중얼거리며, 현사°에 가서 들으니 호장 역시 그러했다. 육방의 염탐을 마친 후에 춘향 집에 돌아와서 그 밤을 지새웠다.

이튿날 날이 밝자 조회를 끝내고 이웃 읍의 수령들이 남원으로 몰려들었다. 운봉·구례·곡성·순창·진안·장수의 원님들이 아랫사람들을 거느리고 차례로 잔치 마당으로 들어왔다. 왼편에 행수 군관, 오른편에 명을 전하는 사령, 한가운데 본관 사또는 주인이 되어 하인 불러 분부하되,

"관청색° 불러 다과상 올려라. 육고자° 불러 큰 소 잡고, 예방 불러 악공 대령하라. 승발° 불러 차일° 대령하라. 사령 불러 잡인을 금하라."

이렇듯 요란한 가운데 깃발들이 휘날리고, 삼현 육각 음악 소리 공중에 떠 있고, 초록 저고리에 붉은 치마를 입은 기생들이 하얀 손을 높이 들어 춤을 춘다.

"지화자, 두덩실, 좋다."

하는 소리에 어사또 마음이 심란하다. 화를 누르고 한번 놀려 줄 심산으로 어슬렁어슬렁 잔치판으로 걸어 들어갔다.

• 현사(縣司) 관아의 물품 출납을 담당하던 곳
• 관청색(官廳色) 관청의 음식을 담당하던 구실아치.
• 육고자(肉庫子) 관청의 고기를 담당하던 노비.
• 승발(承發) 관청의 잡무를 담당하던 하인.
• 차일(遮日) 햇볕을 가리기 위해 치는 포장.

"여봐라, 사령들아. 너희 사또께 여쭈어라. 먼 데 있는 걸인이 마침 잔치를 만났으니 고기하고 술이나 좀 얻어먹자고 여쭈어라."

사령 하나가 뛰어나와 등을 밀쳐 낸다.

"어느 양반인데 이리 시끄럽소. 사또께서 거지는 들이지도 말라고 했으니 말도 내지 말고 나가시오."

운봉 수령이 그 거동을 지켜보다가 무슨 짐작이 있었는지 변 사또에게 청했다.

"저 걸인이 의관은 남루하나 양반의 후예인 듯하니 저 끝자리에 앉히고 술이나 한잔 먹여 보내는 것이 어떻겠소?"

"운봉 생각대로 하지요마는……."

마지못해 입맛을 다시며 허락을 한다. 어사또 속으로,

'오냐, 도적질은 내가 하마. 오랏줄*은 네가 져라.'

되뇌이며 주먹을 꽉 쥐고 있는데 운봉 수령이 사령을 부른다.

"저 양반 드시라고 해라."

어사또 들어가 단정히 앉아 좌우를 살펴보니 마루 위의 모든 수령이 다과상을 앞에 놓고 진양조 느린 가락을 즐기는데, 어사또 상을 보니 어찌 아니 통분하랴. 귀퉁이가 떨어진 개다리소반*에 닥나무 젓가락, 콩나물에 깍두기, 막걸리 한 사발이 놓였구나. 상을 발로 탁 차 던지며 운봉의 갈비를 슬쩍 집어 들고,

"갈비 한 대 먹읍시다."

"다리도 잡수시오."

• 오랏줄 도둑이나 죄인을 묶을 때에 쓰던, 붉고 굵은 줄.
• 개다리소반 상다리 모양이 개의 다리처럼 휜 자그마한 밥상.

하고 운봉이 하는 말이,

"이런 잔치에 풍류로만 놀아서는 맛이 적으니 운자*를 따라 시 한 수씩 지어 보면 어떻겠소?"

"그 말이 옳다."

다들 찬성을 했다. 운봉이 먼저 운을 낼 때 '높을 고(高)' 자, '기름 고(膏)' 자 두 자를 내놓고 차례로 운을 달아 시를 지었다. 앞사람이 끝나면 뒷사람이 받아 시를 지을 때 어사또 끼어들어 하는 말이,

"이 걸인도 어려서 글을 좀 읽었는데, 좋은 잔치를 맞아 술과 안주를 포식하고 그냥 가기가 염치가 아니니 한 수 하겠소이다."

운봉이 반갑게 듣고 붓과 벼루를 내주니, 백성들의 사정과 본관 사또의 정체를 생각하여 시 한 편을 써 내려갔다.

금준미주는 천인혈이요

옥반가효는 만성고라

촉루낙시에 민루락이요

가성고처에 원성고라*

이 글의 뜻은,

금 술잔의 좋은 술은 수많은 사람의 피요

---

* 운자(韻字) 한시의 운으로 다는 글자.
* 금준미주는～원성고라 金樽美酒千人血, 玉盤佳肴萬姓膏, 燭淚落時民淚落, 歌聲高處怨聲高.

옥쟁반의 좋은 안주는 만백성의 기름이라

촛농이 떨어질 때 백성들 눈물도 떨어지고

노랫소리 높은 곳에 원망의 소리도 높구나

이렇게 시를 지어 보이니 술에 취한 변 사또는 무슨 뜻인지도 모르지만, 글을 받아 본 운봉은 속으로,

'아뿔싸! 일 났다.'

가슴이 철렁 내려앉았다.

이때 어사또 하직하고 간 연후에 운봉이 공형* 불러 분부한다.

"야야, 일 났다!"

공방 불러 자리 단속, 병방 불러 역마 단속, 관청색 불러 다과상 단속, 옥사정 불러 죄인 단속, 집사 불러 형벌 기구 단속, 형방 불러 서류 단속, 사령 불러 숙직 단속, 한참 이렇게 요란할 때 눈치 없는 본관 사또, 운봉을 향해 말을 던진다.

"여보 운봉, 어딜 그리 바삐 다니시오."

"소피 보고 들어오오."

그때 술이 거나하게 취한 변 사또가 술주정을 하느라고 느닷없이 명을 내렸다.

"춘향이 빨리 불러 올려라."

이때 어사또가 서리에게 눈길을 주어 신호를 하니, 서리·중방이 역졸 불러 단속할 때, 이리 가며 수군, 저리 가며 수군수군 신호를 전한다. 서리·역졸의 거동을 보자. 한 가닥 올로 지은 망건

• 공형(公兄) 세 구실아치 호장, 이방, 수형리를 가리킴.

에 두터운 비단 갓싸개, 새 패랭이 눌러쓰고, 석 자 길이 발감개에 새 짚신 신고, 속적삼·속바지 산뜻이 입고, 여섯 모 방망이에 사슴 가죽끈을 매달아 손목에 걸어 쥐고, 여기서 번뜻 저기서 번뜻, 남원읍이 웅성웅성거렸다.

이때 청파역 역졸들이 달 같은 마패를 햇빛같이 번쩍 들고 우렁차게 소리를 질렀다.

"암행어사 출두°야!"

역졸들이 일시에 외치는 소리에 강산이 무너지고 천지가 뒤집히는 듯하니 산천초목인들 금수인들 아니 떨겠는가. 한 번 소리가 나자 남문에서도,

"출두야!"

북문에서도,

"출두야!"

동문에서도 서문에서도,

"출두야!"

소리가 맑은 하늘에 천둥 치듯 진동했다.

"공형 들라."

외치는 소리에 육방이 넋을 잃는다.

"공형이오."

서둘러 나오는데 등나무 채찍으로 따악 치니,

"애고, 죽네."

• 암행어사 출두 어사출두(御使出頭). 암행어사가 중요한 사건을 처리하기 위해 지방 관청에 가서 사무를 보는 일.

"공방, 공방!"

공방이 자리를 들고 들어오며,

"안 하려는 공방을 하라더니 저 불속에 어찌 들어가랴?"

등나무 채찍으로 따악 치니,

"애고, 박 터졌네."

좌수·별감은 넋을 잃고, 이방·호장은 혼을 잃고, 삼색 옷 입은 나졸들은 분주하네. 모든 수령이 도망하는데 그 꼴이 가관이다. 도장 궤 잃고 유밀과* 들고, 병부 잃고 송편 들고, 탕건 잃고 용수* 쓰고, 갓 잃고 밥상 쓰고, 칼집 쥐고 오줌 누기, 부서지니 거문고요, 깨지나니 북·장고라.

본관 사또 똥을 싸고, 멍석 구멍에 새앙쥐 눈 뜨듯 하면서 관아 깊숙한 안채로 들어가며 급히 내뱉는 말이,

"어, 추워라. 문 들어온다 바람 닫아라. 물 마르다 목 들여라."

관청색은 상을 잃고 문짝을 이고 내달으니 서리, 역졸 달려들어 후다닥 따악 친다.

"애고, 나 죽네."

이때 암행어사 분부하되,

"이 고을은 대감께서 계시던 곳이다. 소란을 금하고 객사로 옮기라."

관아를 한 차례 정리하고 동헌에 올라앉은 후에,

"본관은 봉고파직* 하라."

* 유밀과(油蜜果) 유과. 우리나라 전통 과자의 하나.
* 용수 싸리나 대로 만든 둥글고 긴 통. 술이나 장을 거르는 데 씀.
* 봉고파직(封庫罷職) 관청의 창고를 잠그고 못된 짓을 많이 한 사또를 파면시키는 일.

"본관은 봉고파직이요."

동서남북 문밖에 봉고파직이라는 암행어사의 명이 나붙었다. 절차에 따라 옥의 형리를 불러 분부하되,

"옥에 갇힌 죄인들을 다 올리라."

호령하니 죄인을 올리거늘 다 각각 죄를 물은 후에 죄 없는 자들을 풀어 줄 때,

"저 계집은 무엇인고?"

형리가 아뢴다.

"기생 월매의 딸인데 관가에서 포악을 떤 죄로 옥중에 있사옵니다."

"무슨 죄인고?"

"본관 사또를 모시라고 불렀더니 절개를 지킨다면서 사또 명을 거역하고 사또 앞에서 악을 쓴 춘향이로소이다."

어사또 분부하되,

"너만 한 년이 수절한다고 나라의 관리를 욕보였으니 살기를 바랄 것이냐. 죽어 마땅할 것이나 기회를 한 번 더 주마. 내 수청도 거역할 테냐?"

이 어사는 춘향의 마음을 떠보려고 짐짓 한번 다그쳐 보는 것인데, 춘향은 어이가 없고 기가 콱 막힌다.

"내려오는 사또마다 빠짐없이 명관이로구나! 어사또 들으시오. 충충이 높은 절벽 높은 바위가 바람이 분들 무너지며, 푸른 솔 푸른 대가 눈이 온들 변하리까. 그런 분부 마옵시고 어서 빨리 죽여 주오."

하면서 무슨 생각이 났는지 황급히 이리저리 두리번거리며 향단

이를 찾는다.

"향단아, 서방님 혹시 어디 계신가 살펴보아라. 어젯밤 오셨을 때 천만당부 했는데 어디를 가셨는지, 나 죽는 줄도 모르시는가? 어서 찾아보아라."

어사또 다시 분부하되,

"얼굴을 들어 나를 보아라."

하시기에 춘향이 천천히 고개를 들어 대 위를 살펴보니, 거지로 왔던 낭군이 어사또로 뚜렷이 앉아 있었다. 순간, 춘향은 깜짝 놀라 눈을 질끈 감았다가 떴다.

"나를 알아보겠느냐? 네가 찾는 서방이 바로 여기 있느니라."

어사또는 즉시 춘향의 몸을 묶은 오라를 풀고 동헌 위로 모시라고 명을 내렸다. 몸이 풀린 춘향은 웃음 반 울음 반으로,

"얼씨구나 좋을씨고, 어사 낭군 좋을씨고. 남원읍에 가을 들어 낙엽처럼 질 줄 알았더니 객사에 봄이 들어 봄바람에 핀 오얏꽃이 날 살리네. 꿈이냐 생시냐? 꿈이 깰까 염려로다."

한참 이렇게 즐길 적에 뒤늦게 달려온 춘향 모도 입이 찢어져라 벙글벙글 웃으며 어깨춤을 추고, 구경 왔던 남원 고을 백성들도 얼씨구 덩실 춤을 추었다. 어사또는 춘향의 손을 잡고 놓을 줄을 모르고 쌓였던 사연의 실타래는 끝날 줄을 몰랐으니, 그 한없이 즐거운 일을 어찌 일일이 말로 하겠는가.

춘향의 높은 절개가 광채 있게 되었으니 어찌 아니 좋을 것인가. 어사또 남원읍의 공사를 모두 처리하고 춘향 모녀와 향단이를 데리고 서울로 길을 떠나는데, 위의°가 찬란하니 세상 사람들

누가 칭찬하지 않으랴.

이때 춘향이 남원을 하직할 때, 영화롭고 귀하게 되었건만 정든 고향을 이별하려니 한편으로는 기쁘고 한편으로는 울적했다.

"놀고 자던 내 방 부용당아 부디 잘 있거라. 광한루 오작교야 잘 있거라. 영주각도 잘 있거라. '봄풀들은 해마다 푸르건만 왕손은 가서 돌아오지 않는구나.'라더니 나를 두고 이름이라. 다 각기 이별할 제 만수무강하옵소서. 다시 보기 아득해라."

이렇듯 마음속으로 빌며 작별을 고했다.

이때 어사또는 좌도, 우도 여러 읍을 순행하여 백성들의 사정을 살핀 후에 서울로 올라가 어전*에 나아가 임금께 엎드려 절하니 판서, 참판, 참의들이 들어와 보고서들을 일일이 점검했다. 심사를 마친 후 임금께서 크게 칭찬을 했다. 신하들도 입을 모아 큰 공을 세웠다고 칭찬하면서 춘향의 이야기도 덧붙였다.

임금은 즉시 이몽룡에게 이조 참의, 대사성이라는 벼슬을 내리고 춘향에게는 정렬부인* 칭호를 내렸다. 이몽룡은 임금의 은혜에 감사하며 절을 하고 물러 나와 부모를 뵈오니 성은 입음을 축하해 주셨다.

그 후 이몽룡은 벼슬이 점점 높아져 이조 판서, 호조 판서, 우의정, 좌의정, 영의정을 다 지내고 벼슬에서 물러난 후에 정렬부인 성춘향과 더불어 백년해로했다. 이몽룡은 정렬부인에게서 세 아

• 위의(威儀) 위엄이 있고 엄숙한 태도나 차림새.
• 봄풀들은~않는구나 중국 당나라 때의 시인 왕유의 시 「산중송별(山中送別)」에서 인용함.
• 어전(御殿) 임금이 있는 궁전을 이르던 말.
• 정렬부인(貞烈夫人) 조선 시대에, 절개를 지킨 부인에게 내리던 칭호.

들과 세 딸을 두었는데, 자식들은 모두 총명하여 그 부친보다도 오히려 재주가 나은 점이 많더니 부친을 이어 계계승승 모두 일품의 벼슬자리를 만세토록 유전하더라.

〔조현설 글〕

1 이 작품에 벌어진 갈등과 사건을 바탕으로 인물의 성격을 파악해 봅시다.

> 수연   이몽룡은 사랑하는 춘향이가 고초를 겪고 있는 걸 알고도 일단
> 때를 기다렸어. 변 사또 생일잔치에서도 자기 신분을 바로 드러내지
> 않잖아. 때를 기다리며 칼을 가는 느낌이랄까? 그런 걸 보면 이몽룡은
> ＿＿＿＿＿ 사람이야.
>
> 지호   춘향이는 또 어떻고? 옥에 갇혀서도 소신을 굽히지 않는 걸 보
> 면 참 ＿＿＿＿＿＿＿＿＿＿＿＿＿.
>
> 해영   근데 변학도는 진짜 싫지 않아? 변학도는 자기 지위를 이용해
> 서 춘향이를 겁탈하려고 들고 피지배 계층을 괴롭히잖아. 변학도는
> ＿＿＿＿＿ 캐릭터야.

2 이 작품의 사회 문화적 배경을 바탕으로 주제를 다양하게 파악해 봅시다.

사회 문화적 배경		주제
집안끼리 중매결혼을 해야 하는 유교 사회	➡	
신분적 제약이 엄격한 신분 사회	➡	
탐관오리의 횡포가 심한 사회	➡	

3 변 사또의 생일잔치에서 이몽룡이 지은 한시가 어떤 의미인지 생각해 봅시다.

> 금 술잔의 좋은 술은 수많은 사람의 피요
> 옥쟁반의 좋은 안주는 만백성의 기름이라
> 촛농이 떨어질 때 백성들 눈물도 떨어지고
> 노랫소리 높은 곳에 원망의 소리도 높구나

4 「춘향전」이 다르게 전개된다면 결말이 어떠할지 창작해 봅시다.

(1) 이몽룡이 과거에 낙방하고 진짜 거지가 되어 돌아온다. 이몽룡은 춘향에게 자신을 잊고 변학도의 수청을 들어 부유하고 행복하게 살라고 말한다.

(2) 이몽룡이 과거에 급제하고 한양에서 양반 가문의 규수와 정략결혼을 하게 되어 춘향에게 이별을 통보한다.

작품 출처

윤흥길　「아홉 켤레의 구두로 남은 사내」, 『아홉 켤레의 구두로 남은 사내』, 문학과지성사 1997; 『20세기 한국소설 28』, 창비 2005

박완서　「카메라와 워커」, 『부끄러움을 가르칩니다』, 문학동네 2013

황석영　「삼포 가는 길」, 『삼포 가는 길』, 창비 2000

전광용　「꺼삐딴 리」, 『20세기 한국소설 17』, 창비 2005

이태준　「돌다리」, 『해방 전후』, 창비 1992; 『돌다리』, 깊은샘 1995

채만식　「레디메이드 인생」, 『20세기 한국소설 5』, 창비 2005

김유정　「봄·봄」, 『20세기 한국소설 5』, 창비 2005

박지원　「허생전」, 『열하일기 3』, 김혈조 옮김, 돌베개 2017

지은이 모름　「춘향전」, 『춘향전』, 조현설 글, 휴머니스트 2013

지은이	작품명	수록 교과서
윤흥길	아홉 켤레의 구두로 남은 사내	비상(박안수)
		천재(이성영)
박완서	카메라와 워커	금성(류수열)
황석영	삼포 가는 길	미래엔(신유식)
		창비(최원식)
전광용	꺼삐딴 리	창비(최원식)
이태준	돌다리	신사고(민현식)
채만식	레디메이드 인생	천재(이성영)
김유정	봄·봄	금성(류수열)
		동아(고형진)
		비상(박영민)
		지학사(이삼형)
		천재(박영목)
		해냄(정민)
박지원	허생전	비상(박안수)
		지학사(이삼형)
		천재(박영목)
지은이 모름	춘향전	금성(류수열)
		동아(고형진)
		신사고(민현식)
		지학사(이삼형)
		창비(최원식)
		천재(박영목)
		해냄(정민)